Ein Blick in die Welt beweist,
dass Horror nichts anderes ist als Realität.

Alfred Hitchcock

Jobst Schlennstedt, 1976 in Herford geboren und dort aufgewachsen, studierte Geografie an der Universität Bayreuth. Seit Anfang 2004 lebt er in Lübeck. 2006 erschien sein erster Kriminalroman. Hauptberuflich ist er Geschäftsführer eines Lübecker Beratungsunternehmens. Im Emons Verlag erschienen die Westfalen Krimis »Westfalenbräu« und »Dorfschweigen«. Außerdem die Küsten Krimis »Tödliche Stimmen«, »Der Teufel von St. Marien«, »Möwenjagd«, »Traveblut«, »Küstenblues«, »Todesbucht«, »Spur übers Meer«, »Lübeck im Visier«, »#hanseterror«, »Hafenstraße 52« sowie der Thriller »Küste der Lügen«. Mit »Nebelmeer« liegt jetzt der achte Band seiner Kriminalreihe um den Kriminalhauptkommissar Birger Andresen vor.
www.jobst-schlennstedt.de

Nebelmeer

DEN TOD VOR AUGEN

Einige Wochen zuvor …

Den metallenen Geschmack des Bluts ihrer aufgeschlagenen Lippe nahm Jennifer kaum noch wahr. Auch die Schwellung oberhalb ihres linken Augenlids ertrug sie beinahe regungslos. Schlimmer setzte ihr die aufgeriebene Haut an Händen und Füßen zu. Sie schmerzte so sehr, dass sie einfach nur noch schreien wollte. Doch ihre ausgetrocknete Kehle ließ nicht mehr als ein leises Kratzen zu.

Als wäre das alles nicht schon genug an Qualen, hatten sich in den vergangenen Tagen auch noch ihre Fußgelenke entzündet. Sie waren mittlerweile so dick wie ihre Oberschenkel.

Sie atmete durch. Aus einem Gefühl der Erleichterung, dass sie für heute fertig war, aber vor allem aus körperlicher Erschöpfung heraus. Sie hatte das Badezimmer im Obergeschoss geschrubbt und anschließend zwei große Säcke Kartoffeln geschält und gerieben, bis sich die Haut ihrer Fingerkuppen abgelöst hatte und Blut hervorgetreten war.

Eine aberwitzige Verschnaufpause, denn das Grausamste stand ihr noch bevor. Das, was jeden Tag auf sie wartete, wenn die Wintersonne langsam unterging und der Horror wie auf Knopfdruck über sie hereinbrach.

Sie warf einen Blick durch das verschmutzte Küchenfenster. Obwohl es bereits dämmerte, erkannte sie, dass es noch immer regnete. Wie schon die letzten Tage. Es schien fast so, als trauere der Himmel, dem sie Stunde für Stunde ein Stück näher kam, bereits um sie.

Sie zuckte zusammen, als sie aus dem ersten Stock des Hauses Schritte auf den knarzenden Bohlen der Treppe hörte. Auch nach den vielen Wochen ihrer Gefangenschaft jagten sie ihr noch Angst ein. Denn mit ihnen starb aufs Neue die leise Hoffnung, ihr Peiniger möge ihr wenigstens an diesem Tag fernbleiben. Mit zitternden Beinen sank sie zu Boden.

Als er schließlich in der Tür stand und sie aus seinen ausdruckslosen, seltsam milchigen Augen ansah, gelang es ihr nicht, noch irgendein Gefühl wahrzunehmen. Verzweiflung. Wut. Hass. Oder einfach nur Traurigkeit. Nichts von alledem wollte sich einstellen. Da war lediglich die völlige Resignation. Totale Gleichgültigkeit, was mit ihr geschehen würde.

Die täglichen physischen und psychischen Qualen waren so unerträglich, dass sie ihren Überlebenswillen inzwischen vollends verloren hatte. Sie lebte im Bewusstsein, dass alles, was im Jenseits auf sie wartete, nur besser sein konnte als das, was sie hier durchleiden musste. Der Wunsch nach dem Tod war derart groß geworden, dass er die Verzweiflung und Traurigkeit verdrängt hatte, die sich anfangs wie eine Glocke über ihren geschundenen Körper gelegt hatten.

Wortlos und nur mit einer raschen Handbewegung gab er ihr zu verstehen, sich vom Küchenboden zu erheben. Obwohl es ihr schwerfiel, weil die vielen Hämatome so sehr schmerzten, stemmte sie sich mit letzter Kraft hoch und wartete darauf, dass er ihre Fußfesseln löste.

Er sagte nichts. Er sagte fast nie etwas, nur ganz wenige Male hatte sie überhaupt erst seine Stimme gehört. Immer dann, wenn er sich derart betrank, dass er nicht mehr Herr seiner Sinne war. Noch schlimmer als sonst. In solchen Momenten brach alles aus ihm heraus. Die sonst so kühle Maske des Mannes fiel und wich unkontrollierten Gewaltausbrüchen, die sie sich in ihren schlimmsten Alpträumen nicht hätte vorstellen können.

Zuletzt war es vor ein paar Tagen passiert. Er hatte sie die Kellertreppe hinuntergestoßen und war dann über sie hergefallen. Was genau passiert war, wusste sie nicht mehr. Zumindest hatte sie die Gedanken daran, genau wie an die anderen Momente grausamster und unvorstellbarer Konfrontation, weitestgehend verdrängt. Irgendwo in ihrem Gedächtnis an einem Ort vergraben, auf den sie hoffentlich nie wieder würde zugreifen können.

Sie versuchte, seinen Blick zu fangen. Es schien fast so, als wäre er heute nüchtern. So kühl und abgeklärt wie in den ersten Tagen, nachdem sie dieses Haus betreten hatte. Eine knappe Woche hatte er sich zurückgehalten. Er war ihr nicht sympathisch gewesen, aber in keinem Augenblick hatte sie damals auch nur erahnen können, welches Martyrium ihr bevorstand.

In den vergangenen Tagen waren die Phasen, in denen er die Kontrolle über sich verloren hatte, immer kürzer aufeinandergefolgt. Die verzweifelte Hoffnung, lebend aus dieser Hölle herauszukommen, war zunehmend geschwunden. Seither bestimmte die Sehnsucht nach nichts anderem als dem Tod ihre Gedanken.

Ohne sie zu berühren, führte er sie aus der Küche in den Flur. Der schmale Gang in Richtung Haustür wirkte in diesem Augenblick noch länger als an anderen Tagen. Wie ein nicht enden wollender Tunnel. Die Freiheit vor Augen. Getrennt nur durch eine Milchglasscheibe. Und doch unerreichbar. Eine Vorstellung, die ihr den Boden unter den Füßen wegriss.

Mit stoischer Ruhe öffnete er die Tür, die in den Keller führte. Für den Bruchteil einer Sekunde zögerte Jennifer. Ihren Impuls, ihn einfach wegzustoßen, vielleicht sogar die Treppe hinunter, und so rasch sie konnte in Richtung Haustür zu laufen, verwarf sie, so schnell der Gedanke gekommen war. Zeit ihres Lebens waren Angst und Mutlosigkeit ihre Begleiter gewesen. Weshalb sollte sich das ausgerechnet jetzt ändern?

Schweigend ergab sie sich ihrem Schicksal. Sie drängte sich an ihm vorbei und betrat die knarzende Holztreppe. Sofort schlug ihr der modrige Geruch entgegen. Es wartete eine weitere Nacht in völliger Dunkelheit auf dem harten, feuchten Kellerboden auf sie. Lediglich eine dünne Matratze schützte sie vor den Asseln und Spinnen, die überall um sie herumkrochen.

Jennifer schloss die Augen und atmete tief durch. In der Erwartung, dass er es erneut tun würde. Sie die Treppe hinunterstoßen, um sich anschließend an ihrem geschundenen Körper zu vergehen. Wie eine außer Kontrolle geratene Maschine. Bis sie sich eines Tages nicht mehr regte. Erst dann würde er befriedigt sein und von ihr ablassen. Vielleicht.

Sie hielt inne. Lauschte. Versuchte, seinen Atem in ihrem Nacken zu spüren.

Nichts.

Nur ein kaum spürbarer Luftzug. Und dann das Geräusch der zufallenden Kellertür.

Sie seufzte. In dieser Nacht würde er sie womöglich verschonen. Sie in Ruhe und vorerst am Leben lassen. Ihr Martyrium um einen weiteren Tag verlängern.

Sie war bereit zu sterben.

Wie in Trance stieg sie die Treppe in die Dunkelheit hinab, in das schwarze Loch, in dem sie gelernt hatte, jeden Glauben an Menschlichkeit zu verlieren. Und erst recht den Glauben an Gott, den ihr ihre Eltern von Kindheitstagen an so sehr einzubläuen versucht hatten, dass es schmerzhaft gewesen war. Es war die Ironie des Schicksals, dass ihr verkorkstes Leben so enden sollte, wie es begonnen hatte. Eingesperrt in einem Keller.

Auf einer der letzten Stufen rutschte Jennifer plötzlich weg und knickte mit dem rechten Fuß um. Mühevoll gelang es ihr, einen Sturz auf den Kellerboden abzufangen. Langsam ging sie in die Hocke. Im nächsten Augenblick wurde ihr schwindelig, für einen Moment war der Schmerz in ihrem Fuß so groß, als würde sie innerlich verbrennen. Doch war sie zu schwach, um auch nur aufzuschreien.

Sie war sich sicher, dass der bereits lädierte Knöchel gebrochen war oder zumindest die Bänder gerissen waren. Zitternd legte sie ihre Hände um den Fuß, zuckte jedoch sofort zurück. Sie konnte keine Konturen mehr ertasten. Der Fuß fühlte sich an wie ein unförmiger Klumpen.

Der Schmerz nahm Jennifer die Luft zum Atmen. An die Dunkelheit und Kälte des Kellers hatte sie sich in den letzten Wochen gewöhnt, doch die Verletzungen setzten ihr jetzt zu. Ihr wurde schwarz vor Augen. Sie spürte, dass sie auf dem Weg war, das Bewusstsein zu verlieren. Sie hatte keinerlei Kraft mehr, dagegen anzukämpfen.

Weißes, grelles Licht brach sich Bahn. Das Jenseits schien sie mit aller Macht auf seine Seite ziehen zu wollen. So schnell, dass Jennifer plötzlich Panik bekam. Jetzt, wo sie glaubte, tatsächlich zu sterben, wurde ihr schlagartig bewusst, dass sie alles andere als bereit war.

Ihr Leben hatte seit frühester Kindheit aus nichts anderem als Bestrafung und Qual bestanden, es gab keinen einzigen schönen

Moment in ihrer Erinnerung, und sie hatte auch nicht den Hauch einer Ahnung, wie sie diesem Horror hier entkommen sollte, aber in diesem Augenblick schwor sie sich, nicht aufzugeben. Sie musste kämpfen und alles daransetzen, aus dieser Hölle zu fliehen.

Das Licht wurde mit einem Mal noch greller. Jennifer hatte das Gefühl, die Strahlen blendeten sie nicht mehr nur hinter ihren Augen. Das Licht brannte jetzt regelrecht auf ihrer Netzhaut. Im nächsten Moment verblasste es wieder. Was zum Teufel geschah hier gerade? Befand sie sich womöglich bereits auf der anderen Seite?

Langsam tastete sie ihre Umgebung ab, um sich davon zu überzeugen, dass sie am Leben war und sich noch immer auf dem Boden dieses modrigen Kellers befand.

Sie stützte sich mit beiden Händen ab und richtete sich ein Stück weit auf. Ja, sie war am Leben, daran bestand kein Zweifel. Sie war noch immer in diesem Keller. Und sie spürte, dass der Schmerz in ihrem verletzten Fuß nachließ. Auch die trügerischen Lichter des Jenseits verschwanden jetzt wieder.

Jennifer atmete tief durch, merkte, wie sich ihr Herzschlag beruhigte. Erst einmal stand ihr eine weitere Nacht in diesem Keller bevor, in totaler Dunkelheit. Allein mit dem Schmerz, der sie zeit ihres Lebens verfolgt hatte.

Das Licht. Von einer auf die andere Sekunde war es wieder da. Sie blinzelte, dann fuhr sie herum.

Als sie in das hellweiße Licht der Taschenlampe blickte, wusste sie sofort, dass ihre Hoffnungen und Selbstbeschwörungen vollkommen sinnlos gewesen waren. Wie ein undefinierbares Monster umrahmte er den Lichtkegel und trat langsam auf sie zu.

Als er nur noch eine Körperlänge von ihr entfernt war, hörte sie ihn auch. Er atmete so schnell und laut, dass die grauenhaften Erinnerungen an die vergangenen Tage und Wochen, wenn er über sie hergefallen war, wie in einem Zeitraffer vor ihrem inneren Auge vorbeizogen.

Während sich der Lichtkegel der Taschenlampe langsam von ihr wegbewegte und immer mehr von seinem erbarmungslosen Gesicht zu erkennen war, stieß sie ein kurzes Gebet aus. Zum ersten Mal in ihrem Leben. Obwohl ihr bewusst war, wie sinnlos es war. Denn es gab keinen Gott, der jemals auf sie aufgepasst hätte. Die schrecklichen Dinge, die ihr seit Kindheitstagen widerfahren waren, hätte ein barmherziger Gott niemals zugelassen.

Sein Blick war gnadenlos. Noch schlimmer als sonst. Das Gefühl der Angst steigerte sich zu Panik. Ihr Herz pochte, das rechte Augenlid flackerte unkontrolliert. Ihr ganzer Körper zitterte, während der verletzte Knöchel im Sekundentakt heftig pulsierte.

Sie fixierte ihn, suchte seinen Blick und fühlte eine innere Zufriedenheit, als sie ihn schließlich fand. Denn so durchdringend und gleichzeitig leer, wie er sie ansah, zweifelte sie keine Sekunde mehr daran, dass in wenigen Augenblicken endlich alles vorüber sein würde.

Augenblicklich ging eine Veränderung in ihrem Körper vor. Als hätte jemand einen Schalter gedrückt, der dafür verantwortlich war, ihre kompletten Körperfunktionen zurückzufahren. Das Zittern verschwand, selbst die Schmerzen waren plötzlich nicht mehr zu spüren.

Die Aussicht, dass im Jenseits alles besser sein würde als die Qualen im Hier und Jetzt, ließ ein kurzes Lächeln über ihre Lippen huschen. Sie stand auf und breitete ihre Arme aus. Dann trat sie noch näher an ihn heran und ließ es über sich ergehen.

NEBELMEER

Der Nebel trieb in dichten Schwaden vom Meer kommend über die Landschaft hinter den Dünen.

In Birger Andresens Kopf erschienen plötzlich verblasste Bilder eines Urlaubs im Süden Englands. Vor mehr als zwanzig Jahren war er gemeinsam mit seiner Exfrau Rita tagelang durch das nebelverhangene Dartmoor gewandert. Auf den Spuren von Sir Arthur Conan Doyle hatten sie ihren ganz eigenen Alptraum erlebt, als sie an einem späten Nachmittag in eine Herde aggressiver Hochlandrinder geraten waren. Auf der Flucht vor den Tieren hatten sie schließlich in einem alten Cottage Unterschlupf gefunden. Es musste die Nacht gewesen sein, in der sie Ole gezeugt hatten.

Andresen bremste ab, als er an einer Stelle vorbeifuhr, zu der er vor einigen Jahren schon einmal zu einem Leichenfund gerufen worden war. Die Sache von damals hatte sich am Ende nicht als Tötungsdelikt, sondern als Suizid herausgestellt, dennoch hatte sich die Erinnerung an diesen Tag – wenige Wochen bevor er erfahren hatte, dass seine Kollegin Ida-Marie Berg die Leitung der Lübecker Mordkommission übernehmen würde – tief eingebrannt. Die Enttäuschung, dass man ihn bei der Besetzung des Postens übergangen hatte, hatte ihm noch Monate danach zu schaffen gemacht. Es war auch die Zeit gewesen, in der er sich Stück für Stück von seiner Lebensgefährtin Wiebke entfernt hatte.

Doch seit damals war viel passiert. Andresen leitete seit mehr als einem Jahr die neu gegründete X-Einheit, in der er dafür verantwortlich war, ungelöste alte Fälle in Schleswig-Holstein aufzuklären. Ida-Marie arbeitete mittlerweile wieder an seiner Seite. Ihr Verhältnis war professionell und längst nicht mehr so vertraut wie damals, als sie sich auch privat nähergekommen waren.

Andresens Trennung von Wiebke lag inzwischen bereits mehr als ein Jahr zurück. Schlimmer als die Tatsache, dass die zweite langjährige Beziehung seines Lebens zerbrochen war, war jedoch, was anschließend passiert war. Wiebkes psychische Talfahrt, auf deren negativem Höhepunkt sie damit gedroht hatte, sich mit ihren Töchtern von der Klippe des Brodtener Steilufers zu stürzen, hatte auch ihn selbst derart belastet, dass er wochenlang kaum in der Lage gewesen war, seiner Arbeit mit dem Antrieb und der Akribie nachzugehen, dank deren er nach Ida-Marie doch noch zum Leiter der Mordkommission befördert worden war.

Der Nebel war derart dicht, dass er die Einmündung, die in Richtung Priwallstrand führte, erst im letzten Moment erkannte. Langsam steuerte er seinen Volvo V60, den er sich vor einigen Monaten gekauft hatte, durch den schmalen Weg. Die Sichtweite betrug kaum mehr als zehn Meter, und dennoch bewegte sich der Wagen, als hätte Andresen auf Autopilot geschaltet.

Er kannte die Straßen und Wege in dieser Gegend wie seine Westentasche. War oft genug hier gewesen, um im Sommer mit seinen Kindern am Strand zu spielen und auf die Wellen zu warten, wenn die großen Fährschiffe in den Hafen einliefen. Als junger Polizist hatte er noch die Zeiten miterlebt, in denen es hier – nur wenige hundert Meter entfernt – einen Todesstreifen gegeben hatte. Die innerdeutsche Grenze auf dem Priwall war irgendwo im Nirgendwo verlaufen. Nicht wenige hatten damals versucht, genau hier in den Westen zu flüchten. Schwimmend, über die Ostsee.

Andresen parkte seinen Wagen inmitten einer Siedlung von Ferienhäusern, die vor einigen Jahren errichtet worden waren. Die letzten Meter in Richtung Strand lief er mit gemischten Gefühlen. Ben Kregel, der aktuelle Leiter der Mordkommission, hatte ihn angerufen, um ihm mitzuteilen, dass Spaziergänger in den Dünen am Priwallstrand offenbar eine Leiche gefunden hatten. Mal wieder hatte Kregel sich bei ihm gemeldet, obwohl er mit der Mordkommission und der Aufklärung aktueller Verbrechen doch längst nichts mehr zu tun hatte. Andresen wusste allerdings auch, dass Kregel ihn nur dann anrief, wenn es sich um etwas handelte, das größer und brisanter war als die alltäglichen Fälle.

Die Sichtverhältnisse waren so schlecht, dass Andresen große Probleme hatte, sich zu orientieren. Irgendwo hier musste sich der Campingplatz befunden haben, auf dem er als Jugendlicher ein ums andere Mal gezeltet hatte. Heute standen hier Holzhäuser in skandinavischem Stil, die von Urlaubern angemietet werden konnten.

Obwohl die Landschaft hier an der Ostsee ganz anders aussah, kamen die Erinnerungen an den Urlaub in Südengland und die Wanderung im Dartmoor zurück. Das tagelange Tappen im Nebel. Die Ungewissheit, was ihn hinter dem nächsten Nebelschwaden erwartete.

Das laute Geräusch eines Schiffshorns riss ihn aus seinen Gedanken. Das monotone Wummern der Motoren dröhnte in seinen Ohren. Die Vorstellung, dass sich das Schiff nur wenige hundert Meter entfernt gewissermaßen unsichtbar an der Nordermole entlang in den Hafen von Travemünde schob, war gespenstisch.

Im nächsten Moment lenkten Lichter, die im Nebel unstet hin und her flackerten, seine Aufmerksamkeit zurück auf den immer schmaler werdenden Strandweg. Die Holzplanken unter seinen Füßen waren verschwunden, mühevoll stapfte Andresen durch den feinen Sand.

Direkt vor ihm türmte sich eine grellweiße Nebelwand auf. Die großen Strahler der Techniker und einige Taschenlampen sorgten dafür, dass Andresen die Hand vor die Augen halten musste, um nicht geblendet zu werden. Plötzlich tauchte Kregel wie aus dem Nichts vor ihm auf.

»Verdammt, hast du mich erschreckt«, sagte Andresen. »Der Nebel ist schon dicht genug, vielleicht solltet ihr mal diese Weihnachtsbeleuchtung ausschalten.«

»Sag das Seelhoff«, antwortete Kregel. »Ich beiße mir regelmäßig die Zähne an ihm aus.« Er wandte sich ab und verschwand durch die Nebelwand.

Andresen folgte dem Leiter der Mordkommission durch den immer tiefer werdenden Sand. Zwischen seinen Fingern spürte er Strandhafer und die Blätter vom Sanddorn. Sie verließen jetzt den Weg, der Richtung Wasser führte, und bewegten sich durch die Dünen direkt hinter dem Priwallstrand. Dort, wo bis vor knapp dreißig Jahren die Zonengrenze verlaufen war, die Honeckers bewaffnete Grenzschützer aus einem nahe gelegenen Wachturm rund um die Uhr gesichert hatten.

Erneut hallte ein Schiffshorn über den Strand. Es klang so laut und mächtig, dass Andresen einen Moment lang der absurde Gedanke kam, das Schiff würde in wenigen Augenblicken einfach aus dem Nebel direkt vor ihm erscheinen.

»Warum genau hast du mich eigentlich angerufen?«, fragte Andresen, als er Kregels Silhouette endlich wieder erkennen konnte. »Es ist Anfang März, deine Truppe hat weder Urlaub, noch hat sich, soviel ich weiß, irgendjemand krankgemeldet. Falls du es vergessen haben solltest, ich leite eine eigene Abteilung und habe dort genug zu tun.«

»Weshalb war mir nur klar, dass du genau so reagieren wirst«, sagte Kregel unbeeindruckt. »Allerdings kannst du deine Giftpfeile wieder einpacken. Ich hätte dich nicht gerufen, wenn es nicht vor allem für dich und deine Abteilung wichtig wäre. Komm mit, ich zeige dir, was ich meine.«

Sie näherten sich einer mehrere Quadratmeter großen Stelle in den Dünen, die notdürftig mit rot-weißem Plastikband abgesperrt war. Andresen erkannte einige Kollegen der Kriminaltechnik, die gerade dabei waren, mit stoischer Ruhe ihr Equipment aufzubauen. Harald Seelhoff, Leiter der Kriminaltechnik, trat auf die beiden zu.

»Diese Suppe ist wirklich ekelhaft«, sagte er statt einer Begrüßung und strich sich durch seine feuchten Haare. »Ich muss allerdings zugeben, dass ich nicht gerade unglücklich darüber bin, dass so niemand sehen kann, was wir hier machen.«

Andresen scannte die unmittelbare Umgebung ab, während er zu verstehen versuchte, weshalb Seelhoff so froh war, dass der Nebel neugierige Blicke von Strandspaziergängern verhinderte. Von einer Leiche, wie Kregel es ihm am Telefon berichtet hatte, war jedenfalls nichts zu erkennen. Die Absperrbänder waren nicht wie üblich in einem gewissen Radius um einen Leichenfundort herum platziert, sondern verteilten sich augenscheinlich kreuz und quer in der Dünenlandschaft.

»Was ist hier passiert?«, fragte er leise.

»Das dürfte tatsächlich die Frage sein, mit der du dich in den nächsten Tagen und Wochen beschäftigen musst.«

»Ich?«

Seelhoff bückte sich und griff mit seiner rechten Hand, über die er einen Einmalhandschuh gezogen hatte, in den Sand. Im nächsten Moment hielt er Andresen einen mehr als zehn Zentimeter langen Knochen vor die Nase.

»Das ist eine Speiche«, sagte er. »Von einem menschlichen Körper. Aller Wahrscheinlichkeit nach gehören alle Knochen, die wir hier bislang gefunden haben, zu ein und demselben Menschen. Wir gehen von einer erwachsenen Frau aus. Noch nicht sonderlich alt, schätzungsweise um die fünfundzwanzig. Auf mehr Details lasse ich mich im Moment allerdings nicht festnageln. Ich weiß ja schließlich, wozu das führt. Dann heißt es am Ende noch, ich hätte behauptet, die Leiche liege hier schon seit mehr als zehn Jahren unbemerkt in den Dünen herum. Vielleicht sind es aber auch nur fünf Jahre. Diese Feststellungen überlasse ich gerne der Rechtsmedizin.«

»Soll das heißen, bei der Leiche, die gefunden wurde, handelt es sich gar nicht um –?« Andresen sprach seinen Satz nicht zu Ende, weil ihm Kregel ins Wort fiel.

»Nein, es wurden lediglich Knochenreste gefunden«, erklärte er. »Verstreut auf mehreren Quadratmetern. Und wie Harald gerade sagte, scheint es sich um die Überreste einer Frau zu handeln. Genaueres wird die Rechtsmedizin feststellen müssen.«

»Das habe ich verstanden«, sagte Andresen ungeduldig. »Wer hat die Knochen denn gefunden?«

»Einheimische, die mit ihrem Hund unterwegs waren«, antwortete Kregel. »Sie drehen seit Jahren täglich dieselbe Runde. Der Sturm in den vergangenen Tagen muss den Sand in den Dünen so stark in Bewegung gebracht haben, dass die Knochen freigelegt wurden.«

»Nachdem sie jemand vor Jahren etwa hier vergraben hat?«, hakte Andresen nach.

»Du stellst schon wieder Fragen, die nicht ich, sondern du selbst beantworten musst.«

»Könnt ihr denn schon sagen, ob es irgendetwas gibt, das nicht auf einen natürlichen Tod schließen lässt?«

»Eine seltsame Vorstellung, dass diese Person hier an dieser Stelle einfach zusammengebrochen und verstorben ist, aber von niemandem in all den Jahren entdeckt wurde«, antwortete Seelhoff süffisant.

»Pass auf, dass man in ein paar Jahren nicht deine Knochen hier ausgräbt«, entgegnete Andresen trocken.

Er wandte sich ab und stapfte unentschlossen durch den Sand. Erst jetzt erkannte er die vielen Markierungen, die die Techniker gesetzt hatten. Offenbar hatten Seelhoffs Leute in den letzten Stunden überall an diesen Stellen Knochenteile gefunden. Eine Puzzlearbeit für die Rechtsmedizin, allen voran Professor Birnbaum.

»Woran erinnert dich das?« Kregel war ihm unauffällig gefolgt und blickte ihn nachdenklich an.

»Die Schellbruch-Tote?« Andresen sah auf.

»Das war auch mein erster Gedanke, als ich das hier gesehen habe«, sagte Kregel. »Ich musste sofort an unser Gespräch letzte Woche denken, als du davon erzählt hast, dass du dir den Fall von damals noch einmal vorknöpfen willst.«

»Ich ahne, worauf du hinauswillst, aber außer der Tatsache, dass wir es mit zwei skelettierten Leichen zu tun haben, spricht meiner Meinung nach nicht sonderlich viel dafür, dass hier ein Zusammenhang vorliegt.«

»Frauenleichen«, warf Kregel ein. »Und wenn diese tatsächlich auch schon mehrere Jahre hier liegt, könnte es zeitlich gesehen zu der Toten aus dem Schellbruch passen.«

»Denkbar ist vieles«, sagte Andresen. »Erst einmal müssten wir uns aber sicher sein, dass es sich bei der Toten tatsächlich um eine Frau handelt. Und eine verlässliche Bestimmung ihres Alters würde helfen. Es führt kein Weg daran vorbei, dass wir uns mit unserem Lieblingsmediziner Birnbaum auseinandersetzen müssen.«

»Du kennst ihn doch gut«, sagte Kregel. »Besser als jeder andere von uns.«

»Du brauchst dir keine Mühe zu geben, ich habe schon verstanden.« Andresen ging einen Schritt auf Kregel zu und fixierte ihn. »Damit das gleich von Anfang an klar ist«, sagte er, »wenn ich die Sache übernehme, dann ist das ganz allein mein Fall. Keine Abstimmungen zwischen uns. Wenn überhaupt, berichte ich Zeichner direkt. So wie die letzten Monate gelaufen sind, wird er mir alle Freiheiten bei den Ermittlungen lassen.«

»Das hört sich gut an.«

»Tatsächlich?«

»Ich hätte dich nicht angerufen, wenn ich nicht überzeugt davon wäre, dass das eine Sache für dich und Ida-Marie ist«, sagte Kregel. »So wie ich die Situation einschätze, haben wir es mit einem Todesfall zu tun, der mehr als fünf Jahre zurückliegt. Das Ganze fällt also in den Bereich deiner X-Einheit. Meinen Segen habt ihr. Findet heraus, ob ein Zusammenhang besteht und wer diese Frauen umgebracht hat.«

»Sehr großzügig, vielen Dank.« Andresen nickte und klopfte Kregel beinahe väterlich auf die Schulter. Dann blickte er ihn jedoch ernst an.

»Weißt du, was ich nicht verstehe?«, fragte er. »Weshalb du diese Ermittlung gleich abgeben willst. Ich weiß bislang genauso wenig wie du über diese Sache, aber wir könnten es mit einem außergewöhnlichen Fall zu tun haben. Reizt dich das gar nicht?«

»Wie lange kennen wir uns mittlerweile?«, fragte Kregel. »Zehn Jahre? Du solltest doch auch wissen, dass wir beide unterschiedlich ticken. Mir geht es nicht darum, mein eigenes Ego zu pflegen. Ich muss mich nicht als *Lone Ranger* beweisen, der es mit allen und jedem aufnehmen kann. Mein Ansatz ist ein anderer, wie du mittlerweile eigentlich gemerkt haben solltest.«

Er trat ein paar Schritte zur Seite. »Ich bin ein Teamplayer, und seitdem ich die Mordkommission leite, muss ich vor allem eines: die richtigen Entscheidungen treffen. Mir ist klar, dass ich in der Hierarchie nicht wirklich über dir stehe und dir deshalb keine Anweisungen geben kann. Da ich aber glaube, dass du für diese Angelegenheit der richtige Mann bist, werde ich das Zeichner auch so sagen.«

»Ich habe dich auch anders kennengelernt«, sagte Andresen.

»Du bist nicht immer so uneigennützig, wie du gerade tust. Du wusstest im Großen und Ganzen immer ganz genau, was zu tun ist, damit es für dich positiv ausgeht. Im Gegensatz zu mir hast du nämlich einen Plan für dein Leben.«

»Schön wär's.« Kregel lachte bitter. »In den letzten Jahren ist so einiges bei mir schiefgelaufen. An meiner Scheidung knabbere ich jeden verfluchten Tag aufs Neue. Und natürlich weiß ich auch selbst, dass ich nicht die erste Wahl für die Kommissariatsleitung gewesen bin und den Posten nur innehabe, weil Seelhoff keine Lust auf eine Doppelfunktion hatte. Aber je länger ich die Verantwortung für das Kommissariat trage, desto mehr verinnerliche ich, was diesen Job auszeichnet. Ich muss Entscheidungen treffen und meine Leute richtig einteilen. Alles andere ergibt sich dann von selbst.«

»Und warum greifst du dann bei dieser Sache hier nicht auf deine eigenen Leute zurück?«

»Das ist momentan mein größtes Problem«, antwortete Kregel. »Ich habe kaum noch jemanden in meinem Team, dem ich solch einen Fall anvertrauen kann.«

»Was ist mit Julia? Sie hat auf jeden Fall das Zeug, diese Ermittlungen zu leiten.«

»Julia ist schwanger. Sie tritt in zwei Monaten für eine ganze Weile aus dem Dienst.«

»Das wusste ich nicht, wir haben uns letzte Woche noch unterhalten, da hat sie nichts davon erwähnt.«

»Ich weiß es auch erst seit ein paar Tagen«, erklärte Kregel. »Sie wirkte ziemlich unglücklich, ist wohl keine gewollte Schwangerschaft.« Sein Blick verfinsterte sich. »Mit Zeichner stehe ich übrigens seit einiger Zeit auf Kriegsfuß. Jeden meiner Schritte beäugt er, als warte er nur darauf, mir ans Bein pinkeln zu können. Seitdem er selbst in der Kritik steht, hat er es auf mich abgesehen. Er will mich loswerden, weil er ein Bauernopfer sucht.«

»Immer noch wegen der Ermittlungen während des G7-Treffens letztes Jahr?«

»Du weißt, dass ihn das um ein Haar seinen Job gekostet hätte. Seit damals habe ich einfach das Gefühl, dass er mich loswerden will. Und dass ausgerechnet du dem amerikanischen Außenminister das Leben gerettet hast, hat die Sache nicht besser gemacht.«

»Schon klar, vorher war ich schließlich derjenige, der auf seiner Abschussliste ganz oben stand. Trotzdem verstehe ich nicht, weshalb du denkst, dass sich dein Standing bei Zeichner verbessern wird, wenn ausgerechnet ich dir den Arsch rette.«

»Ganz so muss es ja gar nicht sein.«

»Wie meinst du das?«

»Stell dich doch nicht dümmer, als du bist«, sagte Kregel energisch. »Selbst wenn du jetzt nicht mehr unter seiner Beobachtung stehst, wird Zeichner nicht wollen, dass du schon wieder einen spektakulären Fall übernimmst und alle Aufmerksamkeit auf dich ziehst. Also hilfst du mir einfach, ohne dass Zeichner groß davon erfährt.«

»Merkst du eigentlich selbst, wie sehr du dich verändert hast?« Andresen lächelte müde. »Wahrscheinlich bringt es der Job mit sich. Als ich damals die Leitung des Kommissariats übernommen habe, wurde es um mich herum auch immer einsamer. Man geht seiner Arbeit nicht mehr wie ein einfacher Kriminalbeamter nach, plötzlich steht man nämlich in der Verantwortung und wird von ganz oben beäugt. Das führt dazu, dass man nur noch mit sich selbst und seiner Rolle beschäftigt ist. Man ist auf der Hut, will keine Fehler begehen. Und das wiederum führt unausweichlich dazu, dass man anderen vor den Kopf stößt, ohne es zu merken.« Er trat auf Kregel zu. »So wie du es dir vorstellst, kannst du es vergessen«, sagte er schließlich. »Ich werde nicht den Handlanger für dich spielen, damit du nachher die Lorbeeren einfahren kannst. Entweder dieser Fall wird eine Sache für die X-Einheit, und zwar ohne jede Einmischung von dir, oder aber ich bin raus. Überleg es dir gut, ich kann mit beiden Entscheidungen leben.«

»Weshalb legst du mir Steine in den Weg, anstatt mich zu unterstützen?«, fragte Kregel provokant. »Sollte es dir nicht auch darum gehen, diesen Fall schnellstmöglich aufzuklären?«

»Ich werde niemals damit aufhören, für Sicherheit und Gerechtigkeit zu kämpfen«, antwortete Andresen so ruhig, wie es ihm in diesem Moment möglich war. »Doch darum geht es hier gerade nicht. Zieh mich nicht in deine Spielchen –« Andresen brach ab, als er erkannte, dass Seelhoff plötzlich aus dem Nebel vor ihnen auftauchte. Sein Gesichtsausdruck war für seine Verhältnisse ungewohnt aufgeregt.

»Steht hier nicht herum mit den Händen in den Taschen«, sagte er streng. »Kommt mit, meine Leute haben gerade etwas gefunden, das euch die Arbeit erleichtern wird.«

Nach einigen Metern blieb Seelhoff stehen und zeigte auf etwas Metallenes im Sand. Andresen brauchte ein paar Momente, ehe er verstand, was da vor ihm lag.

»Geht näher ran«, sagte Seelhoff. »Dann seht ihr, dass es sich um Handschellen handelt, die wahrscheinlich an den Handgelenken der Toten befestigt waren. Man kann es an den einzelnen Knochen noch genau erkennen.«

Andresen bückte sich und inspizierte die Handschellen. Dann erhob er sich wieder. »Du liegst mit deiner Vermutung tatsächlich richtig«, sagte er zu Kregel. »Auf meinem Schreibtisch liegt ein Foto mit einem Paar Handschellen, das genauso aussieht wie das hier.«

»Die Schellbruch-Tote«, rief Seelhoff aus dem Hintergrund. Das hier hat verdammt noch mal ziemlich viel Ähnlichkeit mit dem Fund von damals.«

»Die Medien werden die Sache auf Seite eins bringen.« Kregel begann plötzlich, unruhig auf und ab zu laufen. »Wir werden reichlich öffentlichen Druck bekommen. Und Zeichner wird mir die Hölle heißmachen, damit ich Ergebnisse liefere. Ich sehe keine andere Möglichkeit: Du musst diesen Fall übernehmen, Birger.«

»Du kennst meine Antwort.«

Unschlüssig drehte sich Kregel im Kreis. Dann blieb er stehen und blickte einige Sekunden lang auf die Knochenteile zu seinen Füßen.

Schließlich nickte er stumm. Als Zeichen dafür, dass er Andresens Bedingungen wohl oder übel akzeptierte.

IMMER WIEDER WINTER

Es gab nur ganz wenige Menschen in Andresens Leben, die ein Gefühl der Unruhe in ihm auslösten, wenn sie denselben Raum betraten, in dem auch er sich gerade befand.

Seine Nemesis Boris Roloff gehörte sicherlich zu diesen Menschen. Genau wie seine Exfreundin Wiebke, bei der er vor jedem neuerlichen Treffen noch immer ein unangenehmes Gefühl der Anspannung empfand. Die Wut auf sie, weil sie vor mittlerweile fast vier Jahren aus Eifersucht sein Altstadthaus in Brand gesteckt hatte, wollte einfach nicht verrauchen. Gleichzeitig belastete ihn die Erkenntnis, dass er durch sein Verhalten für die schlimme psychische Verfassung, in der sie sich noch immer befand, mitverantwortlich war.

Lange Zeit hatte auch Ida-Marie zu den Menschen gezählt, bei denen sein Herzschlag sich beschleunigt hatte, sobald sie auftauchten. Anfangs war es vor allem das Körperliche gewesen, das seinen Blutdruck in die Höhe getrieben hatte. Später kam dann die Angst dazu, als er befürchtete, sie würde ihre kurze Affäre, die ihm zahllose schlaflose Nächte eingebracht hatte, nicht für sich behalten.

Seit damals war viel passiert. Umso erstaunlicher, dass Ida-Marie in diesem Moment direkt neben ihm saß, Andresens Herz jedoch überhaupt keine Reaktion mehr zeigte. Ihre Köpfe steckten eng zusammen, während sie in den Akten des Falls der skelettierten Frau im Schellbruch blätterten. Nicht etwa im Präsidium, sondern in ihrer Wohnung in der Altstadt. Am Küchentisch. Dort, wo sie vor Jahren einmal übereinander hergefallen waren.

Doch die Erinnerung an damals war derart verblasst, dass es Andresen schwerfiel, sich die Bilder wieder vor Augen zu rufen. Besser gesagt, er wollte es auch gar nicht mehr zulassen. Ida-Marie war ihm schlichtweg fremd geworden. Eine Tatsache, die er für ihre gemeinsame Arbeit in der X-Einheit durchaus als Vorteil betrachtete.

»Ich erinnere mich noch ziemlich genau an den Tag damals vor sechs Jahren«, sagte Andresen und lehnte sich mit verschränkten Armen auf seinem Stuhl zurück. »Es war ein ähnlich nebliger Tag wie heute, als der Anruf einging, dass man im Schellbruch eine Leiche gefunden hat. Ich fuhr gemeinsam mit Julia dorthin, die damals noch ziemlich unerfahren war. In dem festen Glauben, wir hätten es mit einer ganz normalen Leiche zu tun. Tatsächlich waren wir dann sogar erleichtert über das, was uns erwartete.«

Ida-Marie wandte sich ihm zu und blickte ihn fragend an.

»Ein menschliches Skelett, dessen Knochen verstreut im Schlamm einer Lagune liegen, ist bei Weitem leichter zu ertragen als eine frische Leiche mit all den Spuren, die zu ihrem Tod geführt haben.«

Ida-Marie nickte wortlos.

»Natürlich wirkte die ganze Szenerie im Schellbruch ziemlich gruselig, aber gleichzeitig auch seltsam abstrakt. Dass es sich überhaupt um Knochen eines menschlichen Körpers handelt, war schwer zu erkennen. Erst als Seelhoff uns auf die Handschellen aufmerksam gemacht hat, haben wir verstanden, womit wir es da tatsächlich zu tun haben.«

»Wenn ich das richtig sehe, haben wir im Grunde nie so richtig verstanden, was damals eigentlich passiert ist«, sagte Ida-Marie kopfschüttelnd. »Ich kam etwa ein halbes Jahr nach dem Fund im Schellbruch nach Lübeck und erinnere mich, dass wir den Fall ziemlich schnell zu den Akten gelegt haben. Angesichts der Tatsache, dass wir es zweifellos mit einem brutalen Mord zu tun gehabt haben, frage ich mich schon, wie das sein konnte.«

»Ich könnte jetzt sagen, dass die Mordkommission auch damals schon chronisch unterbesetzt war, aber das wäre nur die halbe Wahrheit«, sagte Andresen. »Der eigentliche Grund war vielmehr der, dass wir vollkommen im Nebel gestochert haben. So wie ich es bei keinem anderen Fall zuvor oder danach erlebt habe.« Er nahm die Akte in die Hand.

»Wir wissen bis heute nicht, um wen es sich bei der Toten handelt. Geschweige denn, warum sie sterben musste. Birnbaum hat sich lediglich darauf festlegen wollen, dass die Frau zwischen zwanzig und dreißig Jahre alt gewesen sein muss und höchstwahrscheinlich mitteleuropäischer Abstammung war. Nicht einmal die genaue Todesursache hat er bestimmen können. Ich erinnere mich noch genau an die Diskussionen mit ihm. Er ging davon aus, dass die Frau an den Folgen der zahlreichen Knochenbrüche gestorben ist, konnte es aber nicht nachweisen. Hier steht es.«

Er schlug die Seite in der Akte auf, in der Birnbaum die Ergebnisse der rechtsmedizinischen Untersuchung notiert hatte. »Kalottenfraktur, Nasen- und Jochbeinfraktur, Schultereckgelenksprengung, Frakturen an mehreren Rippenknochen –«

»Danke, es reicht.« Ida-Marie griff nach der Mappe und klappte sie zu. Dabei berührten sich für einen kurzen Moment ihre Hände. Andresen spürte, dass sie zusammenzuckte.

»Alles okay?«

»Klar«, antwortete sie unsicher lächelnd. »Deine Beschreibungen gerade waren allerdings nicht so schön.«

»Tut mir leid. Ich dachte nur, wir sprechen über alle Details von damals, bevor wir morgen in die Rechtsmedizin fahren, um mit Birnbaum über den heutigen Fund auf dem Priwall zu reden.«

»Auch ein Glas Wein?«, fragte Ida-Marie, ohne auf seine Erklärung einzugehen. Sie stand auf und öffnete den Kühlschrank.

»Danke, bin auf Diät«, antwortete Andresen. »Ich habe mir vorgenommen, mindestens fünf Kilo abzunehmen.«

»Das ist nicht dein Ernst!«

»Denk nicht, dass mir das leichtfällt. Aber wenn ich nicht ein bisschen auf mich und meinen Körper achte, kann ich bald nur noch vom Schreibtisch aus arbeiten. Ich war vor einigen Wochen schon aus der Puste, wenn ich nur daran gedacht habe, dass mein Büro im sechsten Stockwerk liegt. Und das, obwohl ich immer mit dem Aufzug gefahren bin. Neuerdings nehme ich allerdings die Treppe.«

»Und das alles für die Arbeit?«, fragte Ida-Marie argwöhnisch.

»Klar, die jüngeren Kollegen hängen mich andernfalls ab«, antwortete Andresen achselzuckend. »Fitness zählt in unserem Job doch heutzutage mindestens genauso viel wie Verstand.«

»Netter Nebeneffekt, dass deine neue Freundin auch davon profitiert, wenn du etwas für deinen Körper tust.« Ida-Marie stand noch immer mit dem Rücken zu Andresen vor dem geöffneten Kühlschrank. »Sie ist einige Jahre jünger als du, habe ich gehört.«

»Hast du das?«, fragte Andresen. »Und von wem bitte schön?«

»Das erzählt man sich so auf den Fluren im Präsidium.«

»Man erzählt sich das also«, wiederholte Andresen. »Und was genau ist an meinem Privatleben so interessant, dass man sich darüber das Maul zerreißen muss?«

»Findest du nicht, dass ich nach allem, was zwischen uns vorgefallen ist, ein Recht darauf habe, zu wissen, was du so treibst?«

»Was ich treibe? Ist das dein Ernst?« Andresen schnaubte verächtlich. »Ich habe damals meinen größten Fehler begangen. Letztendlich ist durch unsere kurze Affäre meine Beziehung mit Wiebke kaputtgegangen. Wie du vielleicht weißt, wollten wir sogar heiraten. Aber weil mein Sohn Ole der Meinung war, Wiebke unbedingt die Wahrheit über uns erzählen zu müssen, ist sie schließlich durchgedreht.«

»Das tut mir ernsthaft leid für dich, aber es war nicht nur meine Schuld, dass es so weit gekommen ist«, sagte Ida-Marie kühl. Langsam wandte sie sich Andresen wieder zu und trank einen großen Schluck Wein.

»Das habe ich auch nicht behauptet. Schuld an meiner verkorksten Vergangenheit trage ich einzig und allein selbst. Allerdings werde ich es nicht noch einmal zulassen, dass ich mir durch meine Unbeherrschtheit alles zerstöre, was ich mir mühsam aufgebaut habe. Und genau deshalb geht es auch niemanden etwas an, wie es um Agnes und mich steht. Und, ehrlich gesagt, dich am allerwenigsten.«

»Waren wir nicht schon mal weiter?« Ida-Marie setzte sich zurück an den Küchentisch. »Ich meine, du warst es doch, der mich unbedingt an seiner Seite in der X-Einheit haben wollte. Ich verstehe nicht, weshalb du schon seit einiger Zeit sämtliche privaten Gespräche zwischen uns abblockst.«

»Das passiert nicht bewusst«, antwortete Andresen. »Mit

Agnes habe ich jemanden gefunden, mit dem ich über alles, was mich bewegt, reden kann. Dank ihr ruhe ich innerlich. Die Zeit von Vorwürfen, schlechtem Gewissen, Ansprüchen, falschen Erwartungen, Eifersucht und bösen Überraschungen ist endlich vorbei. Manchmal denke ich, dass Agnes aus mir einen komplett neuen Menschen gemacht hat.«

»Das klingt so, als wäre sie tatsächlich die richtige Frau für dich.«

Andresen sah Ida-Marie tief in die Augen. »Was ist eigentlich los mit dir?«, fragte er mit Nachdruck. »Hast du Probleme damit, wenn ich glücklich bin? Ich habe fast das Gefühl, du erträgst es nicht, weil du –«

»Es ist alles gut so, wie es ist«, fuhr Ida-Marie dazwischen. »Ich empfinde nichts für dich, falls du das meinst.«

Andresen atmete erleichtert auf und griff nach einer Wasserflasche, die auf dem Tisch stand, um sein Glas aufzufüllen.

»Wobei das nicht ganz der Wahrheit entspricht«, sagte Ida-Marie. »Ich fühle mich dir nämlich durchaus verbunden, falls du verstehst, was ich meine.« Jetzt blickte sie ihm tief in die Augen. Irritiert runzelte Andresen die Stirn. »So wie gute Freunde«, schob sie hinterher. »Deshalb macht es mich so traurig, dass wir nur noch über die Arbeit reden und uns über unser Privatleben ausschweigen.«

»Ich weiß nicht, ob wir wirklich gute Freunde sind.« Andresen klang härter als gewollt. »Nicht, dass du mich falsch verstehst, aber ich hatte schon immer nur sehr wenige enge Freunde. Dass ich dich als Kollegin sehr schätze, weißt du aber hoffentlich. Das habe ich dir oft genug gesagt, und darum war es mir auch so wichtig, dass du wieder an meiner Seite arbeitest. Wir funktionieren als Team hervorragend, oder siehst du das anders?«

Ida-Marie schüttelte den Kopf, ohne etwas zu erwidern. Dann leerte sie ihr Weinglas in einem Zug.

»Das muss ja trotzdem nicht heißen, dass wir uns nicht auch mal das Herz ausschütten können, falls uns danach ist.« Andresen hob lächelnd sein Wasserglas.

»Genau das möchte ich.«

»Wie bitte?«

»Mein Herz ausschütten«, sagte Ida-Marie und klang plötzlich aufgewühlt. »Du hast es gerade selbst gesagt. Ich will etwas loswerden. Etwas, das mich beschäftigt. Etwas, das mich irritiert. Etwas, das sich vielleicht auch für dich seltsam anfühlen wird.«

»Wovon zum Teufel sprichst du?« Andresen spürte von einer auf die andere Sekunde jene Unruhe zurückkehren, die auch früher immer in Ida-Maries Gegenwart in ihm aufgekommen war.

»Nun, wie soll ich es dir sagen?« Sie klang unschlüssig. »Ich glaube, es hat mich erwischt.«

»Erwischt?«

»Mann, Birger, ich bin verknallt, falls du das besser verstehst.« Jetzt lächelte Ida-Marie, wenn auch unsicher. »Tut mir leid, aber ich muss endlich mal mit jemandem darüber reden, ansonsten –«

»Weshalb sollte es sich für mich seltsam anfühlen?«, unterbrach Andresen sie. »Ich verstehe nicht, was du damit meinst.«

»Du kennst ihn«, antwortete Ida-Marie vielsagend.

»Solange ich nicht derjenige bin, in den du dich verknallt hast, geht es mich nichts an.« Andresen zuckte mit den Schultern und versuchte, seine aufkommende Unruhe zu überspielen.

»Du erinnerst dich an die Anschlagsserie auf die Flüchtlingsunterkünfte vor ein paar Wochen?« Ida-Marie senkte ihre Stimme. »Als es vorbei war, kam doch dieser private Ermittler zu uns ins Präsidium, um zu berichten, dass er den Täter überführt und Schlimmeres verhindert hat.«

»Dieser private Ermittler? Du willst mich auf den Arm nehmen, oder?« Andresen spürte, dass sich seine Hände verkrampften. Es gelang ihm nicht, sie zu Fäusten zu ballen. Er versuchte, sich zu beruhigen und gegen die Reaktion seines Körpers anzukämpfen.

»Winter?«, fragte er schließlich. »Willst du mir ernsthaft sagen, dass du mit diesem Typen etwas am Laufen hast?«

»Wir haben nichts am Laufen«, sagte Ida-Marie entschieden.

»Aber ich schließe nicht aus, dass es passieren könnte. Wir verstehen uns sehr gut. Ich mag ihn, sehr sogar.«

»Du magst ihn also.« Andresen schüttelte den Kopf und stieß ein verächtliches Schnauben aus. »Steht er überhaupt auf Frauen?«

»Du hast mir erzählt, weshalb du ihn nicht leiden kannst.« Ida-Marie redete unbeeindruckt weiter. »Simon hat mir auch seine Sicht geschildert. Beide Versionen unterscheiden sich kaum voneinander, was ich bemerkenswert finde. Umso weniger verstehe ich, weshalb ihr euch nicht wie erwachsene Männer aussprechen und das Kriegsbeil begraben könnt. Und wenn ich dich erinnern darf, warst du es übrigens, der letztes Jahr davon gesprochen hat, Simon möglicherweise zu uns ins Team zu holen.«

»Frag mich nicht, wie ich damals auf diese absurde Idee kommen konnte«, sagte Andresen noch immer kopfschüttelnd. »Dass er uns nicht darüber informiert hat, was er über den Täter wusste, und damit riskiert hat, dass Dutzende Menschenleben in Gefahr sind, hat mich in meiner Meinung über ihn mal wieder bestärkt.«

»Denkst du eigentlich manchmal auch daran, dass du ihm unrecht tust?«, fragte Ida-Marie. »Ich meine, warum ist Simon so verrückt, ständig auf eigene Faust zu ermitteln? Vielleicht auch deshalb, weil er das Gefühl hat, dass wir seine Hilfe nicht annehmen wollen.«

»Du bist leider blauäugig.« Andresen trank einen letzten Schluck Wasser, dann schob er seinen Stuhl zurück und stand auf. »Ich kenne Simon Winter, und er ist alles, aber mit Sicherheit kein Teamplayer. Wenn du mich fragst, hat er autistische Züge. Er kennt nur sich und die Sucht nach Herausforderungen, die nur er imstande ist zu meistern. In seinem Kopf ist kein Platz für Kollegen oder Freunde an seiner Seite. Und ich befürchte, auch nicht für eine Frau.«

»Ich bin nicht sonderlich überrascht, dass du so reagierst«, sagte Ida-Marie und erhob sich ebenfalls. »Falls es dir nicht selbst schon aufgefallen ist, dann lass es dir von mir gesagt sein: Ihr beide seid euch leider ähnlicher, als euch lieb ist.«

»Ja, das habe ich schon einmal gehört. Allerdings wird es nicht wahrer, wenn man es immerzu wiederholt.« Andresen griff nach seiner Jacke.

»Es ist mir im Grunde egal, mit wem du dich triffst und in wen du verknallt bist. Und wenn es der Papst höchstpersönlich wäre. Erfahre ich jedoch, dass du Winter auch nur ein Sterbenswort über das, was wir in der X-Einheit machen, verrätst, dann werde ich dafür sorgen, dass du nie wieder –«

»Schon gut, Birger, reg dich ab. Denkst du allen Ernstes, ich wüsste nicht, wo ich die Linie zwischen Job und Privatleben ziehen muss? In den letzten Wochen haben wir noch kein einziges Mal über unsere Arbeit gesprochen. Und dabei soll es auch bleiben.«

»Gut.« Andresen blieb unschlüssig vor Ida-Marie stehen. Tatsächlich überlegte er kurz, sie zu umarmen, hob dann jedoch lediglich die Hand zur Verabschiedung. »Schlaf gut, morgen haben wir einiges zu tun. Zuerst fahren wir in die Rechtsmedizin.«

»Ich hab's befürchtet.« Ida-Marie verabschiedete sich ebenfalls mit einem kurzen Winken.

Andresen öffnete die Wohnungstür und blieb im nächsten Moment wie vom Blitz getroffen stehen.

Vor ihm stand Simon Winter.

»Was zum Teufel hast du hier zu suchen?«, stieß Andresen aus, nachdem er sich wieder etwas gefangen hatte.

»Ich wohne hier.«

»Sehr witzig«, sagte Andresen.

Er brauchte einige Sekunden, ehe er verstand, dass Winter es ernst gemeint hatte. Wie in Zeitlupe drehte er sich zu Ida-Marie um. »Darüber sprechen wir noch«, flüsterte er in ihre Richtung. »Bis morgen.«

Andresen wandte sich ab, lief hastig die Treppe hinunter und verließ das Haus in der Engelsgrube geradezu fluchtartig.

DAS GESPRÄCH

»Schön, dass wir uns jetzt auch persönlich kennenlernen.«

Kira Nowak lächelte unsicher und reichte der Frau, die sich etwas mühevoll von ihrem Stuhl erhob, die Hand. Sie forderte sie mit einer Handbewegung auf, sich zu ihr an den Tisch zu setzen.

Kira hatte sich die Frau anders vorgestellt. Einen Moment lang war sie über ihren Anblick regelrecht erschrocken, doch immerhin schien sie freundlich zu sein.

»Ich hatte gehofft, dass Sie kommen«, sagte die Frau. »In unserem Chat hatte ich durchaus das Gefühl, als würden Sie an der Sache zweifeln.«

»Zweifeln ist das falsche Wort«, antwortete Kira mit leiser Stimme. »Es ist nur so …« Sie zögerte.

»Sprechen Sie.«

»Ich habe Ihnen nicht geschrieben, dass ich so etwas zum ersten Mal mache. Um ehrlich zu sein, bin ich ziemlich nervös.« Kira zupfte an ihrem rechten Ohrläppchen, die Haut auf ihren blassen Wangen färbte sich rötlich.

»Sie brauchen sich absolut keinerlei Sorgen zu machen«, entgegnete die Frau mit ruhiger Stimme. »Das ist vollkommen normal. Schließlich ist das für uns beide eine Entscheidung, die wohlüberlegt sein muss. Immerhin werden wir, wenn alles gut läuft, eine lange Zeit miteinander verbringen.«

Sie lachte und versuchte, Augenkontakt mit Kira aufzunehmen, doch die junge Frau blickte verschüchtert zur Seite.

»Wie wäre es, wenn wir uns einfach duzen?«, fuhr sie nach einer Weile des Schweigens fort. »Ich heiße Anne. Und du bist …?«

»Kira.«

»Ein schöner Name.«

»Vielen Dank.«

»Was kann ich tun, damit du dich ein wenig entspannst?«, fragte Anne. »Soll ich uns ein Glas Prosecco bestellen?«

»Nein, bloß nicht.« Kira hob abwehrend ihre Hände. »Alkohol vertrage ich nicht so gut.«

Wieder musterte Anne sie einige Sekunden lang kritisch, ehe schließlich ein kurzes, verständnisvolles Lächeln über ihre Lippen huschte.

»Dürfte ich Ihnen noch einige Fragen stellen?«, fragte Kira plötzlich. »Ich meinte natürlich, kann ich dir noch ein paar Fragen stellen.«

»Das darfst du«, antwortete Anne. »Wir wollen uns doch kennenlernen. Aber ich sehe Misstrauen in deinen Augen, das solltest du dringend ablegen.«

»Das ist kein Misstrauen, es ist nur so, dass …« Kira stockte, es gelang ihr kaum noch, ihre Tränen zu unterdrücken. Mit belegter Stimme redete sie weiter: »Wenn ich ganz ehrlich bin, habe ich noch gar nicht verstanden, was genau meine Aufgaben eigentlich sein werden.«

»Ach Kleines, hast du etwa Angst?« Sie griff nach Kiras rechter Hand. »Sieh mich an und dann sag mir, ob ich dir wirklich Angst einjage?«

»Das ist nicht –«

»Sieh mich an und sag es mir.« Mit einem Mal klang Annes Stimme nicht mehr sanft, sondern beinahe drohend.

»Nein, ich habe keine Angst vor dir«, sagte Kira leise.

»Gut, das wollte ich hören. Ich glaube, dich belastet etwas ganz anderes. Du musst vergessen, was du bisher in deinem Leben erlebt hast. Diese ganzen schlimmen Dinge.«

»Woher weißt du, was ich erlebt habe?« Kira zog ihre Hand ruckartig weg und schob sich auf ihrem Stuhl zurück. Ihre Stimme klang jetzt tatsächlich angsterfüllt.

»Ich weiß es natürlich nicht, aber ich sehe es dir an«, antwortete Anne. »Du wirkst eingeschüchtert und unsicher. Ich erkenne sofort, wenn Menschen etwas bedrückt. Wenn ihnen etwas schwer auf der Seele liegt, das sie schon lange mit sich herumschleppen.« Sie machte eine Pause und versuchte erneut, Kiras Blick einzufangen. »Du erinnerst mich an eine Person, die mir sehr nahesteht«, sagte sie schließlich.

»Wie meinst du das?«

»Als ich so alt war wie du, vielleicht noch etwas jünger, war ich ein ziemlich wildes Mädchen.« Sie lächelte und schien darauf zu hoffen, dass sich auch Kiras Gesichtszüge entspannten.

»Ich wurde damals ungewollt schwanger, von so einem Typen, mit dem ich gar nicht zusammen war. Ich habe ihn erst Jahre später wiedergetroffen und ihm von unserem gemeinsamen Kind erzählt. Wir kamen tatsächlich wieder zusammen und lebten gemeinsam in einer kleinen Wohnung in Lübeck. Aber es war keine schöne Zeit, das kannst du mir glauben. Dieser Mann, ich nenne ihn mal den Erzeuger meiner Tochter, hat uns das Leben zur Hölle gemacht. Eines Tages sind wir dann abgehauen. Erst in ein Frauenhaus, später dann in eine eigene Wohnung. Meine Tochter hat das alles leider nicht so gut verkraftet, falls du verstehst, was ich meine.«

»Ich bin mir nicht sicher.«

»Sie hat diese Ängste, die ich auch in deinem Gesicht erkennen kann. Diese tiefe Sehnsucht nach Vertrauen, das durch die ganzen schlimmen Dinge verloren gegangen ist. Du brauchst mir nichts vorzumachen, und vor allem muss dir das vor mir nicht unangenehm sein.«

»Wo ist deine Tochter? Lebt sie bei dir?«

»Nein.« Annes Blick senkte sich, dann wandte sie ihr Gesicht ganz ab. »Tut mir leid, aber darüber möchte ich nicht reden.«

»Entschuldige, dass ich dich das gefragt habe.«

»Nein, schon in Ordnung. Ich hätte dich nicht so überrumpeln und mit meiner Tochter vergleichen sollen.«

»Ich wusste nicht, dass man es mir ansieht«, sagte Kira. »Du hast recht, diese schlimmen Dinge, es gab sie tatsächlich.«

»Nicht jeder sieht es dir an, Kleines, aber ich habe ein Auge dafür.« Anne atmete tief durch, was dazu führte, dass sie einen Hustenanfall bekam. Es vergingen einige Sekunden, ehe sich der Husten wieder legte, dann rang sie sich ein sanftes Lächeln ab.

»Lass uns jetzt lieber darüber reden, was dich erwartet, falls wir uns einig werden«, fuhr Anne fort. »Schließlich soll dein Leben nie wieder so furchtbar sein, wie es einmal war. Ich will, dass es dir gut geht.«

»Das klingt gut, aber warum sollte es mir bei euch auch schlecht gehen?«

»Ich weiß nicht, ob du verstehst, was ich meine«, sagte Anne. »Du bekommst eine Festanstellung. Es geht darum, für mich und meinen Mann da zu sein. Immer. Du sollst zukünftig nur noch auf uns vertrauen. Ich hoffe, dir ist bewusst, was das bedeutet?«

Kira nickte stumm, doch tatsächlich hatte sie noch nicht den blassesten Schimmer, was auf sie zukommen würde. Diese Ungewissheit und das seltsame Auftreten der Frau verunsicherten sie.

»Ich verspreche dir, dass wir dich dafür quasi in unsere Familie aufnehmen«, fuhr Anne fort. »Wir werden dir das geben, was du dir immer erträumt hast, dir aber nie vergönnt war. Du wirst ein Teil von uns werden.«

»Ich bin ganz ehrlich zu dir«, sagte Kira zögerlich. »Ich weiß nicht so recht, was ich davon halten soll. Bislang dachte ich, dass wir über einen ganz normalen Job als Haushaltshilfe reden.«

»Dann lass es mich dir erklären«, sagte Anne. »Aber vorher machen wir uns einmal ein wenig locker.« Mit einer Handbewegung forderte sie die Bedienung auf, an ihren Tisch zu kommen.

»Wir haben etwas zu feiern. Bringen Sie uns zwei Gläser Prosecco.«

»Für mich ist das wirklich nichts«, sagte Kira. Sie spürte, dass ihr Unbehagen immer größer wurde. »Ein kleiner Schluck genügt schon, und ich bin nicht mehr ich selbst.«

»Ist das nicht genau das, was du dir tief im Innern wünschst? Einfach mal loslassen und die alten Zöpfe abschneiden?«

»Das wäre zu schön, um wahr zu sein.«

»Dann lass es doch einfach zu«, drängte Anne. »Du wirst sehen, es wird dir besser gehen, wenn du dich frei machst von allen Zwängen. Von all dem, was gewesen ist. Konzentriere dich nur noch auf das Hier und Jetzt. Auf mich, auf uns beide. Auf das, was ich dir jetzt erzählen werde.«

Während die Bedienung den Prosecco auf den Tisch stellte, beugte sich Anne nach vorne und streichelte Kira über die

Wange. Aus dem Augenwinkel sah Kira die ungepflegten Fingernägel der Frau, die leeren Augen, die wie schwarze Löcher in ihrem aschfahlen Gesicht verschwanden, nahm den Geruch nach Alkohol und Tabak wahr, den sie ausdünstete. Unsicher wandte sie ihr Gesicht ab.

»Tut mir leid«, sagte sie leise. »Ich bin es nicht gewohnt, dass mir Menschen so nahe kommen.«

»Schon okay, Kleines. Ich werde dich zu nichts drängen, was du nicht willst.« Wieder lächelte die Frau. »Aber glaub mir, es ist der richtige Weg für dich.«

»Ja, wahrscheinlich hast du recht. Und zu verlieren habe ich ohnehin nichts mehr.«

KNOCHENARBEIT

Andresen versuchte erfolglos, seinen Blick vom Dekolleté der Frau, die eine knappe Körperlänge entfernt von ihm stand, abzuwenden.

Dass Professor Birnbaum bisweilen ein überaus seltsamer Kauz mit speziellen Methoden und gewöhnungsbedürftiger Rhetorik war, wusste er seit ihrer ersten Begegnung vor über fünfzehn Jahren. In diesem Moment war Andresen jedoch überzeugt davon, dass der erfahrene Rechtsmediziner, der in weniger als zwei Jahren in den wohlverdienten Ruhestand gehen würde, den Verstand verloren hatte. Offenbar hatte er allen Ernstes diese vollbusige Blondine, die ihn und Ida-Marie soeben in den kühlen Obduktionsräumen begrüßt hatte, als seine neue Assistentin eingestellt.

»Wir kennen uns noch nicht«, sagte er freundlich, nachdem er sich wieder gefangen hatte. »Mein Name ist Birger Andresen, Leiter der X-Einheit, einer Abteilung für unaufgeklärte Fälle im Polizeidirektorat Lübeck. Und das ist meine Kollegin, Hauptkommissarin Ida-Marie Berg. Wir sind beide ehemalige Leiter der Lübecker Mordkommission.«

»Natürlich«, antwortete die Frau, die Andresen auf Mitte dreißig schätzte, mit einem deutlich hörbaren polnischen Akzent. »Das ist hinlänglich bekannt. Ich bedauere es, dass wir uns erst jetzt kennenlernen. Mein Name ist Danuta Kapustka, Professorin der Rechtsmedizin mit dem Schwerpunkt neuropathologische Untersuchungen. Ich habe in Kiel unter Professor von Heideloff promoviert und dort später auch einen Lehrstuhl übernommen. Ich freue mich jetzt aber auf die Aufgaben hier am Institut und auf die Zusammenarbeit mit Ihnen.«

Andresen verbot sich, seine Überraschung zu zeigen. Beim Anblick dieser Frau, die aussah, als würde sie am liebsten in Hugh Hefners Playboy Mansion einziehen, fiel es ihm schwer zu glauben, vor einer habilitierten Rechtsmedizinerin zu stehen. Das wäre vermutlich das Letzte gewesen, was er vermutet hätte, wenn er ihr auf der Straße begegnet wäre.

»Folgen Sie mir bitte, dann können wir in Ruhe über den Fund der skelettierten Leiche reden.«

»Was ist mit Professor Birnbaum?«, fragte Andresen überrascht. »Wir würden natürlich gerne auch mit ihm sprechen.«

»Er kümmert sich um seine kranke Frau. Vielleicht kommt er später noch dazu. Ansonsten müssen Sie leider mit mir vorliebnehmen. Ich hoffe, Sie kommen damit zurecht.« Professor Kapustka sah Andresen freundlich an und klimperte mit den Wimpern.

»Nun, auch wenn der Anlass für Professor Birnbaums Abwesenheit bedauerlich ist, freut es mich umso sehr, dass dieser triste Ort nun in einem etwas helleren Licht erstrahlt. Ich bin sehr gespannt darauf, was Sie uns zu berichten haben.«

Ida-Marie, die etwas versetzt hinter Andresen stand, verpasste ihm einen leichten Tritt gegen die Wade. Seine schmerzverzerrte Miene sorgte für grinsende Gesichter.

»Fälle wie diese haben wir zum Glück nicht allzu oft auf unserem Tisch liegen, wie Sie sich vorstellen können«, erklärte Professor Kapustka, nachdem sie bis zum hinteren Ende des Raums gegangen und an einem Tisch stehen geblieben waren, über den ein grünes Tuch gelegt war. »Aber ich glaube, es gibt bereits einige Erkenntnisse, die für Sie interessant sein könnten. Das, was Sie sehen werden, ist bislang noch nicht zusammengepuzzelt worden, aber für einen ersten Überblick sollte es genügen. Sind Sie bereit?«

»Wichtiger, als einen Blick auf die Knochen zu werfen, wäre für uns tatsächlich die Frage, was Sie bereits über die Tote herausgefunden haben«, sagte Ida-Marie, während sie ihren Blick leicht von dem Seziertisch abwandte.

Andresen erinnerte sich an frühere gemeinsame Besuche in der Rechtsmedizin. Ida-Marie hatte den Anblick der toten Körper auf den stählernen Tischen schon damals kaum ertragen können. Doch vor allem der penetrante Geruch, eine den Ekel herausfordernde Mischung aus Tod und Desinfektionsmittel, war ihr ein ums andere Mal so sehr auf den Magen geschlagen, dass sie am Ende ihrer Zeit bei der Kripo einen großen Bogen um die Rechtsmedizin gemacht hatte.

»Ich bin mir nicht sicher, mit welchen Erwartungen Sie heute hergekommen sind, aber leider war der Name der Frau nicht in einen der Knochen eingeritzt, falls Sie das meinen.« Professor Kapustka lächelte diesmal etwas verkniffener. Mit einer raschen Bewegung zog sie im nächsten Moment das Tuch vom Tisch.

»Ich merke, Sie haben sich Professor Birnbaum zumindest schon einmal beim Thema Humor zum Vorbild genommen«, entgegnete Andresen trocken und trat näher an den Stahltisch heran, auf dem Dutzende Knochenteile verteilt lagen.

»Alle Rechtsmediziner haben diese Art von Humor«, erwiderte Professor Kapustka. »Anders ließe sich das grausame Elend in Verbindung mit den lästigen Fragen von Kriminalbeamten kaum ertragen.« Sie strich sich beinahe lasziv durch ihre langen blonden Haare. Dann beugte sie sich über den Tisch, um nach einem bestimmten Knochenstück zu suchen.

Andresen blickte einen Moment zu lange in das Dekolleté der Professorin. Ida-Marie verpasste ihm diesmal mit ihrem Ellenbogen einen Stoß in die Seite, sodass Andresen für einen kurzen Moment die Luft wegblieb.

»Alles in Ordnung mit Ihnen?«, fragte Professor Kapustka. »So ein Anblick kann schon mal dazu führen, dass man keine Luft mehr bekommt. Da sind Sie nicht der Erste.« Sie zwinkerte Andresen zu und richtete ihren Kittel. »Um auf Ihre Frage zurückzukommen, noch liegen uns keine Laborergebnisse vor. Aber so, wie ich die Sache sehe, handelt es sich bei der Toten um eine junge Frau, kaum älter als zwanzig.«

»Das bestätigt die Vermutung des Kollegen Seelhoff«, sagte Andresen. »Was wissen Sie noch?«

»Wir haben versucht, Anhaltspunkte für den Todeszeitpunkt zu finden. Hier bewegen wir uns jedoch in einem hochspekulativen Bereich. Ich würde schätzen, die Leiche lag mindestens drei Jahre in den Dünen. Es können allerdings auch fünf oder acht Jahre gewesen sein. Interessant ist dagegen noch etwas anderes.«

»Ganz genau.«

Andresen fuhr herum. Er hatte die Stimme sofort erkannt

und war nicht überrascht, als er sah, dass Professor Birnbaum soeben die Leichenhalle betreten hatte. Die hagere Gestalt sah noch knorriger aus, als er sie in Erinnerung hatte. Auch die letzten Haare waren Birnbaum mittlerweile ausgefallen. Seine Glatze glänzte in dem sterilen Licht der Deckenlampen.

»Herr Professor, schön, Sie wiederzusehen.« Andresen brachte alle Freundlichkeit auf, zu der er fähig war. »Wenn der Anlass nicht immer so unerfreulich wäre, würde ich glatt behaupten, Sie vermisst zu haben.«

»Sparen wir uns die Nettigkeiten, Andresen«, entgegnete Birnbaum unbeeindruckt, während er auf sie zutrat. »Ich bin einigermaßen wütend auf Sie und Ihre Kollegen. Was haben Sie sich bloß damals dabei gedacht, nichts weiter zu unternehmen? Das hier hätte vielleicht verhindert werden können.«

»Ich verstehe nicht ganz, wovon Sie reden.«

»Und ob Sie das tun«, sagte Birnbaum. Er klang dabei so aufgebracht, wie ihn Andresen selten erlebt hatte. »Erinnern Sie sich an die Schellbruch-Tote, was ist denn aus den Ermittlungen geworden? Wenn ich mich nicht vollkommen irre, hat die Kripo gar nichts unternommen, um die Sache aufzuklären.«

»Ich muss Sie da korrigieren: Wir haben einfach nichts herausfinden können, das uns weitergeholfen hätte. Das ist ein gewaltiger Unterschied.«

»Ich habe Ihnen damals von Anfang an gesagt, dass es sich um einen Mord handelt, der so brutal gewesen ist, dass es mich nicht wundern würde, wenn es wieder passiert. Und jetzt haben wir die Gewissheit, dass es tatsächlich noch einmal passiert ist. Es gibt einen weiteren Mord, der ebenfalls schon einige Jahre zurückliegt. Vielleicht sogar zur selben Zeit verübt wurde.«

»Weshalb sind Sie sich so sicher, dass es ein und derselbe Täter war?«

»Wollen Sie mich eigentlich auf den Arm nehmen, Andresen?«, platzte Birnbaum heraus. »Zwei skelettierte Leichen mit diversen gebrochenen Knochen und Handschellen, mit denen die Opfer offenbar gefangen gehalten wurden. Sie wollen mir doch nicht ernsthaft erzählen, dass Sie da keinen Zusammenhang sehen?«

»Was meinen Sie mit Knochenbrüchen?«, hakte Ida-Marie ein.

»Was ist denn das für eine Frage?«, blaffte Birnbaum zurück. »Sie wissen doch, dass die Schellbruch-Tote an Armen und Beinen und sogar an den Rippenknochen Brüche aufgewiesen hat. Und wenn Sie einfach mal einen Blick auf die Knochen dort vor Ihnen auf dem Tisch werfen, dann sollten Sie relativ schnell erkennen, dass sie fast an identischen Stellen wie bei der Schellbruch-Toten Frakturen aufweisen. Und für die Feststellung, dass diese Verletzungen nicht durch einen Unfall zustande kommen können, muss ich nicht promovierter Rechtsmediziner sein.«

»Ich habe Sie schon deutlich entspannter erlebt«, sagte Andresen mit ruhiger Stimme. »Sie wissen genauso gut wie ich, dass damals alles Erdenkliche unternommen wurde. Wir haben den Schellbruch wochenlang durchforstet, ohne auch nur den geringsten Hinweis zu finden. Die Tote konnte nicht identifiziert werden. Der Täter, sofern wir es denn tatsächlich mit ein und derselben Person zu tun haben, hat auch jetzt alles versucht, um unentdeckt zu bleiben. Der Fundort auf dem Priwall war schließlich mehrere Jahre lang ein sicheres Versteck.«

»Wie auch immer, in dem Moment, als ich von dem Fund auf dem Priwall gehört habe, war ich mir sicher, dass beide Morde von derselben Person begangen worden sind.« Birnbaum winkte ab, noch immer war er aufgebracht.

»Wie sicher sind Sie sich?«, drängte Andresen.

»Stellen Sie etwa meine Schlussfolgerungen in Frage?«

»Nichts würde mir fernerliegen«, antwortete Andresen beschwichtigend. Er spürte, dass mit Birnbaum irgendetwas nicht stimmte. Er war nie einfach im Umgang gewesen, aber seine Gereiztheit musste eine andere Ursache haben als den nicht aufgeklärten Mordfall vor sechs Jahren. War Birnbaums kranke Frau etwa der Grund für seine schlechte Laune?

»Ich will noch etwas anderes mit Ihnen besprechen«, sagte Professor Birnbaum plötzlich. »Können wir kurz unter vier Augen reden?«

»Wenn es um den Fall geht, hätte ich gerne meine Kollegin dabei.«

»Vier Augen«, sagte Birnbaum unmissverständlich und sah Andresen derart eindringlich an, dass er das Schlimmste befürchtete.

Er warf Ida-Marie einen entschuldigenden Blick zu, dann folgte er Birnbaum, der sich bereits abgewandt hatte und in einen angrenzenden Raum gegangen war.

»Schließen Sie die Tür«, sagte Birnbaum.

Andresen fiel es zunehmend schwer, sich zu beherrschen und Birnbaums Anweisungen zu befolgen. Dennoch biss er sich auf die Unterlippe und zog die Tür hinter sich zu.

»Wie schlimm steht es um sie?«, fragte er nach einigen Sekunden des Schweigens.

»Wie bitte?« Birnbaum runzelte die Stirn und schüttelte irritiert den Kopf.

»Tut mir leid, wenn ich mich missverständlich ausgedrückt habe, ich meine natürlich Ihre Frau. Ihre Kollegin hat erwähnt, dass sie krank ist. Ich hoffe, es ist nichts Besorgniserregendes.«

»Ich verstehe«, sagte Birnbaum. »Aber ich kann Sie beruhigen, da liegen Sie völlig falsch. Meine Frau leidet lediglich unter einer Magenverstimmung. Ich muss mich um sie kümmern und ein paar Dinge im Haushalt erledigen.«

»Dann hoffe ich, dass es einen guten Grund gibt, weshalb Sie mit mir unter vier Augen sprechen möchten.«

»Nun, es ist so, ich brauche Ihren Rat«, sagte Birnbaum. Er klang noch immer ernst, aber die Wut in seiner Stimme war verschwunden. »Es geht um etwas, das mich schon seit einiger Zeit belastet. Ich habe lange gebraucht, bis ich verstanden habe, was vor sich geht, aber mittlerweile bin ich mir absolut sicher, dass ich gemobbt werde.«

»Sie wollen mich auf den Arm nehmen?«

»Ganz und gar nicht«, antwortete Birnbaum. »Sie haben es doch mit eigenen Augen erlebt, was hier vor sich geht. Kollegin Kapustka ist eine nette Frau, aber doch keine ernst zu nehmende Professorin der Rechtsmedizin. Und schon gar nicht meine würdige Nachfolgerin.«

»Soll sie das denn werden?«

»Wenn Sie mich fragen, auf gar keinen Fall. Aber mich fragt

ja niemand, im Gegenteil. Die wollen mich so schnell wie möglich loswerden.«

»Die?«

»Irgendwelche Politiker und Controller aus Kiel, die meinen, sie müssten die Ausgaben des Klinikums und der Institute kürzen und teure Professoren loswerden, um stattdessen günstigere Mediziner aus Osteuropa einzustellen.«

»Was genau wollen Sie jetzt von mir?«, fragte Andresen argwöhnisch. »Wie kann ich Ihnen in dieser Sache einen Rat geben?«

»›Rat geben‹ ist vielleicht der falsche Ausdruck. Aber Sie können mir dabei helfen, dass die Zukunft der Lübecker Rechtsmedizin gesichert bleibt.«

»Tut mir leid, aber für so etwas möchte ich mich ungern vor den Karren spannen lassen«, wiegelte Andresen ab.

»Wollen Sie ernsthaft in Zukunft mit diesem Busenwunder da draußen zusammenarbeiten?« Birnbaum wurde energisch. »Seit fast zwei Jahrzehnten profitieren Sie von der Arbeit, die hier geleistet wird. Ich behaupte sogar, Sie hätten manch einen Fall nicht aufgeklärt, wenn mein Team und ich nicht gewesen wären. Doch Ihnen sollte klar sein, dass diese Zeiten vorbei wären, wenn diese Frau tatsächlich meine Nachfolgerin wird. Wir müssen einfach verhindern, dass es so weit kommt. Es gibt nicht viele Rechtsmediziner, denen ich zutrauen würde, dieses Institut zu leiten, aber bei einem bin ich mir absolut sicher, dass er der Richtige wäre. Ich rede von Professor Klemens von Heideloff. Sie kennen ihn sicherlich noch. Meine Idee ist es, dass er zurück nach Lübeck kommt. Und dabei sollen Sie mir helfen.«

»Von Heideloff«, wiederholte Andresen kopfschüttelnd. »Ist das wirklich Ihr Ernst?«

»Und ob das mein Ernst ist. Mit Ausnahme von mir selbst wüsste ich niemanden, der über ein vergleichbares Wissen wie er verfügt. Neidlos anerkennen muss ich sogar, dass er Methoden anwendet, die ich seinerzeit nicht erlernt habe. Wirklich faszinierend, welche Kenntnisse er besitzt.«

»Seine fachlichen Qualifikationen möchte ich nicht anzweifeln«, merkte Andresen an.

»Unbestritten besitzt Professor von Heideloff ein äußerst ausgeprägtes Ego, aber dennoch würde ich ihn gerne wieder hier bei uns sehen. Alles, was Sie machen müssten, wäre, ein Veto zu den jetzigen Plänen der Klinikumsführung einzulegen und den Wunsch, von Heideloff zurückzuholen, zu äußern.«

»Um ganz ehrlich zu sein, bin ich durchaus froh, dass von Heideloff nicht mehr hier ist«, sagte Andresen. »Die Zusammenarbeit mit ihm war alles andere als einfach. Ich verstehe, dass Sie das vor allem vor dem medizinischen Hintergrund betrachten. Aber das ist manchmal nicht entscheidend.« Andresen hielt inne und suchte nach den richtigen Worten.

»Verstehen Sie mich nicht falsch«, sagte er schließlich. »Aber vielleicht gehen Sie jetzt einfach nach Hause und kümmern sich um Ihre kranke Frau. Wir besprechen alles Weitere mit Professor Kapustka. Sie macht auf mich einen sehr kompetenten Eindruck.«

»Sie lassen es also tatsächlich zu, dass man mich abschiebt?«

»Weshalb sollte man Sie abschieben wollen? Sie haben doch noch ein paar Jahre vor sich. Nutzen Sie die Zeit und arbeiten Sie Ihre Kollegin ein.«

»Ein paar Jahre vielleicht, das stimmt«, sagte Birnbaum leise. »Aber irgendwann werden sie es herausbekommen, und dann wird alles ganz schnell gehen.«

»Tut mir leid, ich kann Ihnen nicht folgen.«

»Tun Sie doch nicht so, Andresen. An Ihrem Blick habe ich gemerkt, dass Sie längst Bescheid wissen.«

»Ich habe wirklich keine Ahnung, wovon Sie sprechen. Sagen Sie es mir.«

»Verdammt, Andresen, verstehen Sie denn nicht? Ich verliere meinen Verstand.« Birnbaum vergrub sein Gesicht in den Händen und begann, nervös auf und ab zu laufen.

»Ich habe vor einigen Wochen die Diagnose Alzheimer erhalten. Noch macht sich die Krankheit kaum bemerkbar, aber es ist nicht unwahrscheinlich, dass ich in ein paar Wochen gar nicht mehr hier bin. Oder glauben Sie ernsthaft, die lassen mich hier noch praktizieren, wenn ich die Leichen jeden Tag aufs Neue begrüße?«

Andresen atmete tief durch und stützte sich auf einem Tisch ab, der in der Mitte des Raums stand. Der Nächste, den es erwischt hat, fuhr es ihm durch den Kopf.

Angefangen hatte es mit seinem Erzfeind Boris Roloff, von dem er vor knapp einem Jahr erfahren hatte, dass er unter einer schweren Nierenkrankheit litt. Wie es ihm heute ging, wusste er nicht. Vielleicht war er nicht einmal mehr am Leben. Obwohl es keinen anderen Menschen gab, mit dem ihn eine ähnliche Feindschaft verband wie mit Roloff und er ihn für dessen verbrecherische Skrupellosigkeit verachtete, wünschte er sich nicht dessen Tod.

Seine ehemalige Lebensgefährtin Wiebke war die Nächste, die krank geworden war. Anders als bei Birnbaum gab es bei ihr keinerlei Zweifel, dass sie den Verstand verloren hatte. Binnen weniger Monate hatte die psychische Krankheit aus ihr eine Frau gemacht, die nicht nur sein ehemaliges Altstadthaus in Brand gesteckt hatte, sondern auch noch damit gedroht hatte, mit ihrer gemeinsamen Tochter in den Tod zu springen.

Etwa zur selben Zeit hatte er erfahren, dass es seinen langjährigen Weggefährten, den Privatdetektiv Kalle Hansen, erwischt hatte. Auf den ersten Blick sogar am schlimmsten, denn die Ärzte hatten ihn nach der Diagnose Blasenkrebs im Grunde bereits aufgegeben. Wie durch ein Wunder hatte Hansen es geschafft und die Krankheit besiegt. Nach schwierigen Monaten befand er sich mittlerweile auf dem Weg der Besserung, auch wenn von dem ehemals mächtigen Hansen nur noch eine halbe Portion übrig geblieben war.

Jetzt also auch noch Birnbaum.

So viele Menschen, mit denen er in den vergangenen Jahren auf eine gewisse Weise eng verbunden gewesen war, waren von schweren Schicksalsschlägen heimgesucht worden. Wann würde es ihn selbst treffen? Sein Lebensstil ohne jede sportliche Aktivität, dafür aber mit zu viel ungesundem Essen und Alkohol hatte seinen behandelnden Arzt vor einigen Wochen zu der Aussage verleitet, er würde in wenigen Jahren unter Diabetes leiden, wenn er so weitermache. Er hatte gar nicht richtig zugehört. Unliebsame Tatsachen hatte er schon immer erfolgreich ignoriert.

»Hören Sie mir eigentlich zu?«

Andresen schrak aus seinen Gedanken hoch und starrte Birnbaum an. »Ich bemerke nichts Ungewöhnliches an Ihnen«, log er. »Sie sind immer noch der alte Birnbaum, vielleicht etwas schlecht gelaunt, aber auf gar keinen Fall unzurechnungsfähig.«

»Das habe ich auch gedacht«, sagte Birnbaum. »Aber dem ist wohl nicht so. Und man selbst merkt es wohl als Allerletzter.«

»Verstehe ich das richtig, Ihre Frau ist also gar nicht krank?«

»Natürlich nicht«, entgegnete Birnbaum verständnislos. »Was glauben Sie, wie ich mich gefühlt habe, als ich die Diagnose erhalten habe? Mir war nach allem zumute, nur nicht, meine Arbeit zu verrichten und mich mit der Kollegin Kapustka auseinanderzusetzen. Nicht einmal der Leichenfund auf dem Priwall kann mich motivieren, meine Arbeit wieder aufzunehmen. Ich bin heute lediglich hier, weil ich gehört habe, dass Sie uns einen Besuch abstatten.«

»Das klingt alles so gar nicht nach Ihnen.« Andresen blickte Birnbaum tief in die Augen. »Ich weiß, dass Sie noch nicht so weit sind, um von der Bühne abzutreten. Ich halte es für sehr wichtig, dass Sie sich an diesem Fall aktiv beteiligen. Wir brauchen Ihren Rat. Aber geben Sie gleichzeitig auch Professor Kapustka eine faire Chance.«

»Sie haben leicht reden«, sagte Birnbaum resigniert. »Wie würden Sie denn an meiner Stelle reagieren?«

»Ich schätze, ich würde …« Andresen suchte nach den richtigen Worten. »Um ehrlich zu sein, ich weiß es nicht. Aber es spielt auch gar keine Rolle. In diesem Augenblick haben Sie überhaupt keine andere Wahl, als uns zu helfen. Sie haben es vorhin selbst gesagt: Das, was da nebenan auf dem Tisch liegt, ist das Werk eines zweifachen Mörders. Mindestens. Wir benötigen somit jeden noch so kleinen Hinweis, der Ihnen bei der Obduktion auffällt. Selbst wenn wir keinen direkten Hinweis auf den Täter finden, lässt sich vielleicht bei der Schellbruch-Toten und der skelettierten Toten vom Priwall ein Muster erkennen.«

»Natürlich gibt es ein Muster«, erwiderte Birnbaum ungehalten. »Ich habe Ihnen doch vorhin bereits von den Knochenbrüchen und den Auffälligkeiten bei den Zähnen der Opfer berichtet.«

»Richtig, aber vielleicht gibt es …« Andresen stockte. »Moment mal, Auffälligkeiten bei den Zähnen? Was soll das heißen?«

»Das sagte ich doch schon.«

»Nein, das sagten Sie nicht.«

Birnbaum wollte etwas erwidern, schluckte seine Worte jedoch hinunter. Plötzlich wirkte er unsicher, beinahe verwirrt. Als hätte er vergessen, was er bereits erzählt hatte.

Schlagartig wurde Andresen bewusst, dass Birnbaums Erkrankung gnadenlos und unaufhaltsam war. Wenn er unter Alzheimer litt, gab es kein Zurück mehr. Die Momente, in denen die Krankheit zuschlug, würden immer häufiger kommen. Vielleicht auch schneller, als Birnbaum es befürchtete. Spätestens in ein paar Wochen würde er die Leitung der Rechtsmedizin des Universitätsklinikums Lübeck abgeben müssen.

»Die Zähne«, sagte Andresen. »Was ist mit ihnen?« Er versuchte, verständnisvoll und gleichzeitig nicht mitleidig zu klingen.

»Sehen Sie, Andresen, ich verliere den Verstand«, murmelte Birnbaum. »Sie sind Zeuge meines Niedergangs.«

»Widerfährt uns das nicht allen früher oder später?« Andresen spürte, dass er Birnbaum in diesem Moment keinen Trost spenden konnte.

»Es tut mir wirklich leid für Sie«, fuhr er nach einer bedrückenden Pause fort. »Aber vielleicht könnten Sie mir jetzt sagen, was es mit den Zähnen der toten Frauen auf sich hat? Was haben Sie feststellen können?«

»Sie waren schlecht«, antwortete Birnbaum und klang dabei abwesend. »Um nicht zu sagen, Kiefer und Gebiss befanden sich in einem Zustand, den ich im Laufe meiner Zeit als Rechtsmediziner nur bei Drogenabhängigen und Prostituierten gesehen habe.«

RAUS AUS DEM PUPPENHAUS

»Wenn sie in fünf Minuten nicht damit aufgehört hat, gehe ich hoch, schnappe mir ihre idiotische Gitarre und reiße sämtliche Saiten heraus.«

Andresen grinste, während sich Agnes wutentbrannt aus dem Bett schwang und im nächsten Augenblick ihr Knie am Heizungskörper unterhalb des Fensters anschlug.

»Verdammt, das ist alles viel zu eng und klein«, fluchte sie. »Ich schwöre dir, das ist meine letzte Nacht hier. Entweder wir schlafen in Zukunft in meiner Wohnung, oder wir suchen uns tatsächlich so schnell wie möglich gemeinsam etwas Neues.«

»Nummer drei«, sagte Andresen leise.

»Wie bitte?«

»Du wärst die Nummer drei«, wiederholte er. »Die dritte Frau nach Rita und Wiebke, mit der ich zusammenziehen würde.«

»Schlimm?«

»Ganz und gar nicht.«

»Dann lass mich deine Nummer drei sein«, sagte Agnes vehement. »Gib mir lieber eine Nummer, als dass ich noch eine weitere Nacht in diesem Loch verbringen muss.«

»Ist es wirklich so schlimm?«

»Schlimmer.«

»Wie lange kennen wir uns jetzt?«, fragte Andresen. »Über ein Jahr bereits? Ich habe dich noch nie so aufgebracht erlebt. Was ist denn los mit dir?«

»Was mit mir los ist?« Agnes humpelte durch das winzige Schlafzimmer und strich sich fahrig durch ihre Kurzhaarfrisur. »Ich bin zweiundvierzig Jahre alt. Als wir zusammengekommen sind, war das für mich wie der Beginn eines neuen Lebens. Nachdem mich Matthias verlassen hatte, habe ich mir jahrelang eingeredet, dass ich nie wieder eine Beziehung führen werde. Aber als ich dich dann da mit deiner Schussverletzung liegen sah, hatte ich plötzlich wieder dieses Gefühl von Nähe, das mir so gefehlt hat. Und das, obwohl du mehr als zehn Jahre älter bist als ich und du nicht gerade wie George Clooney ausgesehen hast, als du da mit der Bettpfanne unter dem Hintern vor mir lagst.«

»Schöner hätte ich es nicht ausdrücken können. Vielen Dank für die netten Worte.«

»Tut mir leid. Ich hoffe, du weißt, wie ich das meine.« Agnes versuchte zu lächeln, doch es war offensichtlich, dass ihr etwas auf dem Herzen lag.

»Verstehst du, mir geht es um uns beide. Ich will mit dir glücklich sein. Aber diese Wohnung hier ist nicht das, was ich mir für uns vorstelle. Seit Monaten warte ich darauf, dass von dir irgendein Zeichen kommt. Ein Vorschlag, eine Idee, was auch immer. Aber nichts passiert. Fühlst du dich wirklich wohl hier?«

»Ich fühle mich dort wohl, wo wir zusammen sein können«, antwortete Andresen.

»Aber denkst du nie darüber nach, dass wir beide zusammen etwas Neues beginnen können?«

»Wie meinst du das?«

»Ich maße mir nicht an, über deine Beziehung mit Wiebke zu urteilen. Aber ich glaube zu wissen, dass das mit euch auch deshalb gescheitert ist, weil du deine Freiheiten nicht aufgeben wolltest. Du hast dich niemals ganz auf sie eingelassen. Ehrlich gesagt, kann ich schon verstehen, dass sie damit nicht klargekommen ist. Und mit Rita war es auch nicht viel anders. Du hast für deine Freiheiten und deinen Job deine Ehe riskiert. Weshalb sollte ich glauben, dass es zwischen uns anders laufen wird?«

»Was soll ich deiner Meinung nach denn tun?«

»Bist du eigentlich wirklich so ein Gefühlslegastheniker?«, fragte Agnes kopfschüttelnd. »Das fällt mir schwer zu glauben. Du warst nicht so, als wir uns kennengelernt haben. Ich vermute, dass etwas anderes dahintersteckt.«

»Ach ja?«

»Du hast eine merkwürdige Angst davor, dich noch einmal zu binden. Sicherlich verständlich, nach all dem, was du mitgemacht hast. Aber wenn du es nicht schaffst, dich in naher

Zukunft darauf einzulassen, dein Leben mit allem, was dazugehört, an meiner Seite zu führen, werde ich dich verlassen. Falls du verstehst, was ich meine.«

»Das war zumindest deutlich genug«, sagte Andresen.

»Und?«

»Muss ich mich jetzt dazu äußern?«

»Ich gehe einfach mal davon aus, dass du dir auch Gedanken darüber gemacht hast, wie es mit uns weitergehen wird.«

»Natürlich habe ich das«, entgegnete Andresen. »Aber es ist nun mal so, dass ich mich mit der Situation, wie sie jetzt ist, ganz wohl fühle. Ich will nicht noch einmal das aufgeben, was ich habe, wenn ich nicht weiß, dass der neue Weg der richtige ist. Andererseits ist mir klar, dass du mehr möchtest.«

»Wenn du nicht weißt, ob du dafür offen bist, sollten wir unsere Beziehung wohl besser beenden. Ich möchte nicht einfach nur eine weitere Nummer sein. Wenn, dann will ich die letzte Nummer in deinem Leben sein.«

»Das klingt perfekt«, sagte Andresen und sah Agnes an. »Ich weiß, dass ich Kompromisse schließen und über meinen Schatten springen muss. Das wird nicht einfach sein und eine gewisse Zeit dauern.«

»Quatsch«, entgegnete Agnes vehement. »Du bist schon wieder dabei, den gleichen Fehler wie bei Rita und Wiebke zu begehen. Keine Ausreden mehr, keine vagen Versprechungen. Und keine Erklärungen, dass du noch Zeit benötigst. Wenn du dich ändern willst, muss es jetzt sofort passieren.«

»Du solltest wissen, dass es nicht der richtige Weg ist, mir die Pistole auf die Brust zu setzen.«

»Was ist denn bei dir der richtige Weg?« Agnes setzte sich auf die Bettkante und sah Andresen tief in die Augen. »Kann es sein, dass es diesen richtigen Weg gar nicht gibt? Niemand außer dir selbst wird in der Lage sein, die Dinge zu ändern. Du musst es wollen, ansonsten wirst du mit der Konsequenz leben müssen, dass deine Beziehungen immer wieder scheitern.«

»Ich glaube, ich verstehe allmählich«, sagte Andresen. »Kann es sein, dass du mit Rita gesprochen hast?«

»Das habe ich. Und, stört dich das etwa?«

»Natürlich stört mich das. Ich weiß genau, wie sie über mich denkt. Hat sie dich etwa gegen mich aufgehetzt?«

»Du machst dir das Leben einfach selbst schwer, Birger«, antwortete Agnes. »Mit dieser Selbstgerechtigkeitsnummer machst du dich wichtiger, als du bist. Mit manchem, was Rita mir über dich erzählt hat, mag sie zugegebenermaßen recht haben, aber du kannst dir sicher sein, dass ich mir ein eigenes Bild von dir gemacht habe.«

»Das hoffe ich doch sehr.« Andresen schob die Hand, die Agnes auf sein Knie gelegt hatte, von sich weg. »Was ist das Ergebnis deiner Psychoanalyse?«, fragte er. »Bin ich ein alter, verbohrter Mann, beziehungsunfähig und unbelehrbar?«

»Das wäre keine neue Erkenntnis.« Jetzt lächelte Agnes und legte ihre Hand erneut auf sein Knie. »Du hast in den vergangenen Monaten vielleicht gemerkt, dass ich es ernst mit dir und mir meine. In den meisten Momenten warst du gar nicht dieser launische Eigenbrötler, der du offenbar manchmal gerne sein willst, sondern ein liebevoller, einfühlsamer Partner, in den ich mich verliebt habe.«

Agnes holte tief Luft, während Andresen sie argwöhnisch ansah und auf das Aber wartete.

»Aber es gibt nun mal auch Situationen, da möchte ich einfach nur schreiend weglaufen«, fuhr sie fort. »Immer dann, wenn du gerade mal wieder nicht merkst, wie sehr du andere vor den Kopf stößt. Wenn du ohne jede Rücksicht Entscheidungen triffst oder durch dein Schweigen Vertrauen zerstörst.«

»Denkst du wirklich so über mich?«

»Eigentlich versuche ich dir gerade zu erklären, dass du im Grunde ganz anders bist«, antwortete Agnes. »Aber du willst doch nicht bestreiten, dass du dich seit einigen Tagen mir gegenüber anders verhältst als früher, oder?«

Andresen schaute Agnes erstaunt an.

»Die Leichtigkeit zwischen uns ist verschwunden, was nach einem Jahr Beziehung wahrscheinlich vollkommen normal ist. Allerdings glaube ich, dass es vor Kurzem einen Auslöser gegeben hat, der ausschlaggebend für dein seltsames Verhalten ist. Und du weißt ganz genau, wovon ich spreche.«

Andresen schwieg und schüttelte beinahe unmerklich den Kopf.

»Die aufgeklappte Zeitung mit den Wohnungsannoncen auf deinem Schreibtisch war keine Unachtsamkeit von mir.« Agnes sprach ungerührt weiter. »Ich habe sie ganz bewusst dort liegen lassen, um zu sehen, wie du darauf reagierst. Und ich muss sagen, dass ich nicht sonderlich überrascht darüber war, was passiert ist.«

»Was bin ich eigentlich?«, fragte Andresen empört. »Dein persönliches Psychoexperiment? Willst du etwa umschulen?« Er rollte sich zur Seite und stand aus dem Bett auf.

»Hättest du denn ein Problem damit, wenn ich mich noch einmal verändere? Ich bin immerhin im besten Alter.«

Andresen musste augenblicklich an Wiebke denken. Als es ihr noch besser gegangen war, hatte sie einen Job als Medienberaterin des schleswig-holsteinischen Ministerpräsidenten angenommen. Unverzeihlich, dass er ihr nie gesagt hatte, wie stolz er tief im Innern auf sie gewesen war. Auch weil sie sich nebenbei noch um die Kinder gekümmert hatte.

»Keine Angst, ich habe nicht vor, Psychologin zu werden«, sagte Agnes. »Aber es würde mich wirklich interessieren, wie sich das Ganze zwischen uns entwickeln würde, wenn ich diejenige wäre, die Karriere macht.«

»Gar nichts würde sich entwickeln«, entgegnete Andresen barsch. »Außer dass ich mich natürlich für dich freuen würde.«

»Würdest du dich auch freuen, wenn wir uns morgen Abend eine Wohnung in der Mühlenstraße ansehen?«

»Heißt das etwa –«

»Ja, das heißt es«, fiel sie ihm in Wort. »Neunzig Quadratmeter. Altbau. Mit Balkon. Vor zwei Jahren komplett saniert.«

»Ich habe es ja bereits befürchtet«, sagte Andresen zögerlich. »Bist du dir ganz sicher, dass du die Nummer drei werden willst?«

»Und du meine Nummer zwei?«

»Ich habe Angst davor, dass ich es wieder verbocke«, antwortete Andresen. »Ich will nicht noch einmal alles kaputtmachen.«

»Keine Sorge, ich will dich jetzt zu keiner Antwort zwingen.

Aber ich hoffe, du weißt, was passieren wird, wenn du Nein sagst.«

Ein kurzes Grinsen huschte über Andresens Lippen.

»Sag nichts«, flüsterte Agnes. »Komm einfach morgen Abend mit, dann weiß ich, woran ich bei dir bin.«

GRÜNE LAGUNE

Obwohl zwischen seinem alten Arbeitsplatz bei der Mordkommission und dem neuen in der X-Einheit nur eine Etage lag, wurde Andresen das Gefühl nicht los, hier im sechsten Stockwerk sei ihm noch immer alles fremd.

Mehr als zwanzig Jahre lang hatte er im Fahrstuhl auf den Knopf mit der Nummer sieben gedrückt, dort war seine Heimat gewesen. Die X-Einheit würde sich dagegen bis zu seiner Pensionierung wahrscheinlich immer nur wie ein Abschiebegleis, auf dem man ihn geparkt hatte, anfühlen.

Obwohl er mittlerweile seinen Frieden mit der neuen Position gefunden hatte, stellte ihn der Job dennoch jeden Tag vor die gleiche Herausforderung. Hinzunehmen, dass er nicht mehr in die alltägliche Kriminalarbeit eingebunden war und nur noch hinzugezogen wurde, wenn Mangel an fähigen Leuten herrschte, fiel ihm schwerer, als er gedacht hatte.

Er ging den ehemaligen Kollegen weitestgehend aus dem Weg, versuchte, so wenig wie möglich von den tagesaktuellen Fällen mitzubekommen, und doch ließen sich die Aufgaben und Verantwortlichkeiten der beiden Abteilungen nicht so ganz voneinander trennen.

Im vierten Stockwerk hielt der Aufzug. Die Tür öffnete sich, und Siederdissen betrat den Fahrstuhl. Er war einer von Seelhoffs Kriminaltechnikern und bekannt dafür, kein Blatt vor den Mund zu nehmen.

»Moin, fährst du runter?«

»Ich komme gerade erst«, antwortete Andresen.

»Es ist halb zehn.« Siederdissen blickte Andresen überrascht an. »Hast du in dieser X-Einheit vielleicht noch einen Platz für mich frei?«

»Ich denke mal drüber nach«, antwortete Andresen. »Der Vorteil wäre, dass wir uns nur selten sehen würden, da du schon gemütlich auf deiner Couch liegst, wenn für mich erst die Arbeit beginnt.«

»Oha. Immer noch im Höhenflug seit der Sache mit dem US-Außenminister?«

»Offenbar bin ich der Einzige hier, der sich für diese Drecksarbeit nicht zu schade ist. Und das, obwohl ich in meiner Einheit mit solchen Sachen eigentlich gar nichts zu tun habe.«

»Stimmt, während ich jetzt wieder in diese wundervolle Nebelsuppe hinausdarf, um noch einmal am Priwallstrand nach Knochenresten zu graben, musst du hier Unmenschliches leisten. In diesem kalten Gebäude auf einem ungemütlichen Stuhl an einem Schreibtisch, der vor Papierkram überquillt. Mein Mitleid.«

Andresen suchte noch nach den passenden Worten, als der Fahrstuhl plötzlich anhielt. Er verzichtete schließlich auf eine Antwort und drängte sich an Siederdissen vorbei.

»Verträgst du etwa die Wahrheit nicht?«

Andresen hob die Hand, um sich zu verabschieden, ohne sich noch einmal umzusehen, während sich die Fahrstuhltür wieder schloss und Siederdissens Worte auf dem Flur verhallten.

Auf dem Weg zu seinem Büro gelang es Andresen nicht, die kurze Unterhaltung zu verdrängen. Natürlich war ihm bewusst, dass die Kriminaltechniker keinen Nine-to-five-Job hatten. Tatsächlich waren sie es, die in der Anfangsphase einer Mordermittlung die eigentliche Drecksarbeit erledigten.

Aber genauso schnell waren die Techniker auch wieder raus aus einer Sache. Dann war der Ermittler auf sich allein gestellt und musste sich um die mühsamen, nicht selten frustrierenden Puzzlearbeiten kümmern. Und sich zum Teil in lebensgefährliche Situationen begeben, wie sie während einer Ermittlung in der Mordkommission immer wieder vorkamen.

In der X-Einheit war alles anders. Er ermittelte überwiegend am Schreibtisch, wühlte Dutzende Male Dokumente alter Todesfälle durch und suchte verzweifelt nach irgendwelchen Hinweisen und Verbindungen, die Jahre zuvor nicht gefunden worden waren. Tatortbegehungen, Gespräche mit Zeugen und Festnahmen von Tätern waren dagegen kaum mehr ein Teil seiner Arbeit.

Umso mehr motivierte ihn, dass sich der Fall der skelettierten

Leiche am Priwallstrand in Verbindung mit der Schellbruch-Toten nicht vom Schreibtisch aus würde aufklären können. Er musste rausgehen und sich in die eben noch beklagte Drecksarbeit stürzen. Das tun, was er am besten konnte. Ermitteln und Fälle lösen.

Noch bevor er sein Büro erreicht hatte, drehte er um und ging den langen Weg zurück in Richtung Fahrstuhl. Er musste jetzt sofort etwas unternehmen, sich die Umstände des alten Falls noch einmal unmittelbar vor Augen führen. Allein mit Professor Birnbaum zu sprechen und Akten zu wälzen, würde ihn in dieser Angelegenheit nicht weiterbringen.

Seit dem Gespräch mit Kregel am Priwallstrand war ihm klar gewesen, dass er noch einmal in den Schellbruch zurückkehren müsste. Dorthin, wo es an sommerlichen Tagen nahezu paradiesisch war, an trüben und nebelverhangenen Wintertagen jedoch geradezu gespenstisch sein konnte. Wo vor ziemlich genau sechs Jahren alles angefangen hatte.

Die Tatsache, dass sie damals keinerlei Anhaltspunkte gefunden hatten, hatte schwer an ihm genagt. Polizeipräsident Franz Zeichner und der damalige Leiter der Mordkommission, Frank Sibius, hatten monatelang unter Druck gestanden. Die Medien hatten überregional über die mysteriöse Tote vom Schellbruch berichtet. Hatten sich eigene Theorien über die Hintergründe zusammengesponnen und in reißerischer Form spekuliert, ob man es womöglich mit einem Serientäter zu tun habe.

Nach einem halben Jahr hatte sich die Situation schließlich wieder beruhigt. Die Idee von Zeichner, den Fall in der Fernsehsendung »Aktenzeichen XY ungelöst« vorzustellen, hatten sie damals verworfen. Andresen war klar gewesen, dass der Weg über die Medien durchaus sinnvoll sein konnte, um an Zeugenaussagen zu gelangen, die ihnen durch ihre übliche Ermittlungsarbeit verwehrt blieben. Trotzdem war er froh gewesen, dass man den Fall in den Medien nicht noch weiter hochkochte und er nicht im Kreuzfeuer der Medien stand.

Sechs Jahre lang war Ruhe gewesen, doch der gestrige Fund veränderte alles. Obwohl sie noch keine Pressekonferenz gegeben hatten, waren den Redakteuren der Lübecker Nachrichten die Parallelen zwischen den beiden Knochenfunden auf dem Priwall und im Schellbruch nicht entgangen.

»Horrorfund in den Priwalldünen – neue Spur im Fall der Schellbruch-Toten?«, titelte die Zeitung auf Seite eins.

Andresen hatte den Artikel nur rasch überflogen. Die Journalistin hatte keinerlei Neuigkeiten zu berichten und stattdessen ihren Spekulationen freien Lauf gelassen.

Als Andresen wenige Minuten später mit seinem Volvo aus der Tiefgarage des Polizeipräsidiums fuhr, kamen ihm Zweifel an seinem Vorhaben. Der Nebel war noch dichter geworden, er konnte kaum mehr die Rücklichter der vor ihm fahrenden Autos sehen. Was zum Teufel sollte er an diesem Tag im Schellbruch, wenn er kaum die Hand vor Augen erkennen konnte.

Die Ampel sprang auf Grün, der Wagen vor ihm fuhr an. Andresen blieb stehen.

Schreibtisch oder Schellbruch.

Er würde einfach nie ein Schreibtischmensch werden. Er wollte raus, dorthin, wo es wehtat, die Drecksarbeit erledigen und die Ermittlungen letztlich zu einem erfolgreichen Ende führen.

Aus dem Augenwinkel sah er ein diffuses gelbes Licht durch den Nebel. Die Ampel sprang zurück auf Rot. Andresen gab Gas und bog ab in Richtung Berliner Platz.

Die Nebelschwaden zogen so schnell über die Lagune des Schellbruchs, dass Andresen beim Blick in den Himmel für einen kurzen Moment schwindelig wurde.

Er hatte Schwierigkeiten, einen Fuß vor den anderen zu setzen. Nicht nur, weil er kaum etwas sah – der Untergrund war derart aufgeweicht durch den Regen der vergangenen Wochen, dass er mit jedem Schritt im Matsch stecken blieb.

Erst als er die kleine Brücke, die über die Medebek führte, überquert hatte, kam die Orientierung zurück. Er befand sich auf dem Gänsepfad. Die große Lagune lag jetzt direkt vor ihm, zumindest vermutete er das. Alles, was er sehen konnte, waren eine weiße Wand und feuchte Holzplanken unter seinen Füßen.

Hier, wo sich in wenigen Wochen Tausende Reiher, Gänse und Kormorane niederlassen und für eine einzigartige Geräuschkulisse sorgen würden, herrschte heute eine gespenstische Stille, die durch den Nebel noch verstärkt wurde.

Vorsichtig ging er weiter. Als er eine Gabelung erreichte, erinnerte er sich, dass rechts der Möwenstieg abknickte. Er führte an der großen Lagune entlang bis vor zur Trave. Nur der Treidelstieg trennte die beiden Gewässer.

Nach etwa hundert Metern erkannte er zu seiner Linken die Bank, auf der gut sichtbar in roter Farbe »Hier ist es schön« geschrieben stand. Ab hier waren es nur noch wenige Meter bis zu der Fundstelle von damals. Andresen schob einige Äste beiseite und näherte sich dem Süßwasserteich, der auf dieser Seite des Möwenstiegs lag.

Er versuchte, sich die Situation wieder vor Augen zu rufen. Sechs Jahre waren vergangen, die Bilder bereits leicht verblasst. Aber es war vor allem der Nebel, der sein Erinnerungsvermögen beeinträchtigte. Irgendwo hier musste es gewesen sein. Der Untergrund war so matschig, dass er die Feuchtigkeit an seinen Füßen spürte, obwohl er hohe Lederschuhe trug.

Ein lautes Schiffshorn dröhnte über die Lagune. Nur wenige hundert Meter entfernt, hinter der dicken Nebelwand, schob sich wahrscheinlich eines der großen Frachtschiffe, die am Vorwerker Hafen ablegten, direkt am Schellbruch vorbei. Das Wummern der Maschinen erinnerte Andresen sofort an den gestrigen Nachmittag, als Kregel und Seelhoff ihm in den Priwalldünen unter dem Motorengeräusch einer der großen Fähren die Knochenreste der unbekannten Toten gezeigt hatten.

Er war kein ängstlicher Mensch. Aber die Tatsache, bei diesem Wetter in diesem einsamen Landschaftsschutzgebiet kurz vor Gothmund herumzulaufen und keine zehn Meter weit sehen zu können, machte Andresen nervöser, als ihm lieb war.

Seine Füße versanken immer mehr im Matsch. Einen Moment lang befürchtete er, seine Schuhe zu verlieren. Äste von Sträuchern und Bäumen bohrten sich in seine dicke Winterjacke, manche zerkratzten sein Gesicht. Im letzten Moment, bevor er mit dem rechten Fuß in den Süßwasserteich getreten wäre, sah er das Schilf am Uferrand.

Das war die Stelle. Wenige Schritte entfernt befand sich ein etwa zwei mal zwei Meter großer Bereich, der sofort ins Auge stach. Er war weit weniger dicht und hoch bewachsen als die Umgebung. Exakt hier hatte damals ein Ornithologe mehrere Knochen der bis heute unbekannten Frau gefunden. Seelhoff und seine Leute hatten in den folgenden Tagen das komplette Gebiet umgegraben, bis sie schließlich mit Ausnahme weniger Knochen das vollständige Skelett zusammengetragen hatten.

Die Frage, ob die Leiche in dem Teich versenkt und später durch Sturm und Hochwasser an Land gespült oder aber direkt an der Uferkante abgelegt und womöglich jahrelang nicht entdeckt worden war, hatte nicht geklärt werden können. Auch auf die Frage, wie lange die Leiche im Schellbruch gelegen hatte, hatte es keine präzise Antwort gegeben. Wind und Wetter hatten dafür gesorgt, dass die Knochen kaum brauchbare Spuren aufwiesen.

Auffällig waren allerdings die zahlreichen Brüche der Knochen gewesen. Der Täter musste mit unvorstellbarer Brutalität vorgegangen sein. Die Parallelen zu dem gestrigen Fund waren einfach nicht von der Hand zu weisen. Die Knochenbrüche, die Handschellen, die sie gefunden hatten, und die schlechten Zähne, von denen Birnbaum gesprochen hatte. Auch der Professor war überzeugt davon, dass beide Frauen von demselben Täter ermordet worden waren.

Andresen schloss die Augen und stellte sich vor, was damals passiert war. Wenn die Morde zusammenhingen, waren sie dann etwa auch zur selben Zeit passiert? Seit dem Fund im Schellbruch waren sechs Jahre vergangen, die Leiche war damals bereits vollständig skelettiert gewesen. Der Mord an der Frau konnte somit gut und gerne zehn Jahre zurückliegen. Galt das auch für die Tote vom Priwall?

Andresen versuchte sich zu konzentrieren, massierte seine Schläfen. Wie konnte es sein, dass sie keinerlei Gesichter zu den Leichenfunden hatten? Damals hatten sie intensiv geprüft, ob es vermisste Personen in Norddeutschland gab, die dem

Geschlecht, der Statur und dem Alter nach zu den skelettierten Überresten passten. Ohne Erfolg. Und auch zu dem gestrigen Fund hatte ihre Datenbank bislang keine entsprechenden Vermisstenfälle der letzten Jahre ausgespuckt. Niemanden, der auch nur ansatzweise in Frage kam.

Wie konnte es sein, dass zwei junge Frauen starben, die niemand vermisste? Stammten sie aus dem Ausland? Und was hatte es mit Birnbaums Bemerkung auf sich, dass die Zähne der beiden Opfer in schlechtem Zustand gewesen waren? Stammten die Frauen aus einer sozial schwächeren Schicht? Waren sie drogenabhängig gewesen? Handelte es sich womöglich um Prostituierte?

Andresen gelang es zwar, die wichtigen Fragen zu formulieren, aber momentan schien selbst der neue Fall kein klareres Licht auf den alten zu werfen. Solange sie nicht wussten, wer die toten Frauen waren, würde es unmöglich sein, diesen alten Fall aufzuklären. Der Nebel, der ihn umgab, war in diesem Moment sinnbildlich: Sie würden weiter herumstochern müssen.

Andresen senkte seinen Blick. Der Matsch quoll über die Knöchel in seine Winterschuhe. Er spürte die kalte Nässe, die sich in jeden Winkel seines Körpers fraß.

Er ging weiter, zurück in Richtung Möwenstieg. Plötzlich blieb er mit dem rechten Fuß an einem Ast oder einer Wurzel hängen. Er stolperte. Mit Mühe gelang es ihm, sich auf den Beinen zu halten, er trat jedoch auf noch morastigeren Untergrund und versank mit dem rechten Bein bis knapp unterhalb der Kniescheibe im Schlamm.

Als er versuchte, den Fuß wieder herauszuziehen, spürte er bereits, dass der Schuh im Matsch stecken blieb. Er fluchte so laut, dass seine Stimme sekundenlang durch den Schellbruch hallte.

Noch immer wütend auf sich selbst, machte er einen großen Ausfallschritt zurück zu der Stelle, an der er gestolpert war. Seine Augen scannten den aufgeweichten Erdboden, den Seelhoffs Team damals Zentimeter für Zentimeter umgegraben hatte.

Wo war diese verdammte Wurzel? Er ging in die Knie und

tastete den Boden ab, bis er endlich etwas Festes zu fassen bekam, das aus der Erde hervorstand.

Er brauchte ein paar Sekunden, ehe er verstand, was er da in der Hand hielt. Die Wurzel war gar keine Wurzel. Genauso wenig, wie es sich um einen Ast handelte.

Vor lauter Schreck über den Knochen in seiner Hand wich Andresen zurück, stolperte erneut und landete unsanft im Schlamm.

IM SCHATTEN DER KRÄNE

Am frühen Nachmittag riss die Nebeldecke endlich auf. Zum ersten Mal seit gefühlten Monaten lugte sogar die Sonne hinter den dunklen Wolken hervor.

Noch war sie schwach, und trotzdem schienen die Menschen nur darauf gewartet zu haben, endlich ihre Häuser und Wohnungen zu verlassen, um die ersten Frühlingsstrahlen aufzusaugen.

Auf der nördlichen Wallhalbinsel war mehr los als sonst. Nicht nur, weil der Winter seinen endgültigen Abschied zu feiern schien: In den alten Hafenschuppen fanden in diesen Tagen Flohmärkte und Messen statt. Selbst der Strandsalon an der Spitze der Wallhalbinsel hatte heute Nachmittag geöffnet.

Jule stand am Wasser, im Schatten des alten Hafenkrans, der schon lange nicht mehr als solcher genutzt wurde, und zählte mit geschlossenen Augen. So laut, dass ihre kindliche Stimme über die Untertrave hallte.

»… achtzehn, neunzehn, zwanzig. Ich komme, versteckt oder nicht.«

Jule rannte unvermittelt los, bis zu den Media Docks. Sie war sich sicher, dass sie die Schritte ihrer Freundin Alma aus dieser Richtung gehört hatte. Vielleicht versteckte sie sich gleich hinter dem Gebäude.

Ihr wurde etwas mulmig zumute, als sie sich vom Strandsalon entfernte. Sie sollten nicht zu weit wegrennen, hatte ihre Mama gesagt. Und sie sollten nicht zu nah ans Wasser heran.

»Alma, wo bist du?«, rief sie. »Ich finde dich sowieso.«

Jule lief weiter, bis sie zwischen Media Docks und Hafenschuppen rechts abbog. Doch von Alma war auch hier nichts zu sehen.

»Alma, komm schon raus aus deinem Versteck«, rief Jule. Ihre Stimme klang ungeduldig. Und besorgt. »Wir sind zu weit weggelaufen. Wenn meine Mutter das merkt, kriege ich richtig Ärger.«

Langsam ging sie weiter, bis sie die Kopfsteinpflasterstraße erreicht hatte, die mittig über die nördliche Wallhalbinsel führte. Hier parkten Dutzende Autos. Alma musste sich hinter einem von ihnen versteckt haben. Zumindest hoffte Jule es.

»Alma, wo bist du?«

Keine Antwort.

»So macht das Spiel keinen Spaß.«

Wie sollte sie Alma hier bloß finden? Sie konnte überall sein. Plötzlich hatte sie Angst. Wieso antwortete Alma denn nicht? Sie musste doch auch wissen, dass sie Ärger bekommen würden.

Jule drehte sich um die eigene Achse und hatte plötzlich eine Idee. Was, wenn sich Alma in dem Hafenschuppen versteckt hielt? Das Tor zum Schuppen stand offen, einige Leute standen vor dem Eingang und rauchten.

Jule rannte los und stolperte um ein Haar über das unebene Kopfsteinpflaster. Immer wieder rief sie Almas Namen. Die Angst, dass irgendetwas passiert war, trieb sie an. Weshalb kam Alma nicht aus ihrem Versteck? Sie musste doch gehört haben, dass sie die ganze Zeit ihren Namen schrie.

Jule drängte sich an den Leuten vor dem Schuppen vorbei und stürzte die Treppe hoch, die ins Innere der Halle führte. Ohne sich noch einmal umzusehen, spürte sie die verwunderten Blicke in ihrem Rücken.

Im nächsten Moment fuhr Jule zusammen. Ein Schrei, so laut und schrill, dass selbst die Möwen, die auf dem Geländer vor dem Schuppen saßen, aufgeschreckt davonflogen. Alma! Ihr musste etwas Schlimmes zugestoßen sein.

Jule zögerte keine Sekunde und rannte zurück. Vorbei an den Leuten, die ihr noch immer hinterhersahen. In Richtung Norden, um das Gebäude herum. Bis zu dem denkmalgeschützten historischen Kran, unter dem sie gestanden und bis zwanzig gezählt hatte.

Wo war sie bloß? Alma musste doch irgendwo hier sein. Ihr Schrei war aus dieser Richtung gekommen, da war sich Jule sicher. Sie sah sich um, spürte plötzlich Tränen an ihren Wangen hinunterlaufen. »Alma«, flüsterte mit zittriger Stimme. »Wo bist du?«

Aus den Augenwinkeln sah Jule plötzlich von überall Erwachsene herbeieilen. Alle schienen den Schrei gehört zu haben. Gleich würde bestimmt auch ihre Mama auftauchen.

»Hier bin ich.«

Jule konnte nicht glauben, was sie sah, als sie nach oben blickte. Einige Meter über ihr hockte Alma auf einer Querstrebe des stählernen Kolosses. Sie schien in Ordnung zu sein, aber ihre Augen waren schreckgeweitet. Und ihre Stimme klang, als würde sie weinen.

»Cooles Versteck«, rief Jule. »Darauf wäre ich nie gekommen. Warum hast du so laut geschrien? Hast du dir wehgetan?«

Alma sah sie stumm an. Hatte sie etwa Angst, nicht mehr von dem Kran herunterzukommen?

»Sag schon, was ist denn los mit dir?«

»Da unten im Wasser schwimmt etwas«, antwortete Alma mit zittriger Stimme. »Ich glaube, es ist …«

»Sag schon.«

»Guck doch selbst.« Plötzlich klang Alma trotzig.

»Na schön, wenn du es mir nicht sagen willst.«

Jule unterquerte den Kran und näherte sich der Kaikante an der Untertrave. »Mit dir spiele ich nie wieder solche Spiele«, rief sie in Richtung Alma.

Links und rechts rannten Menschen an ihr vorbei. Ihre Stimmen klangen aufgeregt.

Nur noch ein paar Meter. Plötzlich hörte Jule die Stimme ihrer Mutter. Sie schrie ihren Namen. Verzweifelte Rufe, dass sie stehen bleiben und auf keinen Fall weitergehen solle. Jule ging trotzdem weiter. Sie wollte sehen, was auch Alma gesehen hatte.

Einen halben Meter vor der Kaikante blieb sie schließlich stehen. Sie brauchte einige Sekunden um zu verstehen, dann jedoch wurde ihr mit voller Wucht bewusst, weshalb Alma diesen panischen Schrei von sich gegeben hatte. Denn direkt vor ihren Augen trieb eine menschliche Leiche, die kaum mehr als solche zu erkennen war.

DIE MEUTE

Diesmal fuhr Andresen in den siebten Stock des Polizeihochhauses hinauf. Zum ersten Mal seit Wochen wieder.

Er war nicht allein. Mit ihm im Fahrstuhl standen Ida-Marie, Julia Winter und zwei neue Mitarbeiter aus der Mordkommission, die Andresen bislang nur flüchtig kennengelernt hatte.

Während der Fahrt wechselten sie kein einziges Wort miteinander. Nach Kregels Anruf vor einer halben Stunde war allen sofort klar gewesen, dass ihnen eine unruhige Zeit bevorstand.

Den Schock über den gefundenen Knochen im Schellbruch, der zu seiner Erleichterung offenbar von einem Tier stammte, hatte Andresen schnell überwunden. Eine Frauenleiche in der Untertrave bedeutete zwei Tage nach dem Fund der skelettierten Leiche am Priwallstrand jetzt jedoch nicht nur einen Haufen Arbeit für die Kripo, sondern auch jede Menge besorgter Bürger, die sie, statt sachdienliche Hinweise zu geben, womöglich bei ihrer Ermittlungsarbeit behinderten.

Das, was ihn vorhin vor dem Präsidium erwartet hatte, war selbst für Andresen, der in über zwanzig Jahren bei der Kripo in so manch einem aufsehenerregenden Fall ermittelt hatte, neu und verstörend gewesen. Vor dem Gebäude hatten Dutzende Journalisten gewartet, die nicht den Anschein erweckten, auf die für den morgigen Tag geplante offizielle Pressekonferenz warten zu wollen.

Noch schlimmer als die Pressevertreter waren die knapp fünfzig Personen gewesen, die mit fremdenfeindlichen Parolen gegen Flüchtlinge und angeblich zu lasches Durchgreifen der Behörden gepoltert hatten. Offenbar war für diese Leute bereits klar, dass die Tote aus der Trave, von der sie noch nicht einmal wussten, um wen es sich handelte, umgebracht worden war. Und vor allem, von wem.

In den sozialen Netzwerken erhitzten sich seit Stunden die Gemüter. Hasskommentare, falsche Verdächtigungen und Gerüchte machten die Runde. Andresen hatte sogar gehört, dass auf Facebook ein Video von der Frauenleiche in der Untertrave kursierte.

Das Team der Mordkommission sowie Andresen und Ida-Marie aus der X-Einheit versammelten sich schweigend im Besprechungszimmer. In Andresen kamen sofort Erinnerungen an frühere Zeiten hoch. Wie oft hatte er hier gesessen und zermürbende Diskussionen mit den Kollegen geführt. Zuletzt sogar am Kopfende, als Leiter des Kommissariats.

Jetzt saß er hier als einer von vielen. Als einer, der eigentlich gar nicht mehr dazugehörte. Und doch musste er immer wieder aushelfen, und zwar nicht nur aufgrund der dünnen Personaldecke. Kregel fragte ihn vor allem um Rat, weil es in seinem Team niemanden mehr mit Andresens Erfahrung gab.

»Danke, dass ihr so schnell kommen konntet.«

Andresen, der am Fenster stand und den zäh fließenden Verkehr am Berliner Platz beobachtete, wandte sich um. Polizeipräsident Franz Zeichner hatte soeben den Raum betreten. Er schien die Ansprache halten zu wollen. Kregel folgte ihm mit einigen Metern Abstand.

Andresen verstand in diesem Moment, was Kregel gemeint hatte. Das Verhältnis zwischen ihm und Zeichner war offenbar vollkommen zerstört. Er konnte sich nicht erinnern, dass Zeichner zu der Zeit, als er selbst Kommissariatsleiter gewesen war, jemals an seiner Stelle vor sein Team getreten war. Kregel machte auf ihn in diesem Moment den Eindruck eines Kommissaranwärters.

»Die Situation ist nicht einfach«, sagte Zeichner, nachdem sich alle gesetzt hatten. »Der heutige Fund in der Untertrave und die Leiche auf dem Priwall haben so einiges in der Bevölkerung ausgelöst. Obwohl es völlig unbegreiflich ist, dass diese Fälle überhaupt miteinander in Verbindung gebracht werden, gibt es offenbar bestimmte Strömungen, die aktuell versuchen, die Todesfälle zu instrumentalisieren. Es waren wohl zum falschen Zeitpunkt die falschen Leute am Fundort.«

Zeichner machte eine Pause und ließ seinen Blick über die Gesichter am Tisch schweifen. Andresen ahnte bereits, worauf der Polizeipräsident hinauswollte.

»Die Mutter des Mädchens, das die Leiche in der Untertrave zuerst entdeckt hat, bereitet uns leider große Probleme«, fuhr Zeichner fort. »Sie versucht, die Sache in eine bestimmte Richtung zu schieben, indem sie sich die Übergriffe einiger Flüchtlinge auf junge Frauen in der Innenstadt vor einigen Wochen auf üble Weise zunutze macht. Der Name dieser Frau ist Silke Klawitter. Nicht ganz überraschend ist sie Mitglied der AfD und wird bei der nächsten Bürgerschaftswahl voraussichtlich als Spitzenkandidatin antreten.«

Zeichner stand auf und setzte eine entschlossene Miene auf. »Um es ganz deutlich zu sagen: Es gibt bislang nicht den geringsten Anlass, zu glauben, dass wir es mit Verbrechen zu tun haben, die von Flüchtlingen begangen wurden oder einen islamistischen Hintergrund haben. Wir werden morgen früh eine Pressekonferenz abhalten, in der wir mit deutlichen Worten zu verstehen geben werden, dass wir in alle Richtungen ermitteln, die kursierenden Gerüchte jedoch aufs Schärfste zurückweisen.«

»Mir ist klar, dass ich nur hier sitze, weil es mittlerweile zur Gewohnheit geworden ist, mich dazuzuholen, wenn es kompliziert wird«, warf Andresen an dieser Stelle ein, »aber trotzdem würde ich gerne etwas mehr darüber erfahren, was überhaupt passiert ist.«

»Natürlich«, sagte Zeichner und rang sich ein Lächeln ab. Jahrelang waren sich die beiden nicht wirklich grün gewesen, doch seit der Sache mit dem amerikanischen Außenminister wagte es Zeichner nicht mehr, Andresen Anweisungen zu geben, geschweige denn ihn zu kritisieren.

»Übernehmen Sie bitte, Kregel.« Zeichner trat zur Seite, ohne den Leiter der Mordkommission eines Blickes zu würdigen.

Wie ein geprügelter Hund stellte Kregel sich ans Kopfende des langen Tischs. Sein Blick wirkte leer, ausgebrannt. Er sah nicht so aus, als könnte er die notwendige Energie aufbringen, um die Ermittlungen in diesem Fall voranzutreiben.

»Am heutigen Nachmittag gegen sechzehn Uhr wurde ein menschlicher Körper in der Untertrave gesichtet«, begann er ohne begrüßende Worte. »Es konnte relativ schnell festgestellt werden, dass es sich um eine weibliche Leiche handelt. Die

Frau ist zwischen zwanzig und dreißig Jahre alt gewesen. Die detaillierten Obduktionsergebnisse stehen jedoch noch aus. Nach den ersten Erkenntnissen müssen wir allerdings davon ausgehen, dass die Frau unter massiver Gewalteinwirkung zu Tode gekommen ist. Um ihren Körper war im Übrigen ein Seil gewickelt, an dem wahrscheinlich ein Stein befestigt war, um die Frau in der Untertrave zu versenken. Der Stein muss sich gelöst haben, sodass die Leiche zurück an die Oberfläche getrieben ist.«

»Wissen wir schon, wie lange die Leiche im Wasser gelegen hat?«, fragte Andresen.

»Aus der Rechtsmedizin haben wir noch nichts gehört«, antwortete Kregel. »Aber nach dem zu urteilen, was ich am Fundort gesehen habe, würde ich schätzen, dass es nicht mehr als fünf Tage gewesen sind. Der Körper war zwar aufgequollen, aber noch in einem verhältnismäßig unversehrten Zustand. Abgesehen von den Verletzungen.«

»Fünf Tage«, wiederholte Andresen leise. »Genug Zeit, um von Angehörigen oder Freunden vermisst zu werden. Haben wir den Abgleich mit den aktuellen Vermisstenanzeigen bereits vorgenommen?«

»Natürlich.«

»Nichts?«

»Nichts.« Kregel zuckte mit den Schultern. Unter Zeichners kritischem Blick wirkte er eingeschüchtert.

»Wir müssen herausfinden, wer sie war«, sagte Andresen energisch. »Das ist im Augenblick das Wichtigste. Und wir sollten jetzt gleich da rausgehen und uns der Meute stellen.«

»Das ist keine gute Idee«, warf Zeichner ein.

»Je eher wir denen etwas zum Kauen geben, desto besser«, hielt Andresen dagegen. »Wir machen es allerdings diesmal nicht wie üblich.«

»Was soll das heißen?«

»Falls nötig, werden wir Dinge erzählen, die wir noch gar nicht mit Bestimmtheit wissen«, erklärte Andresen. »Wir müssen dafür sorgen, dass dieser idiotische Mist da draußen aufhört. Wir werden uns außerdem bezüglich der Todesursache bei der

Leiche in der Untertrave bedeckt halten. Unsere Vermutungen, dass es sich um ein Tötungsdelikt handelt, behalten wir fürs Erste für uns.«

»Aber –«

»Wir sagen es genau so«, fiel Andresen Kregel ins Wort. Er stand auf und ging um den Tisch herum. Direkt neben Kregel blieb er stehen und blickte in die Gesichter der Kollegen.

»Wir schließen jeden Verdacht gegen Flüchtlinge, Nordafrikaner oder sonstige Ausländer aus«, erklärte er eindringlich. »Noch einmal: Es gibt nicht den geringsten Hinweis, der darauf schließen lässt. Und deshalb werden wir ankündigen, gegen jeden, der etwas anderes behauptet, vorzugehen.«

»Aber wir wissen nicht, was passiert ist«, entgegnete Kregel misstrauisch. »Was, wenn es doch einen Zusammenhang –«

»Wir machen es so, wie Andresen sagt«, ging der Polizeipräsident dazwischen. »Und ich schlage vor, dass er auch vor die Presse tritt. Er hat schließlich am meisten Erfahrung mit solchen Situationen.«

»Auf gar keinen Fall«, sagte Andresen vehement. »Ich bin die Person in diesem Raum, die am wenigsten mit diesem Fall zu hat. Das muss Ben übernehmen.«

»Schon gut, Birger«, sagte Kregel. »Du weißt, was zu tun ist. Dir glauben die Leute. Außerdem stellen sie bereits einen Zusammenhang zu der Leiche vom Priwall her. Und das ist schließlich eure Angelegenheit.«

»Keine Ahnung, was mit dir los ist«, flüsterte Andresen. »Aber wenn du dich von Zeichner weiterhin so behandeln lässt, dann rate ich dir, besser zu kündigen. Denn so wie du dich momentan verhältst, ist es nur noch erbärmlich.«

»Wir reden später«, sagte Kregel. Er klang seltsam emotionslos. »Geh jetzt runter und schaff uns diese Aasgeier vom Hals.«

»Ich werde es tun«, sagte Andresen. »Aber nur, weil die Kommunikation mit den Medien viel zu wichtig ist, als dass wir uns Fehler erlauben dürften.« Er ging zurück an seinen Platz, trank einen Schluck Wasser und wandte sich dann Ida-Marie zu. »Du musst mitkommen«, sagte er leise. »Ich brauch dich da unten.«

Andresen schob Ida-Marie vor sich her, während er seinen Blick über die Leute gleiten ließ, die sich vor dem Haupteingang des Polizeipräsidiums versammelt hatten. Es war längst dunkel, sodass es ihm schwerfiel, einzelne Gesichter zu erkennen.

Er wich den Mikrofonen aus, die ihnen entgegengestreckt wurden. Zeitungsjournalisten, Radioreporter und mehrere Fernsehteams hatten sich eingefunden. Dass ausgerechnet bei diesem Fall die Aufmerksamkeit der Medien so groß war, verwunderte Andresen noch immer, doch offenbar hatte die Mutter des Mädchens, das die Leiche in der Untertrave entdeckt hatte, ganze Arbeit geleistet. Mit dem Gerücht, die getötete Frau sei Opfer einer Sexualstraftat geworden, noch dazu begangen von einem Flüchtling, hatte sie es binnen weniger Stunden geschafft, Teile der Medien und Bevölkerung aufzuhetzen.

»Mach du das«, sagte Andresen. »Sag ihnen das, was ich vorhin oben erzählt habe. Und dass sie so schnell wie möglich verschwinden sollen. Ich bin mir sicher, du machst das auf viel charmantere Art und Weise, als ich es jemals könnte.«

»Und du?«

»Ich muss etwas erledigen.« Andresen nickte Ida-Marie zu, dann drängte er sich an zwei Reportern vom NDR vorbei durch die Menge, bis er nach einigen Gesichtstreffern von Mikrofonen und Händen vor einer Frau mit dunklem Kurzhaarschnitt stehen blieb. Sie wartete etwas abseits der Meute mit verschränkten Armen. Andresen schätzte sie auf Mitte vierzig.

Er sah sich noch einmal um, um sicherzugehen, dass Ida-Marie bereits das Wort ergriffen hatte. Dann wandte er sich wieder der Frau zu.

»Herzlichen Glückwunsch, Frau Klawitter«, sagte er so auf gesetzt freundlich, dass es ihm für einen kurzen Moment selbst zuwider war. »Sie haben das alles hier also zu verantworten.«

»Wie bitte?«

»Ich weiß, wer Sie sind. Und ich muss mich wirklich wundern, dass Sie wenige Stunden nach dem Schock, den Ihre Tochter erleiden musste, nichts Besseres im Sinn haben, als Medien und Bürger mit Ihren falschen Verdächtigungen aufzustacheln.«

»Ich muss Sie doch sehr bitten«, sagte Silke Klawitter betont entrüstet. »Hier kommen junge deutsche Frauen ums Leben. Mich würde interessieren, was Sie eigentlich für die Sicherheit in unserer Stadt tun?«

»Was Sie interessiert, ist mir vollkommen egal«, antwortete Andresen. Er klang, als würde er nicht davor zurückschrecken, die Frau mit dem kühlen Blick und den spitzen Lippen wie ein wildes Tier anzufallen, wenn sie ihn noch länger provozierte.

»Meine Kollegin macht da vorne gerade eine Ansage an die Presse und an die ganzen besorgten Bürger, die Sie hier zusammengeschart haben. Es gibt nämlich nicht den geringsten Hinweis darauf, dass der Fund der Leiche am Priwallstrand und der von heute in der Untertrave irgendetwas miteinander zu tun haben. Geschweige denn dass Flüchtlinge oder andere Ausländer dafür verantwortlich sind. Wenn Sie also weiterhin auf diese Art und Weise Menschen verunsichern und aufhetzen, mit dem einzigen Ziel, Ihren Wahlkampf einzuläuten, werden wir als Polizei dafür sorgen, dass Ihnen der Mund verboten wird. Haben Sie das verstanden?«

»Drohen Sie mir etwa, Herr …?«

»Ich beschreibe lediglich, was passieren wird, wenn Sie so weitermachen.« Andresen trat noch ein Stück näher an die Frau heran, bis die beiden nur noch eine Unterarmlänge voneinander trennte. »Sie gefährden mit Ihrer Hetze unsere Ermittlungen. Und ich gehe davon aus, dass Sie wissen, was das bedeutet. Gehen Sie jetzt nach Hause und kümmern Sie sich um Ihre Tochter. Und wagen Sie es nicht, noch einmal unsere Arbeit zu behindern.«

»Sagen Sie mir doch einfach Ihren Namen.«

Andresen wandte sich ab, nicht ohne der Frau noch einen letzten durchdringenden Blick zuzuwerfen. Als er sich bereits einige Meter entfernt hatte, hielt er kurz inne. Er konnte hören, wie sie leise vor sich hin fluchte und Rache schwor.

Als Andresen Ida-Marie erreichte, beantwortete sie gerade die letzte Frage eines ihm unbekannten Journalisten. An den Gesichtern las Andresen ab, dass die Meute offenbar enttäuscht darüber war, was Ida-Marie ihnen zu berichten hatte. Die reißerischen Headlines und Kommentare, die wahrscheinlich schon geschrieben waren, mussten in der Schublade bleiben. Es gab nicht den geringsten Verdacht, über den sie spekulieren konnten.

»Vielen Dank«, sagte Ida-Marie zum Abschluss der improvisierten Pressekonferenz. »Sobald es etwas Neues gibt, werden wir Sie informieren. Bis dahin bitte ich Sie noch einmal mit Nachdruck, sachlich und nicht tendenziös zu schreiben. Helfen Sie uns mit Ihren Meldungen, die Identität der Toten zu klären. Und an die Bürger Lübecks appelliere ich, Vernunft und Besonnenheit walten zu lassen. Wir von der Kripo werden alles in unserer Macht Stehende versuchen, den oder die Täter so schnell wie möglich zu finden. Einen schönen Abend noch.«

Als Andresen Minuten später mit Ida-Marie im Fahrstuhl des Polizeipräsidiums wieder nach oben fuhr, gelang es ihm nicht mehr, sich zurückzuhalten.

»Das mit Winter stört mich«, brach es unvermittelt aus ihm heraus. »Dein Privatleben geht mich zwar nichts an, aber ich muss wirklich sichergehen können, dass keinerlei Interna, die nur uns beide etwas angehen, weitergegeben werden.«

»Das hatten wir doch schon mal. Was denkst du eigentlich von mir? Glaubst du, ich wüsste nicht, wer er ist?«

»Ich kenne ihn gut genug, um behaupten zu können, dass ich ihm nicht über den Weg traue. Er schreckt vor nichts und niemandem zurück, um sich Informationen zu verschaffen.«

»Du bist paranoid.«

»Vielleicht.«

»Ich werde deine Worte im Hinterkopf behalten, aber gestehe mir bitte zu, dass ich mir ein eigenes Bild von Simon mache.«

»Natürlich.«

»Er hat in seinem Leben noch schlimmere Dinge erlebt als ich«, sagte Ida-Marie mit gesenkter Stimme. »Natürlich hat ihn das geprägt. Und vieles ist alles andere als glattgelaufen. Aber er selbst leidet am meisten darunter. Er hat jede Nacht fürchterliche Alpträume. Und seine Psyche ist ein Pulverfass.«

»Du musst ihn nicht vor mir verteidigen«, entgegnete Andresen hart. »In diesem Leben werde ich kein Mitleid mehr mit ihm empfinden.«

Der Fahrstuhl hielt, und die Tür öffnete sich.

»Mach Feierabend, wir sehen uns morgen früh.« Andresen nickte Ida-Marie zu. »Und danke noch mal für vorhin. Das war sehr souverän.«

»Was ist mit dir? Der Tag war lang genug. Fährst du nicht nach Hause?«

»Doch, aber vorher muss ich noch etwas erledigen.«

»Ben?«

»Ich glaube, er muss sich dringend mal den Frust von der Seele reden.« Andresen zuckte mit den Schultern und hob die Hand zum Abschied.

Er beobachtete Kregel bereits eine Weile durch den Schlitz der angelehnten Bürotür. Dessen Zustand schien schlimmer zu sein als befürchtet.

Kregel wirkte schwerst niedergeschlagen, womöglich war er sogar depressiv. Minutenlang räumte er Stapel von Unterlagen auf die linke Seite seines Schreibtischs, um sie im nächsten Moment wieder an ihre alte Stelle im Regal hinter ihm zu legen. Sein Blick war dabei so leer, als wisse er gar nicht, was er tat. Sein hochgewachsener, durchtrainierter Körper wirkte schlaff wir eine seelenlose Hülle.

Als Kregel schließlich die Schublade seines Rollcontainers aufzog und eine kleine metallene Flasche hervorholte, hatte Andresen genug gesehen. Er stieß die Tür auf und betrat das Büro so energisch, dass Kregel hochschrak und den Flachmann fallen ließ.

»Was willst du denn noch hier?«, stieß er hervor.

»Reden.«

»Wir haben doch vorhin alles besprochen.«

»Verarsch mich nicht, Ben. Du hast gesagt, dass wir miteinander reden müssen.« Andresen stützte sich mit beiden Armen auf dem Schreibtisch ab und beugte sich zu Kregel hinüber. »Also sag schon, was zum Teufel ist los mit dir?«

»Was soll denn sein?«

»Verdammt, du lässt dich von Zeichner herumkommandieren, als wärst du ein Polizeianwärter und nicht der leitende Hauptkommissar der Mordkommission. Du wirkst teilnahmslos, deprimiert, ohne jede Motivation. Sind dir die aktuellen Ermittlungen vollkommen egal?«

»Vielleicht habe ich gerade eine schlechte Phase.«

»Und du denkst allen Ernstes, dass dieses Zeug dir dabei hilft?«, fragte Andresen vorwurfsvoll. »Wie lange geht das schon so?«

»Dass ich mir ausgerechnet von dir moralische Vorhaltungen anhören muss, ist beinahe schon wieder lustig«, antwortete Kregel mit einem sarkastischen Schnauben. »Wie oft lagst du in den vergangenen Jahren so am Boden, dass ich dir in den Hintern treten musste?«

»Gerade deshalb solltest du jetzt auf mich hören. Ich weiß schließlich, wovon ich spreche. Und wir beide wissen doch, dass das, was du hier gerade machst, zu keinem guten Ende führen wird.«

»Danke, dass du dir Sorgen machst, aber ich komme schon ganz gut allein klar«, sagte Kregel und nickte dabei, als wolle er sich selbst bestätigen. »Ein paar Tage noch, dann geht's mir wieder besser.«

»Es hat gar nicht mit Zeichner zu tun, richtig?«, fragte Andresen. »Was zieht dich so runter, dass du dich derart hängen lässt? Noch immer die Trennung von deiner Frau?«

»Kommt wohl alles irgendwie zusammen.« Kregel blieb schmallippig.

»Jetzt rück schon raus mit der Sprache«, drängte Andresen. »Du warst doch immer der coole Hund. Was wirft dich plötzlich so aus der Bahn, dass du hier wie ein Häufchen Elend sitzt?«

»Ich glaube, ich muss mich noch immer an die Rolle als Kommissariatsleiter gewöhnen«, antwortete Kregel lapidar. »Dazu Zeichners Launen und der Mist mit meiner Frau. Es fällt mir schwer, mich momentan auf die Arbeit zu konzentrieren.«

»Du leitest die Mordkommission seit einem Jahr, und deine Frau hat dich bereits vor längerer Zeit verlassen«, sagte Andresen streng. »Was also ist der Grund für dein Verhalten?« Er ging um den Schreibtisch herum und stellte sich neben Kregel, der noch immer auf seinem Drehstuhl saß.

Plötzlich bückte sich Kregel und griff nach dem Flachmann auf dem Boden. Er bekam ihn zu fassen und öffnete ihn hastig. Dann setzte er an und nahm einen kräftigen Schluck. Er verschloss die Flasche und verstaute sie wieder in seinem Rollcontainer.

»Du willst also wirklich wissen, weshalb es mir so richtig scheiße geht?« Kregel klang jetzt laut und aufgebracht. Es schien fast so, als sei der Schnaps direkt in seine Blutbahn geraten. Er erhob sich von seinem Stuhl und baute sich mit seinen knapp zwei Metern vor Andresen auf.

»In Ordnung, ich verrate es dir: Niemand anders als du bist der Grund dafür, dass es mir beschissen geht. Du und deine ganze Art. Überall hast du deine Finger drin. Alles dreht sich immer nur um dich. Selbst jetzt noch, wo du eigentlich gar nichts mehr zu sagen hast.«

Andresen trat einen Schritt zurück und starrte Kregel an. Die Aussage an sich kam nicht einmal überraschend, insgeheim hatte er vermutet, dass seine Stimmung auch mit ihm zu tun hatte. Doch der heftige Ausbruch erschreckte ihn.

»Ich hoffe, du erinnerst dich noch an letztes Jahr«, sagte Andresen nach einigen Sekunden des Schweigens. »Du hast mich stehen lassen, als wir den Anschlag auf den amerikanischen Außenminister verhindern wollten. Ich war verdammt noch mal ziemlich wütend auf dich in diesem Moment. Doch am Ende hast du mir das Leben gerettet. Und das werde ich dir niemals vergessen. Nie.«

»Was soll das jetzt? Worauf willst du hinaus?«

»Ich will sagen, dass wir doch eigentlich ein gutes Team sind und jahrelang perfekt zusammengearbeitet haben. Ich würde mir wünschen, dass das auch weiterhin der Fall ist. Aber klar sollte dir auch sein, dass ich mir nicht mehr die Butter vom Brot nehmen lasse. In den letzten Monaten habe ich zum ersten Mal in fast dreißig Jahren Polizeiarbeit das Gefühl gehabt, die Lorbeeren für meine Arbeit ernten zu können.« Andresen begann, in Kregels Büro auf und ab zu laufen.

»Du weißt selbst, dass auch ich meine Probleme mit Zeichner hatte. Ich habe die Arbeit erledigt und musste anschließend noch den Kopf hinhalten, wenn etwas schiefgelaufen ist. Jahrelang unter Sibius und dann unter Zeichner, als ich Kommissariatsleiter war. Niemand hat sich in den Wind gestellt, wenn er von vorne kam. Niemand hat wichtige Entscheidungen getroffen. Alle komplizierten Themen landeten schon immer auf meinem Tisch. Ich behaupte aber, dass ich mich niemals darum gerissen habe. Ich habe mich nicht in den Vordergrund geschoben. Da war nur niemand anders, der diesen Part übernehmen wollte. Weder Ida-Marie noch du.«

»Das ist nur die halbe Wahrheit«, erwiderte Kregel. »Du hast deine Ellenbogen oft genug ausgefahren.«

»Was genau ist eigentlich dein Problem, Ben? Willst du mir jetzt etwa unterstellen, dass ich Schuld daran habe, dass du dich gegenüber Zeichner nicht behaupten kannst? Und dass du mit deiner Position unzufrieden bist?« Andresen ging wieder auf Kregel zu und lehnte sich über den Schreibtisch. »Du hättest diesen Job niemals annehmen dürfen. Die Kommissariatsleitung passt einfach nicht zu dir. Deine Stärke liegt da draußen und nicht hier am Schreibtisch.«

»Das weiß ich mittlerweile auch, deshalb ist meine Entscheidung gefallen«, entgegnete Kregel. »Ich gebe die Leitung ab.«

»Dein Ernst?«

»Ich habe lange mit mir gerungen, aber es macht keinen Sinn mehr. Ich brauche dringend eine Luftveränderung.«

»Luftveränderung?«

»Ich gehe weg aus Lübeck«, antwortete Kregel. »Zurück in meine Heimat, nach Ostwestfalen. Keine Ahnung, ob ich im Polizeidienst bleibe oder etwas anderes mache. Jedenfalls nehme ich mir erst einmal ein halbes Jahr Auszeit.«

Andresen nickte eine Weile vor sich hin. »Wann willst du es sagen?«, fragte er schließlich.

»Erst dann, wenn wir den Täter gefasst haben. Ich werde nicht gehen, bevor wir diesen Fall aufgeklärt haben.«

»Um ehrlich zu sein, weiß ich noch nicht, was ich davon halten soll«, sagte Andresen. »Ich respektiere deine Entscheidung, obwohl sie mir nicht gefällt. Aber vielleicht ist in deiner Situation ein Neuanfang nicht die schlechteste Wahl. Versprich mir nur eines, hör mit der Sauferei auf.«

Kregel lehnte sich in seinem Drehstuhl zurück. Er sah Andresen eine Weile ausdruckslos an. Dann griff er unter seinen Schreibtisch, zog die Schublade des Rollcontainers auf und holte den Flachmann erneut hervor.

»Nimm ihn mit«, sagte er. »Ich mag dieses harte Zeug sowieso nicht.«

Andresen klopfte Kregel auf die Schulter und verstaute den Flachmann in seiner Jackentasche.

»Morgen früh sprechen wir über den Fall«, sagte er. »Aber jetzt mache ich Feierabend. Das solltest du auch tun.«

Kregels leises »Danke« kommentierte Andresen mit einem trockenen »Da nich für«. Dann verließ er Kregels Büro und verschwand in Richtung Fahrstuhl.

ALLE NOCH MAL DA

Andresen verspürte eine gewisse Aufregung. Heute war endlich der große Tag gekommen, an dem er das Uniklinikum verlassen durfte.

Sechs Wochen lang hatte er hier gelegen, um sich nach seiner Schussverletzung zu erholen. Das Leben war in dieser Zeit an ihm vorbeigezogen, vieles war ihm klarer geworden. Er hatte sich so viele Gedanken gemacht. Sich an schöne Momente erinnert. Aber noch viel mehr an Dinge, die falsch gelaufen waren.

Für den heutigen Tag hatte er sie alle eingeladen. Die Weggefährten und Freunde. All die Menschen, die ihm wichtig waren. Und sogar seine Feinde.

Die Tür zu seinem Krankenzimmer öffnete sich. Als Erster betrat Ben Kregel den Raum und stellte sich an das Bettende. Er sah zufriedener aus als bei ihrem letzten Treffen. Jetzt, wo er ausgesprochen hatte, dass er zurück in seine Heimat gehen wollte, schien er regelrecht erleichtert zu sein.

Es folgte Kalle Hansen. Der Privatdetektiv, mit dem Andresen so viele Abende im Buthmanns verbracht hatte. Der so trinkfest, brachial und laut gewesen war. Und gleichzeitig auch so liebenswert und verlässlich. Nach seiner Blasenkrebserkrankung war von dem Mann mit der stattlichen Statur kaum noch etwas übrig geblieben. Mit dem Kalle Hansen, den er kannte, hatte dieser Mensch wirklich nicht mehr viel zu tun.

Andresen zuckte zusammen, als im nächsten Moment Wiebke das Zimmer betrat. Sie hatte sich bei einem Pfleger eingehakt und setzte mühsam einen Fuß vor den anderen. Er suchte Augenkontakt zu ihr, doch ihr Blick flirrte ziellos durch den Raum. Erfolglos versuchte er sich vorzustellen, dass er mit dieser Frau, die in ihrer größten Verzweiflung sein Haus in der Altstadt in Brand gesteckt hatte, sieben Jahre lang zusammengelebt hatte. Größtenteils sogar glücklich.

Er atmete tief durch. Ole und Marlene erschienen in der Tür. Seine Tochter lächelte. Beim Anblick seines Sohnes jedoch kroch die Wut in ihm hoch, die er nicht mehr aus dem Kopf bekam. Seitdem er wusste, dass Ole Wiebke damals von seiner Affäre mit Ida-Marie erzählt und sie damit zu ihrer Wahnsinnstat angestachelt hatte, fiel es ihm schwer, ihm unter die Augen zu treten. Wie zum Teufel sollte er ihm jemals verzeihen können?

Andresen wischte die schlechten Gedanken beiseite und schenkte Marlene ein Lächeln. Dann versuchte er sich zu sammeln. Draußen vor der Tür warteten noch mehr Menschen.

Als Nächste betrat Ida-Marie den Raum. Seltsamerweise löste sie in diesem Moment am wenigsten in ihm aus. Und das, obwohl sie viel damit zu tun hatte, dass er seine Beziehung mit Wiebke aufs Spiel gesetzt hatte. Andresen nickte ihr zu. Er war froh, dass sie wieder an seiner Seite arbeitete.

Sie drehte sich um und streckte ihren Arm aus. Simon Winter erschien und griff nach ihrer Hand. Ihn hatte er nicht eingeladen. Aber er war trotzdem gekommen, Ida-Marie hatte ihn einfach mitgebracht. Offenbar, weil er jetzt zu ihrem Leben gehörte.

Letztlich gehörte auch Winter zu seiner Vergangenheit. Einige der wirklich großen Fälle der vergangenen Jahre hatte er an der Seite des Privatermittlers aufgeklärt. Seine Abneigung ihm gegenüber resultierte aus einer anderen Zeit, als Winter selbst noch das eine oder andere Mal Gesetze gebrochen hatte. Bis heute war sich Andresen nicht sicher, auf welcher Seite Winter stand.

Professor Birnbaum betrat plötzlich das Zimmer. Neben ihm Danuta Kapustka, Professorin der Rechtsmedizin mit dem Schwerpunkt Neuropathologie. Andresen hatte Probleme, seinen Blick auf das Wesentliche zu richten. Ihr Dekolleté und die Kürze ihres Rocks hielten ihn gefangen. Angestrengt rief er sich Birnbaums Erkrankung vor Augen. Er befand sich noch in einem Anfangsstadium, doch allzu lange würde es nicht dauern, bis Birnbaum seinen Verstand zu verlieren begann.

Er schloss die Augen. Am Bettende standen all die, die ihn

in den vergangenen Jahren begleitet hatten. Nur noch wenige wichtige Menschen aus seinem Leben fehlten.

Rita und Mark Peters wirkten zögerlich, als sie das Zimmer betraten. Seine Exfrau und ihr neuer Mann, der nach einer Schussverletzung noch immer auf Krücken ging, gaben sich nicht den Anschein, allzu gerne gekommen zu sein. Sie blieben in der Nähe der Tür stehen und verschränkten die Arme vor ihren Körpern.

Für einen kurzen Augenblick beruhigte sich Andresens Herzschlag. Der Anblick von Rita kam ihm vor wie eine Szene aus einem anderen Leben. Sie war ihm derart fremd, dass er kein Problem damit gehabt hätte, wenn sie einfach wieder gegangen wäre.

Ein schwaches Husten drang vom Flur in das mittlerweile gut gefüllte Krankenzimmer. Kurzzeitig war Andresen verunsichert, dann verstand er jedoch, dass vor der Tür seine Nemesis, Boris Roloff, wartete. Der Herr der Gänge, wie ihn manch einer in Anspielung auf seine Fähigkeit, immer wieder in den Gängen und Gassen der Stadt unterzutauchen, genannt hatte. Der Mann, der ihm seit vielen Jahren einfach keine Ruhe gelassen hatte. Der eine Zeit lang bei gefühlt jedem zweiten Verbrechen in Lübeck seine Hände im Spiel gehabt hatte. Der ihm bei der ein oder anderen Ermittlung aber auch wichtige Hinweise geliefert hatte.

Die Tür öffnete sich, ein letztes Mal. War Andresen bei Kalle Hansen bereits zusammengeschreckt, schockte ihn der Anblick von Boris Roloff regelrecht. Vor ein paar Wochen hatte er ihn in dem leer stehenden Gebäude in der Mühlenstraße getroffen. Damals hatte er bereits schlecht ausgesehen, angeblich litt er an einer Nierenerkrankung.

Roloff war nur noch Haut und Knochen. Er sah mindestens um zwanzig Jahre gealtert aus, seine Bewegungen wirkten gebrechlich. Dass es ihn derart schnell dahinraffen würde, hatte Andresen nicht erwartet. Er erwischte sich bei dem Gedanken, dass Roloff womöglich zum Sterben und nicht seinetwegen ins Klinikum gekommen war.

Er schloss seine Augen. Die Bilder der Vergangenheit zogen in immer schnellerer Abfolge vor seinem inneren Auge vorbei.

Diese Menschen waren sein Leben gewesen. Sie hatten ihn in den vergangenen zwei Jahrzehnten geprägt. Menschen, die er geliebt und gehasst hatte. Die ihm geholfen und an den Rand des Wahnsinns gebracht hatten. In jedem Fall Menschen, die ihm sehr nahegestanden hatten.

Aber eines waren sie definitiv nicht mehr: die Gegenwart. Seine Gegenwart.

Andresen öffnete die Augen wieder und bereute es im selben Moment.

Die Menschen waren zwar noch da. Aber sie stammten aus einem anderen Leben, aus einer anderen Zeit. Mit ihren leeren Augen, der blassen Haut und den seltsamen Bewegungen wirkten sie wie wandelnde Zombies.

Verdammt, durchfuhr es ihn. Bildete er sich das bloß ein, oder kamen sie immer näher? Umzingelten sie etwa das Bett, in dem er lag, von beiden Seiten? Fletschten sie ihre Zähne?

Mit einem Mal bekam er es mit der Angst zu tun. Diese Menschen hatten seine Einladung nur deshalb angenommen, weil sie ihn zu sich holen wollten. Auf die andere Seite.

Aber Andresen wollte nicht. Noch lange nicht. Denn draußen vor der Tür wartete jemand, dem er verboten hatte, am heutigen Tag dieses Zimmer zu betreten.

Agnes. Sein neues Leben. Seine Zukunft.

Andresen sprang auf und ließ seinen Blick über die aschfahlen Gesichter kreisen. Alles um ihn herum verschwamm mit einem Mal. Mühsam gelang es ihm, sich durch die Arme der Untoten, die nach ihm griffen, zu kämpfen und in Richtung Tür zu rennen.

Als er bereits das kalte Metall des Türgriffs in seiner Hand spürte, hielt er noch einmal inne. Wollte er wirklich niemanden aus seinem alten Leben mit in die Zukunft nehmen?

Er wandte sich um und sah in das Gesicht seiner Tochter. Sie war kein Zombie. Hastig griff er nach ihrer Hand und zog sie an sich. Marlene würde zu seiner Zukunft gehören.

Wieder umfasste er den Türgriff. Die gurgelnden Geräusche seiner alten Weggefährten versetzten ihn in Panik. Er musste hier raus. Sich selbst und Marlene retten.

Die Tür rührte sich nicht, egal wie stark er an ihr rüttelte. Jemand musste sie verschlossen haben.

Sein Herz schlug jetzt so schnell und fest, dass sein gesamter Brustkorb bebte.

Wieder rüttelte er an der Tür.

Nichts.

»Agnes«, schrie er. »Hörst du mich? Du musst uns hier rausholen.«

Andresen legte sein Ohr an die Tür. Doch nicht das geringste Geräusch von draußen war zu hören.

»Wir schaffen das, Marlene«, sagte er beruhigend. »Alles wird gut.«

Die furchtbaren Geräusche wurden immer lauter. Er spürte bereits die Hände der Untoten, die über seinen Rücken kratzten. Sie würden ihn beißen und zu sich holen.

Verzweifelt zog er Marlene noch ein Stück näher an sich heran. Ängstlich warf er einen Blick über seine Schulter. Zu spät …

Um ihn herum wurde binnen weniger Sekunden alles schwarz. Er hatte seine Tochter tatsächlich verloren. Sie war jetzt eine von ihnen. Gehörte zu den Menschen aus seiner Vergangenheit.

Wieder rief er Agnes' Namen. Doch insgeheim wusste er längst, dass es kein Entrinnen mehr aus diesem Raum gab. Andresen lehnte sich mit dem Rücken gegen die schwere Tür und sank langsam zu Boden. Vor ihm bauten sich seine Vertrauten auf, mehr tot als lebendig, und starrten ihn aus leeren Augen an.

Die Ohrfeige, die ihn im nächsten Moment traf, war so hart, dass Andresen binnen weniger Augenblicke wieder bei sich war.

Seine Familie und die übrigen Weggefährten waren plötzlich verschwunden. Von den bleichen Zombies war weit und breit nichts mehr zu sehen. Er selbst lag auf einem Bett, aber es war nicht das Krankenhausbett.

Agnes beugte sich über ihn und legte ihre Hand auf seine Stirn.

»Habe ich geträumt?«, fragte er leise.

Sie nickte.
»Keine Zombies?«
»Keine Zombies.« Agnes blickte ihn irritiert an.
»Dann ist ja gut«, sagte Andresen. »Oder auch nicht.«

BULLENKLOSTER

Andresen fuhr hoch, als es an der Tür seines Büros klopfte. Der Alptraum der vergangenen Nacht ließ ihn nicht los. Das übliche Verblassen der Bilder schien dieses Mal auszubleiben. Die Zombies tanzten unaufhörlich vor seinen Augen.

Ida-Marie steckte den Kopf zur Tür herein. Andresen war froh, ihr unversehrtes Gesicht zu sehen. Als Untote hatte sie ihm einen gehörigen Schreck eingejagt.

»Besuch«, sagte sie.

»So früh schon? Wer denn?«

»Eine junge Frau, die dringend mit uns sprechen will.«

»Weshalb?«

»Keine Ahnung. Sie sagte nur, sie habe unsere Namen in der Zeitung gelesen. Deshalb, glaube sie, seien wir die Richtigen für ihr Anliegen.«

»Weiß sie etwas über die Tote aus der Untertrave?«

»Wie gesagt, ich weiß nicht, warum sie hier ist«, antwortete Ida-Marie etwas gereizt. »Soll ich sie reinholen?«

Andresen nickte und trank mit angewiderter Miene seinen bereits kalt gewordenen Kaffee aus. Im nächsten Moment zuckte er zusammen. Ida-Maries Zombie-Gesicht der letzten Nacht hatte sich offenbar in seinem Hirn festgesetzt.

Die Frau, die Ida-Marie in sein Büro führte, schätzte er auf Mitte zwanzig. Doch so genau konnte er das gar nicht sagen. Denn ihr Gesicht war aschfahl, die dunkelblonden Haare hingen strähnig über die Schultern. Der mädchenhafte Körper der Frau wirkte zu dünn.

»Bitte, nehmen Sie Platz, Frau …«

»Thom«, antwortete die Frau so leise, dass Andresen auf seinem Schreibtischstuhl ein Stück vorrollte und sich über den Schreibtisch beugte.

»Geht es Ihnen gut?«, fragte er besorgt.

»Nicht sonderlich«, antwortete die Frau. »Aber deshalb bin ich nicht hier.«

»Wie Sie meinen. Wären Sie so nett, mir auch noch Ihren Vornamen zu nennen?«

»Larissa.«

»Danke«, sagte Andresen und versuchte, vertrauenerweckend zu klingen. »Also, Frau Thom, meine Kollegin sagte mir, dass Sie dringend mit uns sprechen möchten. Ich bin gespannt, was Sie zu berichten haben.«

»Ich bin mir nicht sicher, was Sie von dem halten werden, was ich Ihnen zu sagen habe«, sagte Larissa Thom verschüchtert. »Nicht, dass Sie mich für seltsam und paranoid halten. Aber mir lässt das Ganze einfach keine Ruhe mehr.«

»Sie brauchen sich keine Sorgen zu machen, dass wir Ihr Anliegen nicht ernst nehmen.« Andresen gab sich geduldig. »Erzählen Sie uns einfach, weshalb Sie hier sind.«

»Ich versuche es.« Larissa Thom lächelte unsicher. »Es hat mit einem Job als Haushaltshilfe zu tun, für den ich mich beworben habe.«

Andresen runzelte die Stirn und sah sie fragend an.

»So wie Sie sehen mich die meisten Menschen an, wenn ich ihnen sage, was ich mache. Dabei ist es doch ein ganz normaler Job. Ich koche, mache die Wäsche, wenn nötig auch die Gartenarbeit. Ich bin keine reine Putzhilfe.«

»Sicher«, sagte Andresen. »Ich glaube, das wird niemand bestreiten.« Dass er sich sein Gegenüber nicht als gewissenhafte Haushaltshilfe vorstellen konnte, behielt er in diesem Moment für sich.

»Ich bin seit knapp zwei Jahren auf der Suche nach einer festen Anstellung. Vor ein paar Wochen habe ich dann ziemlich unvermittelt ein Jobangebot bekommen, das auf den ersten Blick sehr verlockend war.«

Andresen wollte gerade dazwischengehen und Larissa Thom deutlich machen, dass sie zur Sache kommen sollte, als er sich mit einem Blick auf ihre unglücklich wirkende Erscheinung doch umentschied und ihr mit einem Kopfnicken zu verstehen gab, dass sie weiterreden sollte.

»Ich habe mich also mit der Hausherrin getroffen, hatte aber von Anfang an kein gutes Gefühl bei der Sache. Die Frau war mir irgendwie unsympathisch. Nach längerem Überlegen habe ich mich dann dazu entschieden, die Aufgabe nicht anzunehmen.« Sie hielt inne und schien nach den richtigen Worten zu suchen.

»Sie müssen verstehen, mir fällt dieses Gespräch äußerst schwer«, fuhr sie fort. »Ich rede normalerweise nicht so viel mit anderen Menschen, schon gar nicht über so etwas Persönliches. Jedenfalls gab es außer meinem Bauchgefühl keinen richtigen Grund, mich dagegen zu entscheiden. Deshalb hatte ich nach meiner Absage fast ein schlechtes Gewissen.«

Andresen spürte, dass er allmählich unruhig wurde.

»Meine beste Freundin heißt Kira Nowak«, sagte Larissa Thom. »Sie macht das Gleiche wie ich. Sie braucht das Geld allerdings noch dringender, sodass ich ihr diesen Job schließlich empfohlen habe.«

»Entschuldigen Sie meine Ungeduld«, unterbrach Andresen. »Worauf wollen Sie denn nun eigentlich hinaus?«

»Verstehen Sie, ich bin mir ja selbst unsicher, ob ich mir das alles nur einbilde, aber ich glaube, dass Kira etwas zugestoßen ist. Wir haben an dem Tag, als sie sich mit dieser Frau treffen wollte, noch kurz miteinander telefoniert. Alles schien in Ordnung.«

»Was soll das heißen?«

»Nach diesem Gespräch habe ich nichts mehr von Kira gehört. Sie geht nicht mehr ans Handy und öffnet auch nicht ihre Wohnungstür. Ich habe es jetzt schon ein paarmal versucht.«

»Wie lange ist es her, dass Sie mit ihr telefoniert haben?«

»Das war vor drei Tagen.«

»Vor drei Tagen erst? Haben Sie denn sonst täglich Kontakt?«, fragte Andresen.

»Ich weiß, das klingt wenig, aber mein Gefühl sagt mir, dass da etwas nicht stimmt.«

»Okay, ich habe verstanden, dass Sie sich Sorgen machen. Möchten Sie eine Vermisstenanzeige für Ihre Freundin aufgeben?«

»Ich glaube, ja.«

»Und Sie glauben auch, dass ihr Verschwinden etwas mit der

toten Frau zu tun hat, die gestern aus der Untertrave geborgen wurde?«

»Ich weiß es nicht«, antwortete Larissa Thom. Plötzlich zitterte ihre Stimme beinahe. »Denken Sie etwa, diese Frau könnte Kira sein?«

»Ich dachte, Sie seien hier, weil Sie etwas …«, begann Andresen barsch, brach dann aber ab. Es lohnte sich nicht, sich aufzuregen. Der körperliche und psychische Zustand, in dem sich Larissa Thom befand, war der eigentliche Grund zur Sorge.

»Hören Sie, wir sind für diesen Fall leider nicht zuständig«, sagte Andresen mit ruhiger Stimme. »Ich schlage vor, Sie geben Ihre Aussage offiziell zu Protokoll. Im siebten Stock im Kommissariat 2 finden Sie die richtigen Ansprechpartner. Bringst du Frau Thom zum Fahrstuhl?« Andresen nickte Ida-Marie zu.

»Aber was, wenn es wirklich so ist, dass es sich bei der Toten um Kira handelt?« Larissa Thom ließ nicht locker. »Sie wissen nämlich noch gar nicht, wer die Tote ist, richtig?«

»Wir wissen zumindest, dass es nicht Ihre Freundin sein kann«, warf Ida-Marie ein.

»Und woher?«

»Hören Sie«, sagte Andresen streng, »die tote Frau, die in der Untertrave gefunden wurde, ist vermutlich schon vor mehreren Tagen zu Tode gekommen. Wir haben die rechtsmedizinischen Ergebnisse noch nicht vorliegen, aber es steht zweifelsfrei fest, dass der Todeszeitpunkt länger als drei Tage zurückliegt. Es kann sich also nicht um Ihre Freundin Kira handeln. Ich würde Sie jetzt bitten, unsere Kollegen in der Mordkommission aufzusuchen. Sie werden alles Weitere veranlassen.« Andresen stand auf und zeigte Larissa Thom an, sein Büro zu verlassen.

»Ich kann Ihnen nicht sagen, warum, aber ich bin mir absolut sicher, dass etwas Schreckliches passiert ist«, sagte sie leise, während sie aufstand. »Und vielleicht nicht zum ersten Mal, deshalb bin ich zu Ihnen gekommen.«

Andresens Telefon klingelte, sodass er ihre letzten Worte gar nicht mehr richtig wahrnahm. Während Ida-Marie die Frau aus dem Büro führte, nahm er den Hörer ab. Es meldete sich Kregel.

»Moin, was gibt's? Gerade war eine junge Frau hier, die befürchtete, die Leiche in der Untertrave könnte ihre Freundin gewesen sein. Ich habe sie zu euch geschickt.«

»Wir wissen seit eben, wer die Tote ist«, antwortete Kregel.

»Und?«

»Sie heißt Jennifer Howe. Vierundzwanzig Jahre alt, wohnhaft gewesen in Kiel.«

»In Kiel?«, fragte Andresen überrascht.

»Ja, und zwar im Bullenkloster.«

»Ach du Scheiße. Das hat gerade noch gefehlt.«

Andresen kannte das riesige Gebäude in der Hamburger Chaussee in Kiel nur allzu gut. Das Wohnsilo mit mehr als zweihundertfünfzig Wohnungen, die kaum größer als zwanzig Quadratmeter waren, war jedem Kieler ein Begriff. Einst errichtet als Unterkunft für Polizeischüler, war das Bullenkloster, wie das Haus im Volksmund genannt wurde, seit vielen Jahren die oftmals letzte Station auf dem sozialen Abstieg nach ganz unten. Der bauliche und hygienische Zustand des Hauses war zeitweise katastrophal gewesen, das Bullenkloster der Anziehungspunkt schlechthin für Fixer, Kriminelle und Obdachlose in Kiel.

Andresen erinnerte sich daran, wie er gemeinsam mit Kieler Kollegen einen Einsatz in einer der oberen Etagen des Hauses erlebt hatte. Als er das Gebäude nach einer knappen Stunde wieder verlassen hatte, war er erleichtert wie nie zuvor gewesen. Das bedrückende Gefühl auf den Fluren und in den heruntergekommenen Wohnungen hatte ihm den Atem geraubt. Hinter jeder einzelnen Tür verbargen sich Schicksale, mit denen er nicht länger als nötig konfrontiert sein wollte. Aus Angst davor, sie zu nahe an sich heranzulassen.

Er hatte gehört, dass sich der Zustand des Gebäudes in den letzten Jahren verbessert hatte. Und doch war das Bullenkloster in Kiel noch immer ein Haus, in dem niemand wirklich freiwillig wohnte.

»Ich fahre in einer halben Stunde los«, sagte Kregel.

»Wohin?« Andresen fuhr aus seinen Gedanken hoch.

»Nach Kiel, wohin denn sonst?«

»Wenn du willst, begleite ich dich«, sagte Andresen. »Als Unterstützung.«

»Hast du nicht genug mit der Sache auf dem Priwall zu tun?«

»Im Moment kann ich nichts tun«, antwortete Andresen. »Wir müssen davon ausgehen, dass wir es mit demselben Täter wie bei der Schellbruch-Toten zu tun haben, aber neue Hinweise haben wir nicht. Wir warten auf die Ergebnisse der DNA-Analyse der Knochen, und Seelhoff prüft derzeit noch, ob es sich bei den Handschellen um ein ähnliches Modell wie im damaligen Fall handelt. Es sieht wohl ganz danach aus. Ordinäre, billige Handschellen. Das bedeutet, sie können überall gekauft worden sein. In Sexshops, Waffenläden oder irgendwo im Internet.«

»Soll heißen, wir stehen vor dem gleichen Rätsel wie damals bei dem Fund der skelettierten Leiche im Schellbruch?«

»Ich befürchte, ja«, sagte Andresen. »Solange wir nicht wissen, um wen es sich bei den beiden toten Frauen handelt, dürfte es mit der Aufklärung äußerst schwierig bleiben. Mit der neuen DNA prüfen wir unsere Datenbanken noch einmal und gleichen alte Vermisstenfälle ab. Danach werden wir auch gezielt an die Öffentlichkeit gehen. Dass die Morde so lange zurückliegen, macht es aber leider nicht einfacher.«

»Aber genau dafür leitest du doch die X-Einheit«, sagte Kregel. »Oder willst du etwa wieder zurück auf deinen alten Posten?«

»Danke, aber mir scheint, die Leitung des Kommissariats 2 ist zu einem Schleudersitz verkommen«, antwortete er lachend. »Außerdem helfe ich euch doch ohnehin schon die ganze Zeit. Also, wann fahren wir los?«

»Wir treffen uns in zehn Minuten in der Parkgarage.« Kregel senkte die Stimme. »Mir wäre es ganz lieb, wenn niemand mitbekommt, dass du in diese Ermittlungen eingebunden bist.«

Das Gefühl, dass ihm jemand die Luft abschnürte, kehrte bereits zurück, als sie in der Nähe des Bullenklosters ihren Wagen abstellten. Andresen hatte sich vor etwas mehr als zwanzig Jahren geschworen, dieses Gebäude niemals wieder zu betreten. Er hatte nicht damit gerechnet, dass es ihn jemals wieder zu einem Einsatz hierher verschlagen würde.

Doch jetzt fühlte er sich verantwortlich. Gedanklich hatte er nie richtig damit aufgehört, Teil der Mordkommission zu sein. Mit Ausnahme des Einsatzes während des G7-Treffens der Außenminister in Lübeck hatte er sich aus den Angelegenheiten der Mordkommission bislang allerdings herausgehalten. Kregels Entschluss, Lübeck zu verlassen und die Leitung des Kommissariats 2 aufzugeben, veränderte jedoch einiges.

Andresen hatte kein Interesse, erneut die Leitung der Mordkommission zu übernehmen, aber gab es denn eine Alternative? Wenn Kregel nach Abschluss dieses Falls tatsächlich die Brocken hinwarf, würde ein Vakuum entstehen, das er vorerst wohl oder übel füllen musste. Ihre Zusammenarbeit jetzt würde die Übergabe erleichtern.

»Hier sieht es tatsächlich viel besser aus als damals«, sagte er zu Kregel, während sie sich auf dem langen Flur des achten Stockwerks der Wohnung von Jennifer Howe näherten. »Vielleicht ist es inzwischen gar nicht mehr so schlimm, hier zu wohnen.«

Rechts hinter ihm öffnete sich ruckartig eine Tür. Ein Mann um die vierzig trat auf den Gang. Er trug lediglich eine Unterhose und einen abgewetzten hellblauen Bademantel. Binnen weniger Sekunden verbreitete sich auf dem Flur ein penetranter Geruch nach Alkohol und Zigaretten, den der Typ ausströmte.

Andresen ignorierte den Mann und ging weiter, doch mit einem Mal spürte er unter der dicken Winterjacke, die er trug, eine leichte Berührung auf seinem Rücken. Abrupt wandte er sich um. Auf dem Boden direkt vor ihm lag ein Hausschuh. Sein Blick glitt weiter über den Boden bis zu den nackten Füßen des Mannes.

Im nächsten Moment zischte der andere Schuh nur wenige Zentimeter links an seiner Wange vorbei. Begleitet von einem tiefen Lachen, das nach ein paar Sekunden in einem Hustenanfall erstarb. Kregel und Andresen sahen sich an. Dann packten sie den betrunkenen Mann an den Armen und schoben ihn unter lautstarkem Protest und üblen Beleidigungen zurück in seine Wohnung.

Was Andresen aus dem Augenwinkel erkannte, ließ ihn schwer schlucken. Die ohnehin kleine Wohnung war nur durch einen schmalen Gang zwischen bis an die Decke aufgestapelten Kartons begehbar. Es war komplett dunkel darin, die Pappkartons verdeckten selbst das große Fenster, nur ein schwaches Licht in der Mitte des Raums brannte.

»Auweia«, sagte Kregel. »Scheint sich wohl doch nicht so viel verändert zu haben. Wie kann jemand so leben?«

Der Mann zeterte noch immer, während er sich seines Bademantels entledigte und hin und her torkelnd zwischen den Kartons in seiner Wohnung verschwand.

»Lass uns weiter«, sagte Andresen. Er zog die Tür hinter sich zu und atmete tief durch. Die Erinnerung an den Einsatz von damals, als sie gewaltsam in mehrere Wohnungen eindringen mussten, war noch greifbar. Auf der Suche nach einem verdächtigen Bankräuber hatte er menschenunwürdige Wohnverhältnisse und persönliche Schicksale aus nächster Nähe erlebt, die ihn noch monatelang verfolgt hatten.

Die Tür zur Wohnung von Jennifer Howe stand offen. Offenbar waren auch die Kieler Kripokollegen bereits hier. Kregel hatte mit ihnen vereinbart, dass Andresen und er sich in der Wohnung des Opfers zumindest umsehen durften. Angesichts des nicht immer einfachen Verhältnisses zwischen Kieler und Lübecker Behörden war die Abstimmung verhältnismäßig reibungslos über die Bühne gegangen. Nicht zuletzt dank Kregels diplomatischem Geschick.

Andresen konnte im Grunde gar nicht genau sagen, was er eigentlich erwartet hatte. Die Enge der zweiundzwanzig Quadratmeter kleinen Wohnung, die nur aus einem einzigen Raum und einem kleinen Badezimmer bestand, überraschte ihn schließlich doch. Dagegen wirkte selbst das Puppenhaus, in dem er momentan noch wohnte, geräumig.

Er brauchte nicht lange, um zu verstehen, dass Jennifer Howe seit einiger Zeit, höchstwahrscheinlich seit Wochen nicht mehr hier gewesen war. Ein paar benutzte Gläser und Teller standen auf der kleinen Arbeitsplatte neben der Spüle. Die wenigen Lebensmittel im Kühlschrank waren seit Wochen abgelaufen.

Zwei Bananen, die in einer Schale auf der Fensterbank lagen, waren längst verschimmelt und offenbar der Grund für den unangenehm süßlichen Geruch in der Wohnung.

Doch das entscheidende Indiz für Jennifer Howes Verschwinden lag auf dem runden Küchentisch, an dem nur eine Person Platz finden konnte. Die Post war akkurat gestapelt, sortiert nach offiziellen Briefen und Werbung. Jemand musste hier gewesen sein und sich darum gekümmert haben. Wahrscheinlich der Hausmeister, der sich gestern bei den Kollegen der Kieler Polizei gemeldet und Jennifer Howe als vermisst gemeldet hatte. Schließlich besaß er Schlüssel für sämtliche Wohnungen des Bullenklosters. Aus Sicherheitsgründen und weil es immer wieder vorkam, dass Bewohner verstarben und manchmal wochenlang unentdeckt blieben, weil es in ihrem Leben niemanden gab, der sie vermisste.

Andresen blätterte rasch die Post durch. Er fand einen Brief, der exakt vor fünf Monaten abgestempelt worden war. Konnte es wirklich sein, dass Jennifer Howe ihre Wohnung seit fast einem halben Jahr nicht mehr betreten hatte? Dass sie Kiel verlassen hatte, ohne dass es jemandem aufgefallen war?

Andresen setzte sich auf einen alten Holzstuhl und scannte aufmerksam die Wohnung, überrascht, wie aufgeräumt und sauber alles war. Jennifer Howe mochte vieles gewesen sein, arm, einsam, aber verwahrlost war sie offenbar nicht gewesen.

»Ich befürchte, dass ihr hier nichts finden werdet«, sagte plötzlich einer der Kriminaltechniker. »Alles, was wir sichergestellt haben, liegt dort vorne auf dem Tisch.«

»Habt ihr einen Computer oder ein Tablet gefunden?«, fragte Andresen.

»Hier gibt es absolut gar nichts«, antwortete der Beamte.

Andresen bewegte sich durch diese winzige Wohnung, wie sie für viele Menschen die letzte Unterkunft eines traurigen, aus den Fugen geratenen Lebens darstellte. Obwohl es hier verhältnismäßig normal und keineswegs heruntergekommen aussah, war ihm bewusst, dass es in Jennifer Howes Leben viele Tiefpunkte gegeben haben musste. Allein die Tatsache, dass sie im Bullenkloster gelebt hatte, war Beweis genug, dass in ihrem

Leben einiges schiefgelaufen war. Hier zu wohnen bedeutete die vollständige soziale Ausgrenzung. Wie so viele, die ganz unten angekommen waren, hatte sich wahrscheinlich auch Jennifer Howe in einem Teufelskreis befunden, aus dem es kein Entrinnen mehr gegeben hatte.

Noch ein letztes Mal ließ er seinen Blick durch die Wohnung schweifen. Die Blume auf der Fensterbank war derart vertrocknet, dass kaum noch etwas von dem ursprünglichen Wuchs zu erkennen war. Ihm fiel die Uhr an der Wand auf. Sie besaß sogar eine Datumsanzeige. Die Uhr war stehen geblieben, nachmittags um drei, am 28. Dezember. Also vor mehr als zwei Monaten.

»Was ist mit den persönlichen Gegenständen?« Andresen wandte sich wieder an den Kieler Kollegen. »Irgendetwas Wichtiges dabei? Aufzeichnungen, Briefe, Rechnungen, was auch immer?«

»Wir sammeln erst mal alles und nehmen es mit«, antwortete der Kollege und zuckte mit den Schultern. »Soweit ich weiß, ist bislang nichts Brauchbares dabei.«

»Das stimmt nicht so ganz.« Kregel erschien und hielt einen kleinen Zettel in die Luft.

»Was ist das?«

»Eine Tankquittung«, antwortete Kregel. Ich habe sie in einer Jacke gefunden, die im Flur hängt. Die Quittung wurde am zwölften Oktober vergangenen Jahres in einer Tankstelle im Gneversdorfer Weg in Travemünde ausgestellt.«

Andresen musterte Kregel einige Sekunden lang. Schließlich nickte er unentschlossen. Da war plötzlich dieser Gedanke an den Leichenfund auf dem Priwall.

Er spürte, dass sich soeben etwas äußerst Wichtiges irgendwo tief in seinem Gehirn festgesetzt hatte.

ROTER FORD

Fassungslos starrte Larissa Thom durch die dreckige Fensterscheibe des roten Fords. Sie schloss die Augen und öffnete sie wieder. Bis sie sich schließlich sicher war, dass sie nicht halluzinierte.

Wenige Meter entfernt erkannte sie tatsächlich die Frau, mit der sie sich vor zwei Wochen in einem Café nicht weit von hier getroffen hatte. Sie saß in diesem Moment am Steuer eines Autos und wartete offenbar auf die Autofähre, die Travemünde mit dem Priwall verband.

Larissas Beine begannen zu zittern. Dieses Gesicht so unvermittelt wiederzusehen, an ihr Gespräch und das mulmige Gefühl erinnert zu werden und vor allem an Kiras Schicksal denken zu müssen, überforderte sie. Krampfhaft klammerten sich ihre Hände an das Geländer auf dem Fährvorplatz.

Der Bus, mit dem sie vor wenigen Minuten in Travemünde angekommen war, fuhr plötzlich los und hupte mehrere Passanten an, die über die Straße liefen. Für einige Sekunden versperrte er die Sicht auf den Wagen, in dem die Frau saß. Larissa schloss die Augen und atmete tief durch.

Die Gespräche bei der Kripo waren frustrierend gewesen. Die Beamten hatten sich ihre Aussage angehört und protokolliert, doch niemand schien sich für ihre Sorgen um Kira zu interessieren. Es war ihr beinahe so vorgekommen, als nähme man sie gar nicht ernst.

Am späten Vormittag war sie zum ZOB in Lübeck gegangen und hatte ihre letzten Münzen zusammengekratzt, um mit dem Bus nach Travemünde zu fahren. Ans Meer, um am Strand spazieren zu gehen und den Kopf frei zu kriegen. Und vielleicht noch einmal einen Blick in das Café in der Vorderreihe zu werfen, in der hoffnungslosen Vorstellung, die Frau dort noch einmal anzutreffen.

Dass sie sie nun zufällig wenige Meter entfernt in diesem alten Ford erkannt hatte, erschien ihr vollkommen surreal. Wie ein Sechser im Lotto. Mit dem Unterschied, dass sich keine wirkliche Freude einstellen wollte.

Das brachiale Stahlgeräusch der anlegenden Fähre durchbrach ihre Gedanken. Gefolgt von einem Klingeln als Zeichen dafür, dass sich die Schranke öffnete. Im nächsten Moment verließen die ersten Fahrzeuge das Schiff.

Als der letzte Wagen an Land gerollt war, starteten die Motoren der wartenden Autos. Auch der rote Ford setzte sich langsam in Bewegung. Larissa zitterte noch immer, versuchte sich jedoch mit Atemübungen zu beruhigen, um weiterhin klar denken zu können.

Sie konnte jetzt nicht einfach hierbleiben. Was, wenn diese Frau tatsächlich etwas damit zu tun hatte, dass Kira nicht mehr zu erreichen war? Sie musste ihr folgen, vielleicht wohnte sie auf dem Priwall.

Larissa griff in ihre Jackentasche und fingerte sechzig Cent hervor. Das reichte nicht für ein Fährticket.

Wieder schloss sie für einen kurzen Moment die Augen. Sie redete sich ein, weder auf der Auto- noch auf der Personenfähre jemals kontrolliert worden zu sein. Ein letztes Mal atmete sie tief durch, dann betrat sie die Fähre.

Während der kurzen Überfahrt hielt sie sich im Schatten der Brücke versteckt, den roten Ford der Frau, der mittig auf dem Schiff auf der rechten Spur geparkt war, immer im Blick. Der Nebel, der schon seit knapp einer Woche wie eine Glocke über der gesamten Lübecker Bucht hing, hatte sich im Tagesverlauf etwas aufgelöst. In diesem Augenblick wünschte sie sich ihn wieder herbei, um so schnell wie möglich in dem weißen Einerlei verschwinden zu können, wenn es brenzlig werden sollte.

Knapp zwei Minuten später atmete Larissa auf, weil alles gut gegangen war. Zum ersten Mal in ihrem Leben war sie schwarzgefahren. Als sie an dem Mann, der die Fähre am anderen Ufer der Trave festmachte, vorbeiging und das Schiff verließ, spürte sie noch einmal ihr Herz pochen. Sie war einfach niemand, der etwas Unrechtmäßiges tun konnte.

Der rote Ford war bereits über die Rampe gerollt und fuhr langsam in Richtung Mecklenburger Landstraße. Wie sollte sie der Frau zu Fuß bloß folgen? Larissa drängelte sich an anderen Passagieren, die von der Fähre strömten, vorbei und begann, hinter dem Auto herzurennen.

Nach knapp hundert Metern atmete sie bereits schwer. Der Ford entfernte sich immer schneller. Wenn die Frau nicht hier irgendwo in der Nähe wohnte und gleich anhielte, hätte sie keine Chance.

Der rote Ford verschwand auf der Mecklenburger Landstraße als kleiner Punkt am Horizont. Wahrscheinlich wohnte die Frau nicht in der Nähe, sondern irgendwo außerhalb Lübecks in Mecklenburg-Vorpommern.

Larissa wurde langsamer, bis sie schließlich komplett zum Stehen kam und sich auf ihren brennenden Oberschenkeln abstützte. Sie hatte keine Kraft mehr. Außerdem war die Situation vollkommen hoffnungslos. Aber immerhin hatte sie sich das Kennzeichen gemerkt. Sie würde der Polizei stecken, dass die Frau die Fähre benutzt hatte und einen roten Ford mit diesem Kennzeichen fuhr. Und darauf drängen, dass sie dringend etwas unternahm, um Kira zu finden.

Sie blickte die Straße entlang. Der kleine rote Punkt war nicht mehr zu erkennen. Zumindest nicht auf der Straße. Aber rechts am Straßenrand, mehrere hundert Meter entfernt, auf der Höhe des ehemaligen Campingplatzes, sah sie etwas, das rot schimmerte. Ein Auto, das dort eben womöglich nicht gestanden hatte.

Sie spürte, dass die Anspannung zurückkam. Hatte die Frau also doch angehalten? Vielleicht vor dem Haus, in dem sie wohnte?

Sie ging weiter. Erst nur ganz langsam, doch als sie erkannte, dass es sich bei dem Wagen tatsächlich um den roten Ford handelte, wurde ihr Schritt schneller. Als sie noch etwa dreißig Meter entfernt war, stoppte sie und versteckte sich hinter einem anderen parkenden Auto.

Larissa erkannte trotz der Entfernung eine Person auf dem Fahrersitz. Die Frau, von der sie im Grunde so gar nichts wusste. Nur ihren Vornamen.

Sie zuckte zusammen, als sich plötzlich die Fahrertür des

Ford öffnete. Larissa ging so tief in die Hocke, dass sie sich sicher war, nicht gesehen zu werden. Als sie die Tür des Autos zufallen hörte, zählte Larissa leise bis zehn. Dann traute sie sich und reckte ihren Kopf um den BMW herum, hinter dem sie wartete.

Die Frau, die gerade in einer Hauseinfahrt verschwand, war zweifellos diejenige, für die sie hätte arbeiten sollen. Obwohl sich Larissa bereits auf dem Fährvorplatz sicher gewesen war, beruhigte sie der Gedanke, dass sie sich tatsächlich nicht geirrt hatte. Dass sie nicht Gesichter sah, die es gar nicht gab. Nicht allmählich durchdrehte. Noch einmal zählte sie leise, diesmal bis fünfzig. Dann trat sie hinter dem BMW hervor und folgte der Frau.

Als sie selbst in die Einfahrt einbog, zitterten ihre Beine so sehr, dass sie fürchtete, jeden Moment zusammenzubrechen. Eine seltsame Mischung aus Panik vor dem, was auf sie wartete, und dem festen Willen, Kira zu finden, durchströmte ihren Körper. Was würde sie erwarten, wenn sie einfach an der Tür klingelte und nach ihrer Freundin fragte?

Der Gedanke, dass sie sich erst sicher sein musste, dass sie auf der richtigen Spur war, und dann doch besser die Polizei zu rufen, statt sich selbst in Gefahr zu begeben, erschien ihr abstrus. Nach allem, was sie erlebt hatte, vertraute sie der Polizei nicht mehr.

Statt an der Haustür zu klingeln, ging sie so leise wie möglich an der Hauswand entlang, bis sie die Rückfront erreicht hatte. Sie stoppte einen Moment lang und versuchte, sich zu orientieren.

Das Haus stammte wahrscheinlich aus den sechziger oder siebziger Jahren. Ein typisches zweigeschossiges Einfamilienhaus. Es war vielleicht nicht gerade heruntergekommen, aber auch in keinem sonderlich guten Zustand. Die letzten Investitionen in das Haus mussten bereits einige Jahre zurückliegen.

Vorsichtig ging sie weiter. In der Hoffnung, durch ein Fenster ins Innere des Hauses blicken zu können. Vielleicht würde sie irgendeinen Hinweis auf Kira finden. Doch das Haus wirkte auffällig verschlossen. Eines der Fenster auf der Rückseite war zugemauert worden, bei allen anderen waren die Jalousien heruntergelassen.

»Kann ich Ihnen helfen?«

Larissa zuckte zusammen. Augenblicklich fuhr sie herum und blickte einem Mann in die Augen, den sie auf etwa Mitte vierzig schätzte.

»Ich …« Larissa suchte nach den richtigen Worten. »Ich bin auf der Suche nach …«

»Schon gut«, sagte der Mann. »Ich weiß, weshalb Sie hier sind.«

Das Lächeln des Mannes sah für wenige Sekunden sogar vertrauenswürdig aus. Doch als sie ihn genauer betrachtete, spürte Larissa, dass etwas nicht stimmte. Die Angst kam zurück. Im nächsten Moment schlug sie sogar in Panik um.

»Gehen wir rein?«, fragte der Mann.

»Ich will wissen, was mit Kira geschehen ist«, sagte Larissa fahrig. »Ich glaube, sie ist verschwunden. Haben Sie etwas damit zu tun?«

»Hier draußen ist es so ungemütlich. Wir sollten im Haus über alles Weitere reden.«

»Ist Kira hier?«, drängte Larissa.

»Sie wissen doch, dass sie hier ist«, sagte der Mann mit ruhiger Stimme. »Genau deshalb schleichen Sie doch um unser Haus herum.«

»Was haben Sie mit ihr gemacht?« Larissa war völlig aufgebracht.

»Kommen Sie mit, ich bringe Sie zu ihr.«

»Tut mir leid, ich traue Ihnen nicht«, antwortete Larissa. »Genauso wenig wie Ihrer Frau. Ich habe sofort gemerkt, dass mit ihr etwas nicht stimmt.«

»Und trotzdem haben Sie Ihrer Freundin empfohlen, sich bei uns zu melden?« Der Mann sah sie mit hochgezogenen Augenbrauen und einem schrägen Grinsen an. »Entweder ist Ihre Menschenkenntnis doch nicht so gut, oder Sie tragen eine besonders sadistische Ader in sich.« Aus seinem Grinsen wurde ein schallendes Lachen.

Larissa versuchte, ihre Wut zu unterdrücken, indem sie den

Mann aufmerksam musterte. Doch sein Anblick bewirkte genau das Gegenteil. Die nach hinten gekämmten, ungewaschenen Haare, der ungepflegte Bart und der deutliche Bauchansatz unter seinem Holzfällerhemd waren derart abstoßend, dass sie ihm am liebsten vor lauter Wut und Ekel ins Gesicht gespuckt hätte.

»Also, was ist jetzt?«, fragte er. Mit einem Mal veränderte sich sein Gesichtsausdruck. Das Lachen verschwand. Stattdessen klang er jetzt drohend. »Kommen Sie freiwillig mit mir mit?«

»Und wenn nicht?«

»Es liegt ganz allein in Ihrer Hand, wie schmerzvoll es für Sie wird.« Mit einer raschen Bewegung zog er ein Messer aus seiner Jackentasche hervor und hielt es ihr an den Hals.

Die Panik lähmte Larissa. Die Angst davor, was mit ihr geschehen würde, wenn sie dieses Haus erst einmal betreten hatte, war stärker als ihr Wille, Kira zu finden. Was hatten sie ihr bloß angetan? Larissa befürchtete das Allerschlimmste.

Sie starrte den Mann sekundenlang reglos an. Unzählige Gedanken gingen ihr durch den Kopf. Doch egal, in welche Richtung sie dachte – keine würde ein gutes Ende nehmen.

Wenn Kira tot war, hatte auch sie es verdient, zu sterben. Denn sie trug die Schuld an der ganzen Situation. Weshalb bloß hatte sie Kira geraten, sich bei dieser Frau wegen des Jobs zu melden, nachdem sie selbst kalte Füße bekommen hatte?

»Also, seien Sie vernünftig«, sagte der Mann unmissverständlich. »Gehen wir, da vorne ist die Tür.«

Larissa nickte. Dann senkte sie den Blick und tat, was er sagte.

ZIMTSTERN92

»Was denkst du wirklich über die Wohnung in der Mühlenstraße?«

»Kennst du das Gefühl, dass alles so ist, wie es sein sollte, und trotzdem stimmt irgendetwas nicht? Ich kann nicht einmal sagen, was es ist, aber in der Wohnung von gestern Abend sehe ich uns beide nicht.«

»Mir geht es ähnlich«, pflichtete Agnes ihm bei. »Irgendetwas hat nicht gepasst. Ich glaube, es lag aber gar nicht an der Wohnung selbst.«

»Sondern an dem Grund, weshalb das Paar so schnell wie möglich ausziehen will?«

»Ging es dir nicht auch so, dass ab dem Moment, in dem die Frau von der Scheidung gesprochen hat, diese Wohnung ein absolutes No-Go war?«, fragte Agnes. »Einfach schlechtes Karma, wir brauchen etwas Unbelastetes.«

»Das klingt ziemlich esoterisch«, antwortete Andresen mit hochgezogener Augenbraue. »Aber im Grunde hast du natürlich recht.«

»Was hältst du hiervon?« Agnes tippte auf ihrem Tablet herum und zeigte Andresen einige Fotos einer Wohnung, die in einem Immobilienportal angeboten wurde.

»Wo ist das?«

»Wakenitzufer. Hundertzehn Quadratmeter, oberstes Stockwerk. Mit Fahrstuhl und Blick aufs Wasser. Penthouse, sozusagen. Vor zwei Jahren komplett saniert.«

»Und der Haken?«, fragte Andresen skeptisch. »Zweitausend Euro Kaltmiete?«

»Etwa die Hälfte«, antwortete Agnes. »Deshalb befürchte ich leider auch, dass es Dutzende anderer Bewerber geben wird.«

Andresen klickte sich durch die Fotos und nickte immer wieder. »Gefällt mir wirklich gut«, sagte er schließlich. »Ich glaube, ich kenne das Haus sogar. Es gab da mal einen Fall, bei dem ich eine der Mieterinnen näher unter die Lupe nehmen musste.«

»Unter die Lupe nehmen?«, fragte Agnes argwöhnisch.

»Was du wieder denkst!« Andresen grinste. »Diese Frau hat sich damals durch eine Falschaussage im Rahmen einer Mordermittlung mitschuldig gemacht. Ich habe allerdings gehört, dass sie mittlerweile nicht mehr in Lübeck lebt.«

»Wollen wir uns die Wohnung also ansehen?«

»Auf jeden Fall.«

»Dann sollten wir sofort los«, sagte Agnes. »Wir müssen in dreißig Minuten dort sein.«

»Wie bitte?«

»Hier in der Anzeige steht, dass heute Morgen um halb neun eine öffentliche Wohnungsbegehung stattfindet.«

»Ich habe noch nicht einmal geduscht.«

»Ich auch nicht.«

»Das sind ja optimale Voraussetzungen.« Andresen verzog die Mundwinkel wenig begeistert. »Aber wenigstens die Zähne will ich mir noch putzen.«

Fünfundzwanzig Minuten später parkte Andresen seinen Volvo vor dem Haus in der Straße am Wakenitzufer. Etwa fünf Jahre waren seit den damaligen Ermittlungen hier vergangen. Es war die Zeit gewesen, in der er die vielleicht schwerwiegendste Entscheidung seines Lebens getroffen hatte. Der Verkauf seines Hauses in der Großen Gröpelgrube war rückblickend betrachtet der Anfang vom Ende seiner Beziehung mit Wiebke gewesen. In diese Zeit fiel auch seine kurze Affäre mit Ida-Marie.

»Alles okay?«

»Ja, klar.« Andresen schob die Gedanken an damals beiseite. »Ich glaube, es wäre toll, hier zu wohnen. Ich mag dieses Viertel.«

Agnes lächelte und beugte sich zu ihm herüber, um ihm einen Kuss zu geben, als sein Handy, das in der Ablage in der Mittelkonsole lag, klingelte. Auf dem Display erkannte Andresen, dass es Ida-Marie war.

»Entschuldige, aber da muss ich rangehen.«

»Damit muss ich wohl leben«, seufzte Agnes.

Andresen öffnete achselzuckend die Tür und stieg aus. Dann nahm er das Gespräch an.

»Moin, Birger«, meldete sich Ida-Marie. »Bist du auf dem Weg ins Büro?«

»Mehr oder weniger.«

»Dann beeil dich.«

»Was ist denn los?«

»Ben sucht dich. Jennifer Howes Auto wurde in einem Waldstück nahe Schlutup gefunden. Es wurden einige Gegenstände und Unterlagen aus dem Wagen sichergestellt, die gerade auf dem Weg hierher sind.«

»In Ordnung, ich bin gleich da.« Andresen legte auf, ohne sich von Ida-Marie zu verabschieden.

Er verharrte für einen Moment und massierte seine Schläfen. Bis vor wenigen Augenblicken war dieser Morgen zwar etwas hektisch, aber schön gewesen. Frühstück im Bett gemeinsam mit Agnes, die Aussicht auf eine neue Wohnung direkt an der Wakenitz – seine Arbeit war für einige Minuten ganz weit weg gewesen.

Andresen stieg in den Wagen und umfasste mit beiden Händen das Lenkrad.

»Was ist passiert?«

»Ich muss ins Präsidium.«

»Sofort?«

»Ich befürchte, ja.«

»Okay.« Agnes nickte frustriert. »Was machen wir mit der Wohnung?«

»Geh rein und mach sie klar. Wenn die Wohnung in der Realität auch nur ansatzweise so aussieht wie auf den Fotos, will ich dort mit dir einziehen.«

»Und womit können wir gegenüber den anderen Bewerbern punkten?«

»Sag dem Vermieter, wer ich bin«, antwortete Andresen fahrig. Er war mit seinen Gedanken längst woanders. »Vielleicht kennt er mich ja durch die Sache mit dem amerikanischen Außenminister und findet es gut, dass ein Held in seiner Wohnung lebt.«

Er zwinkerte Agnes zu und gab ihr einen Kuss auf die Wange. Für einige Sekunden drückte sie ihn fest an sich. Dann atmete sie tief durch und stieg aus.

Andresen sah ihr hinterher. Er wäre gerne bei der Besichtigung dabei gewesen, es war kein gutes Gefühl, Agnes bei dieser wichtigen Entscheidung allein zu lassen.

Als er den Schlüssel umdrehte und den Motor startete, traf ihn das schlechte Gewissen mit voller Wucht. Er durfte bei Agnes nicht wieder die gleichen Fehler begehen wie schon bei Rita und Wiebke. Aber wie zum Teufel sollte er solche Situationen in Zukunft vermeiden? Solange er als Kriminalkommissar arbeitete, würde es immer wieder Momente geben, in denen der Job wichtiger war als sein Privatleben.

Agnes öffnete die Haustür und verschwand im Innern des Gebäudes mit dem Backsteinklinker. Die Szenerie kam ihm wie ein vertrautes Bild vor. Als betrete sie wie jeden Tag das Haus hier am Wakenitzufer, in dem sie seit Jahren gemeinsam lebten.

Ein flüchtiges Lächeln huschte über seine Lippen, ehe sich Ida-Maries Worte den Weg zurück an die Oberfläche bahnten. Er wusste nicht, wie und ob diese Unterlagen aus Jennifer Howes Wagen ihnen überhaupt helfen würden, aber allein die Tatsache, dass sie endlich etwas gefunden hatten, war Grund genug, so schnell wie möglich ins Präsidium zu fahren.

»Der Wagen von Jennifer Howe war auf einem Parkplatz in einem Waldstück in der Nähe der Wesloer Landstraße abgestellt. Eine Streife hat ihn eher zufällig entdeckt.«

Ida-Marie schob Kregels Telefon beiseite und stellte einen großen Schuhkarton auf dessen Schreibtisch.

»Was ist da drin?«, fragte Andresen.

»Alles, was in dem Fahrzeug gefunden wurde. Seelhoff konnte sich keinen Reim darauf machen. Er war sich aber sicher, dass etwas dabei ist, das uns helfen könnte.«

»Ich bin gespannt.« Andresen beugte sich vor und hob den Deckel des Kartons an.

»Ich habe vorhin schon einmal einen kurzen Blick auf die Sachen geworfen. Ich gehe davon aus, Seelhoff meinte das hier.« Kregel griff in den Karton, zog einige bedruckte Blatt Papier hervor und faltete sie auseinander. »Sieht ganz nach einer Konversation aus einem Chat aus. Am besten, ihr lest ihn euch durch.«

Andresen nahm die Zettel entgegen, während Ida-Marie näher an ihn heranrutschte. Dann begannen sie zu lesen.

Zimtstern92: *Hallo, ich wollte fragen, ob das Angebot von gestern noch steht?*
Deus: *Schön, von Ihnen zu hören, Zimtstern. Mein Angebot gilt noch, aber ich habe mehrere andere Anfragen.*
Zimstern92: *Ich habe mich entschieden und würde es gerne annehmen.*
Deus: *Haben Sie es sich auch wirklich gut überlegt?*
Zimtstern92: *Ja, absolut.*
Deus: *Ich frage deshalb noch einmal nach, weil es leider schon ein paarmal vorgekommen ist, dass ich kurzfristig Absagen erhalten habe.*
Zimtstern92: *So bin ich nicht. Sie können sich auf mein Wort verlassen.*
Deus: *Das hoffe ich. Es ist nun mal nicht leicht, eine gute Haushaltshilfe zu finden. Aber diesmal habe ich ein gutes Gefühl.*
Zimtstern92: *Danke.*
Deus: *Bevor Sie bei mir anfangen, möchte ich Sie gerne persönlich kennenlernen.*
Zimtstern92: *Gerne.*
Deus: *Können Sie nach Travemünde kommen?*
Zimtstern92: *Klar.*
Deus: *Gut. Kennen Sie sich dort aus?*
Zimtstern92: *Halbwegs.*
Deus: *Das italienische Café in der Vorderreihe. Sagt Ihnen das etwas?*
Zimtstern92: *Ja.*
Deus: *Dann treffen wir uns dort heute Nachmittag um sechzehn Uhr.*
Zimtstern92: *Heute noch?*
Deus: *Andernfalls muss ich mich für eine andere Bewerberin entscheiden.*
Zimtstern92: *Verstehe.*
Deus: *Was heißt das?*

Zimtstern92: *Ich verstehe, dass Sie eine Antwort benötigen.*
Deus: *Dann sehen wir uns also nachher?*
Zimtstern92: *Ich denke schon.*
Deus: *Sie denken schon? Das ist mir zu wenig. Tut mir leid, so funktioniert das nicht. Dann brechen wir das an dieser Stelle ab.*
Zimtstern92: *Nein, Entschuldigung. So war das doch gar nicht gemeint. Ich werde natürlich da sein.*
Deus: *Vergessen Sie einfach nicht, dass es sehr viele schlechtere Jobs als diesen gibt. Bislang hat sich noch keine meiner ehemaligen Haushaltshilfen über die Arbeit bei mir beschwert. Wenn Sie zögern, hat es keinen Zweck. Sie müssen diesen Job wollen und mich davon überzeugen, dass Sie die Richtige sind.*
Zimtstern92: *Ich wohne in Kiel, nur deshalb habe ich vorhin gezögert. Aber ich verspreche Ihnen, dass ich pünktlich da sein werde.*
Deus: *Kann ich mich darauf wirklich verlassen?*
Zimstern92: *Und ob.*
Deus: *Dann freue ich mich.*
Zimtstern92: *Ich mich auch.*
Deus: *Eine Sache noch, die wichtigste vielleicht. Sprechen Sie bitte vorerst mit niemandem über uns beide. Es gibt Gründe dafür.*
Zimtstern92: *Verstanden und versprochen.*
Deus: *Sehr gut, dann also bis später.*
Zimtstern92: *Bis später.*

Vor Andresens Augen verschwamm alles. Obwohl er versucht hatte, die Konversation konzentriert zu lesen, gelang es ihm Sekunden später nicht mehr, die Worte zwischen Zimtstern92 und Deus vor seinem inneren Auge scharf zu stellen. Seit das Wort Haushaltshilfe gefallen war, konnte er nur noch daran denken, was ihnen die junge Frau gestern im Präsidium erzählt hatte.

Larissa Thom war ihr Name gewesen. Sie hatte davon berichtet, dass sie vor wenigen Wochen ein Gespräch mit einer

Frau in Travemünde geführt hatte, bei dem es um eine Stelle als Haushaltshilfe gegangen war. Sie hatte den Job schließlich abgelehnt, weil sie kein gutes Gefühl bei der Sache gehabt hatte. Stattdessen hatte sie ihrer Freundin von dem Job erzählt. Doch seitdem fehlte laut Larissa Thom jede Spur von ihrer Freundin Kira Nowak. Sie war nicht mehr ans Telefon gegangen und öffnete nicht mehr die Tür ihrer Wohnung.

Hing das alles etwa tatsächlich miteinander zusammen?

Andresen blickte zu Ida-Marie herüber. »Aus was für einem Chatroom ist das?«

»Wissen wir noch nicht«, antwortete Ida-Marie.

»Wer bei euch hat mit Larissa Thom gesprochen?« Andresen stand auf und drückte Kregel die Zettel in die Hand.

»Das müsste Morten gewesen sein.«

»Morten?«

»Einer unserer Neuen.«

»Bist du darüber informiert, was Larissa Thom ausgesagt hat?«

Kregel zuckte mit den Schultern. Es schien ihm unangenehm zu sein, dass er offenbar nicht Bescheid wusste. Andresen klärte ihn in wenigen Sätzen auf.

»Wir müssen dringend noch einmal mit ihr sprechen«, schloss er mit ernster Miene. »Es könnte Zufall sein, dass sich Jennifer Howe und Larissa Thom als Haushaltshilfen um einen Job bemüht haben, aber ich glaube, niemand von uns denkt so etwas tatsächlich.«

»Ich gebe Seelhoff Bescheid, dass seine Leute das Chatprotokoll überprüfen und herausfinden sollen, über welche Plattform kommuniziert wurde«, sagte Ida-Marie. »Wir müssen in Erfahrung bringen, wer dieser Deus ist.«

»Vor allem müssen wir uns beeilen«, drängte Andresen. »Wenn das hier wirklich unsere Spur ist, dann befürchte ich, dass sich Kira Nowak in Lebensgefahr befindet.«

Das kurze Schweigen, das seine Worte ausgelöst hatten, wurde durch das Klingeln des Telefons unterbrochen.

»Das ist Birnbaum«, sagte Kregel, nachdem er einen Blick auf das Display geworfen hatte. Noch während er den Hörer abnahm, schaltete er den Lautsprecher ein.

»Herr Professor?«, meldete sich Kregel.

»Wer spricht denn da?«, hallte es zurück. Birnbaums Stimme klang so orientierungslos wie gegen Ende ihres letzten Gesprächs.

»Ben Kregel, Sie haben meine Nummer gewählt. Wollten Sie mit jemand anderem sprechen?«

»Ich bin übrigens auch hier«, rief Andresen.

»Wer?«

»Birger Andresen.«

»Das ist gut, genau Sie wollte ich doch sprechen«, sagte Birnbaum. »Wir müssen dringend über Jennifer Howe sprechen. Sie liegt hier gerade vor mir auf dem Tisch. Wir haben die Obduktion soeben abgeschlossen.«

»Das ist ja eigentlich gar nicht meine, sondern Kregels Baustelle.«

»Wie soll ich denn das verstehen?«

»Jennifer Howe ist ein Fall für Kregels Mordkommission«, antwortete Andresen geduldig. »Sie wissen doch, dass ich mittlerweile für die X-Einheit zuständig bin. Für die alten, unaufgeklärten Fälle. Wir waren gestern bei Ihnen wegen der skelettierten Leiche, die in den Priwalldünen gefunden wurde.«

»Genau darum geht es ja.« Birnbaum klang mit einem Mal wieder ganz normal, so launisch wie früher. »Ich will, dass Sie sofort hierherkommen, Andresen. Die Neuigkeiten, die ich für Sie habe, werden Sie überraschen.«

»Wie in besten Zeiten«, sagte Andresen leise.

»Und wenn Sie Ihren Kollegen Kregel treffen sollten, dann sagen Sie ihm, dass er sich hier endlich mal blicken lassen soll, wenn er beabsichtigt, irgendwann Ihren Posten zu übernehmen.«

Das Knacken in der Leitung war ein untrügliches Zeichen dafür, dass Birnbaum aufgelegt hatte.

»Was war denn das?«, platzte Kregel heraus. »Ist er jetzt endgültig durchgedreht?«

»So etwas Ähnliches«, antwortete Andresen. »Aber das erkläre ich euch auf dem Weg in die Rechtsmedizin.«

SCHLECHTE ZÄHNE

»Wo ist Professor Birnbaum?«

»Es tut mir leid, es geht ihm nicht gut. Er ruht sich oben in seinem Büro ein wenig aus.«

Andresen musterte Professor Kapustka. Obwohl er auch heute von dem Anblick ihres Dekolletés irritiert war, versuchte er sich darauf zu konzentrieren, was sie gerade gesagt hatte. Sein Telefonat mit Birnbaum lag keine zwanzig Minuten zurück. Was war mit ihm passiert, dass er sich plötzlich ausruhen musste?

»Würden Sie ihm dennoch bitte Bescheid geben, dass wir hier sind?«, sagte er schließlich. »Er hat uns angerufen, weil er dringend mit uns sprechen wollte.«

»Ich weiß«, sagte Professor Kapustka. »Ich habe ihn gebeten, Sie anzurufen. Andernfalls hätte ich es getan, und er hätte sich dann übergangen gefühlt.«

»Ich bin im Bilde, wie es um ihn steht, aber das gibt Ihnen noch lange nicht das Recht, so mit ihm umzugehen. Ich möchte jetzt sofort mit ihm reden.«

»Es würde Ihnen nichts bringen«, entgegnete die Frau, von der Birnbaum behauptet hatte, dass sie längst nicht das Zeug besaß, seine Nachfolgerin zu werden. Allerdings alles dafür tat, ihn so schnell wie möglich loszuwerden.

»Wenn Sie Glück haben, ist er für wenige Minuten bei Sinnen. Aber die Intervalle, in denen sein Verstand aussetzt, kommen immer schneller.« Professor Kapustka hielt kurz inne und blickte ernst in die Runde. »Wie gesagt, es war meine Idee, Sie anzurufen. Denn das, was wir herausgefunden haben, ist viel zu wichtig, als dass wir noch lange damit hätten warten können, es Ihnen zu sagen.«

»Dann spannen Sie uns doch bitte nicht länger auf die Folter«, schaltete sich Kregel ein.

»Wir dachten, es wäre vielleicht wichtig für Sie, zu wissen, unter welchen Umständen Jennifer Howe zu Tode gekommen ist.«

»Deshalb sind wir hier.«

»Ich will Ihnen grundsätzlich die Einzelheiten ersparen«, sagte Professor Kapustka. »Vorab ist zu erwähnen, dass der Körper der Frau wahrscheinlich mit einem Gegenstand beschwert war, der dafür gesorgt hat, dass sich die Leiche einige Tage unter Wasser gehalten hat. Der Gegenstand muss sich gelöst haben, sodass der Körper schließlich an die Oberfläche getrieben ist.« Professor Kapustka fuhr sich durch die Haare und blickte Andresen tief in die Augen.

»Nun aber zu ihren Verletzungen«, fuhr sie fort. »Der Körper ist mit Hämatomen nur so übersät gewesen. Was wirklich auffällig ist, sind die Spuren, die wir an den Gelenken der Frau gefunden haben. Brüche, Hämatome und tiefe Einschürfungen, die darauf schließen lassen, dass das Opfer Hand- und Fußschellen getragen haben muss.«

Andresen schüttelte den Kopf und sah die Professorin beinahe ungläubig an. Es war, als ahnte er, worauf sie hinauswollte.

»Was ich meine«, fuhr sie fort, »es könnte durchaus sein, dass die Todesfälle vom Priwall und an der Untertrave etwas miteinander zu tun haben. Soll heißen, wir könnten es womöglich mit ein und demselben Täter zu tun haben.«

»Da liegen Jahre dazwischen«, entgegnete Andresen. »Einen Zusammenhang zwischen einer skelettierten Leiche und dem Fund von Jennifer Howes Leiche herzustellen, halte ich noch für sehr gewagt.«

»Professor Birnbaum war sich sofort sicher«, antwortete Professor Kapustka. »Die Art der Knochenbrüche sei so auffällig ähnlich, dass er keinerlei Zweifel hatte. Ich verstehe Ihre Skepsis, muss allerdings zugeben, dass er recht haben könnte.«

»Das würde dann auch auf die Tote vom Schellbruch zutreffen«, sagte Andresen leise.

»Bitte verstehen Sie, dass ich dazu nichts sagen kann«, antwortete Professor Kapustka. »Das Ganze liegt viele Jahre zurück, ich habe mich mit diesem Fall nicht beschäftigt. Aber so wie ich Professor Birnbaum verstanden habe, geht er davon aus, dass all diese Mordfälle von ein und derselben Person begangen wurden.«

»Kann das wirklich möglich sein?«, fragte Kregel. »Oder ist das Birnbaums Krankheit geschuldet?«

»Egal, wie es um ihn steht, in dem Fall vertraue ich darauf, dass Birnbaum weiß, wovon er spricht«, antwortete Andresen. »Zumindest noch.«

»Wenn das an die Presse dringt, haben wir allerdings ein viel größeres Problem als gestern.« Kregel atmete tief durch. »Drei tote Frauen, die über einen Zeitraum von sechs Jahren gefunden wurden. Und, so wie es aussieht, eine weitere vermisste junge Frau, die möglicherweise schon tot ist oder sich zumindest in großer Gefahr befindet.«

»Können Sie eine Aussage über das Geschlecht des Täters machen?«, fragte Andresen.

»Sie fragen ernsthaft, ob diese Frauen möglicherweise nicht von einem Mann derart zugerichtet und umgebracht wurden?«

»Genau.«

»Niemals«, sagte Professor Kapustka. »Frauen können mit Sicherheit genauso gefährlich sein wie Männer, wahrscheinlich sogar noch hinterhältiger und kaltblütiger. Aber niemals so brutal wie im Fall Jennifer Howe und den beiden skelettierten Leichen. Knochen zu brechen, heftige Schläge mit Fäusten oder Gegenständen, so etwas tut eine Frau einer anderen Frau nicht an.«

Professor Kapustka begann unruhig auf und ab zu laufen. Die souveräne Art, die sie im Allgemeinen ausstrahlte, schien plötzlich zu bröckeln. »Wissen Sie, an wen ich bei dieser Sache denken muss? Annie Wilkes. Sie war fähig, einem anderen Menschen die Knochen zu brechen. Aber das war nur ein Buch von Stephen King, nicht die harte Realität.«

Andresen blickte Professor Kapustka irritiert an. Je länger er ihr zuhörte, desto mehr hatte er das Gefühl, dass sie hervorragend in Birnbaums Team passte. Ihr selbstbewusstes Auftreten erinnerte ihn stark an den Mann, der die Lübecker Rechtsmedizin mehr als zwei Jahrzehnte lang geprägt hatte.

»Da wird diese Leiche in den Dünen auf dem Priwall gefunden, ohne dass wir sie einem Vermisstenfall zuordnen können«, unterbrach Ida-Marie seine Gedanken. »Wer weiß, wie viele Leichen in und um Lübeck noch vergraben sind.«

»Man muss das Schlimmste befürchten«, murmelte Andresen.

»Entschuldigen Sie«, sagte Professor Kapustka plötzlich und räusperte sich. »Ich verstehe, dass Sie das Ganze sehr beschäftigt. Aber es gab da noch etwas anderes, das Professor Birnbaum erwähnt hat.«

»Ich habe da so eine Ahnung«, sagte Andresen. »Aber erzählen Sie bitte.«

»Wir haben bei der Obduktion von Jennifer Howe noch etwas festgestellt, das Professor Birnbaum sehr stark an die Funde auf dem Priwall und im Schellbruch erinnert hat.«

Andresen wandte sich ab, noch bevor Professor Kapustka zu Ende gesprochen hatte. Er wusste, worauf sie hinauswollte.

Birnbaum hatte einen entscheidenden Zusammenhang zwischen dem Tod von Jennifer Howe und den Opfern vom Priwall und aus dem Schellbruch hergestellt. Aber die entscheidende Frage war: Was sagte es aus, dass die Zähne aller Opfer in einem so schlechten Zustand gewesen waren, dass Birnbaum es erwähnenswert fand?

DEUS

Andresen parkte seinen Volvo vor dem Mehrfamilienhaus in der Hansestraße und schaltete die Musik erst nach einer Weile aus. »Enjoy the Silence« wollte ihm nicht mehr aus dem Kopf gehen.

Depeche Mode war nie seine Musik gewesen, aber je älter er wurde, desto öfter erwischte er sich dabei, dass er allem, was lange genug zurücklag, etwas Gutes abgewinnen konnte. Das Romantisieren früherer Zeiten war ein Phänomen, das immer stärker um sich zu greifen schien. Manchmal kam es ihm vor, als sähen die Menschen den Jahrtausendwechsel rückblickend als eine Zäsur zwischen der analogen alten Zeit und dem digitalen Wahnsinn, der heute herrschte, an.

Zweifellos war damals, als er in den Polizeidienst eingetreten war, vieles unkomplizierter und weniger stressig gewesen, aber mit Sicherheit auch nicht so komfortabel wie heute. Und schon gar nicht ungefährlicher. Mord und Totschlag hatte es früher genau wie heute gegeben. Tatsächlich war es sogar so, dass die Anzahl schwerer Verbrechen in Schleswig-Holstein seit Jahren sank. Und doch gab es dieses unbestimmte Bauchgefühl in der Gesellschaft, dass früher alles besser gewesen sei.

Andresen kämpfte dagegen an, selbst diesem Muster zu verfallen. Den komplexen Strukturen der heutigen Zeit nicht mit einem Schwarz-Weiß-Denken zu begegnen, sondern stattdessen Menschen wie Silke Klawitter, der Frau, die den Leichenfund an der Untertrave beobachtet hatte, die Stirn zu bieten. Mit Sicherheit würde die AfD-Spitzenkandidatin erneut auftauchen, sobald die Medien davon berichteten, dass sie es womöglich mit einem Serientäter zu tun hatten. Und sie würde weitere Gerüchte in die Welt setzen und dafür sorgen, dass das subjektive Empfinden der Menschen jede Form von Objektivität verdrängte. »Postfaktisch« war zum Wort des Jahres gekürt worden. Andresen fand, dass es den momentanen Zustand der Gesellschaft auf den Punkt brachte.

Er nickte einem Techniker zu, der ihm mit ernster Miene im

Hauseingang entgegenkam. Drinnen hielt der Fahrstuhl gerade an. Die Tür öffnete sich, und ein untersetzter Mann mit schütterem Haar trat auf den Flur. Für einen kurzen Moment trafen sich ihre Blicke, dann senkte der Mann den Kopf und ging an Andresen vorbei.

Noch während er die Treppe zu Larissa Thoms Wohnung im zweiten Stock hochging, hörte er plötzlich Seelhoffs Stimme durch das Haus hallen. Er klang verärgert und schien sich über irgendetwas aufzuregen. Als Andresen Sekunden später die aufgebrochene Wohnungstür sah, ahnte er, weshalb Seelhoff für seine Verhältnisse so laut geworden war.

»Schickst du deine Leute neuerdings etwa zu oft in den Fitnessraum?« Andresen musterte die kaputte Tür mit einem argwöhnischen Blick.

»Du kannst dir deine blöden Sprüche sonst wohin stecken«, antwortete Seelhoff aufgebracht. »Die Frau, die ihr sucht, ist nicht hier. Und meine Leute sind einfach nicht in der Lage, diese verdammte Tür vernünftig zu öffnen.«

»Wer hat denn angewiesen, sie gewaltsam zu öffnen?«

»Ich.«

Andresen fuhr herum. Vor ihm stand Kregel.

»Wir können nicht länger warten. Die Ergebnisse der Rechtsmedizin sind ziemlich eindeutig: Die Todesfälle hängen vermutlich alle zusammen. Wir müssen also verhindern, dass noch weitere Opfer dazukommen. Oder wollen wir etwa warten, bis Larissa Thom hier irgendwann wieder auftaucht?« Er ließ die Frage für einen kurzen Moment im Raum stehen, dann beantwortete er sie selbst.

»Wohl kaum«, sagte er. »Ich will, dass hier jeder Winkel untersucht wird, vor allem ihr Computer, falls sie einen besitzt. Wir müssen dringend herausfinden, ob sie ebenfalls mit Deus gechattet hat. Ich habe die Kollegen in Kiel vorhin angerufen und sie gebeten, irgendetwas über Jennifer Howes Handy oder ihre Onlineaktivitäten herauszufinden. Bei Kira Nowak wird die Sache etwas schwieriger. Sie ist in Wismar gemeldet. Die Kollegen dort haben an ihrer Wohnungstür geklingelt, aber sie hat nicht geöffnet. Jetzt wird darum gestritten, welche Staatsanwaltschaft anweisen darf, sich Zutritt zu der Wohnung zu verschaffen.«

»Diese ganze Machtscheiße werde ich in meinem Leben nicht mehr nachvollziehen können«, sagte Andresen verdrossen. »Ich bin froh, dass ich mich in all den Jahren weitestgehend aus diesen Dingen herausgehalten habe.«

Schweigend betraten die beiden die Wohnung, als Andresen einfiel, was er Kregel noch fragen wollte.

»Wie denkst du darüber, was Professor Kapustka gesagt hat?«

»Was meinst du?«

»Ihre klare Position, dass der Täter keine Frau sein kann. An dieser Stelle passt etwas nicht zusammen, denn Larissa Thoms Aussage war eindeutig. Sie hat sich mit einer Frau in diesem Café unterhalten – nachdem sie mit ihr gechattet hatte. Auch wenn das Chatprotokoll von Jennifer Howe und Deus keinen eindeutigen Schluss zulässt, klingt es zumindest danach, als handele es sich bei Deus um eine Frau.«

»Denkst du, wir haben es mit mehreren Tätern zu tun?«

»Halte ich nicht für ausgeschlossen«, antwortete Andresen. »Oder aber es ist alles ganz anders.«

»Was soll das jetzt wieder heißen?«

»Noch können wir nicht ausschließen, dass es nur ein Zufall gewesen ist, dass sich die Frauen um einen Job als Haushaltshilfe bemüht haben. Womöglich ist Jennifer Howe in einer ganz anderen Situation auf ihren Täter getroffen ist. Genau wie Kira Nowak.«

»Du musst mich nicht darauf aufmerksam machen, dass wir in alle Richtungen zu denken haben«, sagte Kregel. Plötzlich klang er gereizt. »Nachdem ich mit den Wismarer Kollegen Kontakt hatte, habe ich vorhin sofort veranlasst, dass die Fahndung nach Kira Nowak verstärkt wird. Ich erwarte nicht, dass wir diesen Fall durch das Auswerten von Chatprotokollen aufklären werden.«

»Gut«, sagte Andresen knapp. Er klopfte Kregel auf die Schulter, während er sich an ihm vorbeidrängte und weiter in die Wohnung vorstieß.

»Es sind noch keine zwei Tage vergangen, seit ich dir gesagt habe, dass ich Lübeck verlassen werde«, rief Kregel ihm aufgebracht hinterher. »Es wäre schön, wenn du dich noch eine Weile zurückhalten würdest. Und auf deine Schulterklopfer kann ich auch verzichten.«

Andresen ignorierte Kregels Kommentar. Langsam ging er durch die Wohnung, die etwas größer war als seine eigene und so vollkommen anders aussah. Wie Jennifer Howes Wohnung im Bullenkloster zeigte sie auf deprimierende Art und Weise die Armut, in der Larissa Thom lebte. Die beiden Zimmer waren karg eingerichtet. Die Möbel passten nicht zueinander und machten den Eindruck, unter ausgesonderten Stücken zusammengesammelt worden zu sein.

Bedrückender war allerdings, was in der Wohnung fehlte. Andresen fand keinen einzigen persönlichen Gegenstand. Kein Foto, keine Notizen, kein einziges Buch, nichts, was darauf schließen ließ, dass in diesen vier Wänden überhaupt jemand lebte. Wie eine notdürftig möblierte, seit vielen Jahren leer stehende Wohnung.

Einzig der wackelige Holzschreibtisch vor dem großen Fenster im Wohnzimmer mit dem großen, ausladenden Computermonitor darauf ließ erahnen, dass hier vielleicht doch jemand eine Art Leben geführt hatte.

Andresen war erleichtert. Larissa Thom hatte also immerhin einen Computer besessen, über den sie sich vielleicht in das Chatprogramm einloggen und Informationen über Deus finden konnten. Einer von Seelhoffs Technikern saß vor dem Bildschirm, der wie ein Relikt aus den neunziger Jahren aussah, und tippte unermüdlich auf der Tastatur des Rechners herum, ohne auch nur einmal aufzuschauen.

»Das ist übrigens keiner meiner Leute.« Seelhoff trat plötzlich neben ihn. »In weiser Voraussicht habe ich mir einen dieser Nerds von den Kollegen der IT ausgeliehen. Man sagte mir, er sei der Beste.«

»Wenn er herausfindet, wer hinter Deus steckt, kann er meinetwegen sein Leben lang auf Tastaturen herumklimpern. Ich befürchte allerdings, dass es nicht so einfach werden wird.«

»Und was genau ist der Grund für deine Befürchtung?«

»Mehrere Todesopfer über einen so langen Zeitraum, ohne dass wir bis heute einen konkreten Ansatzpunkt haben«, erklärte Andresen. »Keine Vermisstenmeldungen, die zu den Todesfällen passen. Kaum Spuren und vor allem kein Motiv, das ins Auge sticht. Mir fällt es schwer zu glauben, dass diese Person so leichtsinnig ist, durch ein Profil in einem Chatprogramm aufzufliegen.«

»Interessante Theorie. Vielleicht waren die Chatpartnerinnen aber weniger vorsichtig«, sagte Seelhoff, bevor er sich dem Kollegen der IT-Abteilung zuwandte. »Wie kommst du voran, Sebastian?«

»Läuft.«

»Läuft?«

»Ja.«

»Geht es etwas genauer?«

»Ich bin an der Sache dran, mehr kann ich im Moment nicht sagen.«

»Wann kannst du denn etwas sagen?«

»Befürchte, das dauert noch. Deus versteht sein Handwerk. Er oder sie weiß, wie man sich unsichtbar macht.«

»Aber du schaffst das, oder?«

»Abwarten.«

»Können wir nicht mit Deus in Kontakt treten?«, fragte Andresen.

»Natürlich können wir das«, antwortete der junge Mann unbeeindruckt. »Aber nicht von dieser IP-Adresse. Ansonsten wüsste Deus, dass wir hier sind.«

»Also von einem anderen Rechner außerhalb dieser Wohnung?«

»Würde ich empfehlen. Voraussetzung ist natürlich, dass Deus tatsächlich anbeißt.«

»Um was für einen Chat handelt es sich?«, fragte Andresen.

»Nichts Ungewöhnliches.«

»Etwas präziser bitte.«

»Nichts Perverses oder etwas im Darknet«, erklärte Sebastian. »Irgendwas mit Frauen, Mobbing, Haustieren und Veganern. Ein ganz normaler Chat eben.«

Andresen verzichtete auf einen Kommentar. »Kannst du sehen, ob Deus online ist?«

»Bislang nicht«, sagte Sebastian. »Ich habe mich in Teile des Programms einhacken können. Einen User namens Deus habe ich allerdings noch nicht entdeckt. Es würde mich aber auch nicht wundern, wenn er sich längst wieder aus dem System abgemeldet hat. Normalerweise wissen solche User genau, was sie tun. Sie benutzen einen Account nur für eine einzige Registrierung in einem Chat, länger nicht. Jennifer Howe hat mit Deus kommuniziert, ob das auch auf Larissa Thom zutrifft, kann ich noch nicht sagen. Im Moment sieht es jedenfalls nicht danach aus.«

»Das heißt, diese Person hat sich jedes Mal unter einem anderen Namen registriert, um mit potenziellen Opfern in Kontakt zu treten?«, hakte Andresen nach.

»Korrekt.«

»Na prima.« Andresen nickte. Obwohl er dem jungen Mann, der ihn in seiner schmallippigen Art an seinen Sohn Ole erinnerte, durchaus zutraute, über Larissa Thoms Computer an Informationen über die unbekannte Person, die sich in dem Chat mit Jennifer Deus genannt hatte, zu gelangen, schwand die anfängliche Hoffnung, kurz vor dem Durchbruch zu stehen, allmählich wieder.

»Habt ihr schon eine Vorstellung, seit wann Larissa Thom nicht mehr hier gewesen ist?«, fragte er Seelhoff nach einem Moment des Schweigens.

»Befürchtest du etwa, dass –«

»Ich möchte nur wissen, wann sie zuletzt diese Wohnung verlassen hat«, fiel Andresen Seelhoff sofort ins Wort.

»Sagen wir mal so.« Seelhoff verschränkte die Arme vor seiner Brust und setzte einen vielsagenden Blick auf. »Nach allem, was wir bislang vorgefunden und bereits bewertet haben, würde es mich wundern, wenn diese Frau in den letzten vierundzwanzig bis achtundvierzig Stunden hier gewesen ist. Aber darauf festnageln lasse ich mich noch nicht.«

»Was macht dich so sicher?«

Er grinste kaum sichtbar. »Ein halb aufgegessenes Brötchen

auf dem Küchentisch, das definitiv länger als einen Tag dort gelegen hat.«

»Mehr nicht?«

»Doch«, antwortete Seelhoff durchaus zufrieden. »Ein Einkaufszettel.«

»Ein Einkaufszettel?«

»Larissa Thoma hatte sich vorgenommen, am gestrigen Tag einzukaufen. Netterweise hat sie das auf dem Zettel vermerkt. Wir sind uns ziemlich sicher, dass sie diesen Einkauf nicht mehr erledigt hat. Oder erledigen konnte. Zumindest findet sich im Kühlschrank und im Rest der Wohnung nichts von den Dingen, die sie aufgeschrieben hat.«

»Es beweist nichts«, sagte Andresen. »Aber es beunruhigt mich trotzdem.« Er nickte Seelhoff zu und überließ den Leiter der Kriminaltechnik seiner Arbeit.

Larissa Thom hatte den Job als Haushaltshilfe nicht angenommen und ihn stattdessen ihrer Freundin Kira empfohlen. Wenn der Mord an Jennifer Howe tatsächlich etwas mit dieser unbekannten Frau und dem Jobangebot zu tun hatte, befand sich wahrscheinlich nicht nur Kira Nowak, sondern auch Larissa Thom selbst in Gefahr. Sie war zur Polizei gegangen und hatte ihre Aussage zu Protokoll gegeben. Sie hatte helfen wollen, sich dadurch aber womöglich selbst in große Gefahr gebracht. Natürlich konnte es andere Erklärungen dafür geben, dass sie ein, zwei Tage nicht mehr zu Hause gewesen war, aber das Ganze bereitete ihm große Sorge.

Noch einmal ließ er seinen Blick durch die Wohnung schweifen. Professor Birnbaum hatte mehrfach betont, dass die Zähne der Opfer in auffallend schlechtem Zustand gewesen waren. Das konnte kaum ein Zufall sein.

Er versuchte, sich an das Gespräch mit Larissa Thom zu erinnern. Als sie sein Büro betreten hatte, war er für einen kurzen Moment erschrocken gewesen. Sie hatte krank ausgesehen, ein Stück weit auch ungepflegt. Die Zähne der jungen Frau konnte er sich in diesem Moment allerdings nicht mehr vor Augen rufen. Womöglich waren auch sie in keinem sonderlich guten Zustand gewesen.

Welche Erklärung konnte es dafür geben, dass alle Frauen, die in diesem Fall eine traurige Rolle spielten, schlechte Zähne besaßen? Der naheliegendste Grund wäre, so dachte Andresen, dass sie allesamt drogenabhängig gewesen waren. Dass harte Drogen wie Heroin, Speed und Crystal Meth Zähne und Zahnfleisch zerstörten, war hinlänglich bekannt. Selbst der intensive Konsum von Marihuana konnte gesunde Zähne angreifen.

Jennifer Howe hatte in einem sozialen Brennpunkt in Kiel gelebt, Larissa Thoms Wohnung lag in Bahnhofsnähe, wenn auch in einer durchaus normalen, durchschnittlichen Wohngegend. Ihr äußeres Erscheinungsbild und das Milieu, in dem Jennifer Howe gelebt hatte, sprachen in Andresens Augen für die Theorie, dass die Frauen womöglich Drogen konsumiert hatten.

Sein Blick fiel auf Kregel. Der Leiter der Mordkommission stand noch in der Nähe der Eingangstür und redete ununterbrochen auf einen seiner neuen Mitarbeiter ein. Als sich ihre Blicke kreuzten, gab Andresen ihm ein Zeichen, dass er mit ihm sprechen wolle.

»Was denkst du?«, fragte Andresen, nachdem Kregel sich zu ihm gestellt hatte.

»Um ehrlich zu sein, habe ich kein gutes Gefühl«, antwortete Kregel.

»Denkst du, Larissa Thom ist auch etwas zugestoßen?«

»Wir haben sie einfach gehen lassen, nachdem sie ihre Vermisstenanzeige aufgegeben hatte«, sagte Kregel nachdenklich. »Wir hätten vielleicht ahnen können, dass sie in Gefahr schwebt.«

»Unsinn«, sagte Andresen scharf. »Ida-Marie und ich haben auch mit ihr gesprochen. Zu dem Zeitpunkt gab es nicht den geringsten konkreten Hinweis darauf, dass die Sache etwas mit unseren anderen Ermittlungen zu tun haben könnte. Niemand hat in diesem Moment daran gedacht, dass wir sie schützen müssen.«

»Ich habe mit Julia gesprochen«, sagte Kregel. »Sie war bei dem Gespräch mit Larissa Thom dabei. Sie sagt, sie sei ganz eigenartig gewesen. Als fürchte sie ihren eigenen Tod.«

»Womöglich war der Tod ja ihr ständiger Begleiter«, sagte Andresen trocken.

»Kannst du dir vorstellen, dass sie Drogen genommen hat?«, fragte Kregel.

»Ich halte es nicht für unwahrscheinlich.«

Nach einigen Sekunden des Schweigens fragte Andresen: »Denkst du, die Opfer wurden gezielt ausgesucht?«

»Es hat den Anschein.« Kregel nickte nachdenklich. »Frauen, für die der Job als Haushaltshilfe die letzte Chance ist, um wieder in die Spur zu finden. Vom Rand der Gesellschaft zurück in ein halbwegs normales Leben.«

»Das könnte übrigens auch der Grund sein, warum wir nicht wissen, um wen es sich bei der Schellbruch-Toten und dem Opfer vom Priwall handelt«, schob Andresen nach. »Gut möglich, dass sie genauso allein und zurückgezogen gelebt haben wie Jennifer Howe. Niemand hat diese Frauen vermisst. Eigentlich unvorstellbar, dass es so etwas in einer Zeit, in der jeder mit jedem vernetzt ist, noch gibt. Aber wahrscheinlich sind heutzutage viel mehr Menschen ohne echte soziale Kontakte als früher.«

»Das sind leichte Opfer für jemanden, der mit vermeintlich guten Angeboten lockt, um an junge Frauen heranzukommen, sie gefangen zu halten, zu misshandeln und schließlich sogar zu töten«, ergänzte Andresen. »Nur, dass wir es wahrscheinlich nicht mit einer einzelnen Person zu tun haben, sondern womöglich mit einem Paar. Das Ganze erinnert mich an diese unglaubliche Geschichte in Nordrhein-Westfalen. Dieses Haus in Höxter, in dem Frauen zu Tode gefoltert wurden.«

»Daran musste ich auch denken«, sagte Kregel. »Mich ärgert einfach, dass wir nicht besser auf Larissa Thom aufgepasst haben. Wir hätten jetzt ein Phantombild von dieser Frau haben können.«

»Lass gut sein, Ben, wir konnten es nicht ahnen.« Andresen wollte gerade auf Kregels Schultern klopfen, als das Handy in seiner Jackentasche klingelte. Es war Ida-Marie, die im Präsidium geblieben war, um mit den Kollegen aus der Mordkommission mehr über Jennifer Howes Leben in Erfahrung zu bringen.

»Wo bist du gerade?« Sie kam direkt zur Sache.

»Noch in Larissa Thoms Wohnung«, antwortete Andresen. »Es sieht so aus, als sei sie verschwunden.«

»Verschwunden?«

»Sie war seit mehr als vierundzwanzig Stunden nicht mehr hier. Vielleicht gibt es eine einfache Erklärung dafür, vielleicht aber auch nicht.«

»Denkst du denn, sie wurde auch ...?«

»Keine Ahnung, ich hoffe nicht«, antwortete Andresen knapp. Er hatte keine Lust zu spekulieren, wo sich Larissa Thom aufhielt und was ihr womöglich zugestoßen war. »Weshalb rufst du an?«, fragte er stattdessen.

»Wir haben etwas gefunden«, antwortete Ida-Marie. »Etwas, das uns in all diesen Fällen entscheidend weiterbringen könnte.«

»Erzähl schon.«

»Ein Ticket für die Priwallfähre«, sagte Ida-Marie. »Es lag zwischen den anderen Sachen aus Jennifer Howes Wagen und passt zeitlich zu der Tankquittung aus Travemünde. Möglich, dass wir die Lösung dieses Falls auf dem Priwall finden.«

»Die Lösung«, wiederholte Andresen bitter. »Du meinst wohl eher diese Wahnsinnigen, mit denen wir es zu tun haben.«

IM KELLER DES LEBENS

»Es tut mir alles so leid.« Larissa ließ sich auf den feuchten Kellerboden nieder, auf dem Kira lag, und griff nach der Hand ihrer Freundin. Sie kämpfte mit den Tränen.

»Ich hätte dir niemals von diesem Job erzählen dürfen. Ich hatte von Anfang kein gutes Gefühl. Wie sie mich bei unserem Gespräch angesehen hat, ihre ganze seltsame Art und Weise. Und dann immer dieses ›Schätzchen‹. Du kannst mir glauben, ich war froh, als ich wieder im Bus saß. Aber du brauchtest so dringend eine Arbeit.«

Larissa streichelte über Kiras Stirn und fuhr ihr durch das feuchte Haar. Für einen kurzen Moment fühlte sie sich ihr so nah wie nie zuvor, obwohl sie wusste, dass sie eine ganze Welt voneinander trennte.

Kira war tot.

Larissa konnte die Tränen, die unaufhaltsam an ihren Wangen hinunterliefen, nicht mehr spüren.

Als der Mann sie die Treppe hinunter in den Keller gedrängt hatte, war ihr sofort klar gewesen, dass sie zu spät gekommen war. Ihre schlimmsten Befürchtungen hatten sich bewahrheitet. Da war kein leises Atmen mehr gewesen. Kein letztes Aufbäumen. Nicht das geringste Anzeichen, dass ihre Kira noch am Leben sein könnte.

Was sie schließlich jedoch gesehen hatte, nachdem sich ihre Augen an die Dunkelheit gewöhnt hatten, war viel schlimmer gewesen als alle Grausamkeiten, die sie in ihrem missratenen Leben bereits erfahren hatte. Was diese beiden Menschen Kira in den wenigen Tagen alles angetan hatten, konnte sie nur erahnen, doch in dem sehr schwachen Licht, das durch den Luftschacht fiel, erkannte sie die massiven Verletzungen. Die Platzwunden in ihrem Gesicht. Und die blauen Flecke an Armen und Beinen. Es gab kaum eine Stelle an ihrem Körper, die nicht misshandelt worden war.

Dieses Schwein musste Kira verprügelt haben, bevor er sie

schließlich die Treppe hinuntergestoßen hatte. Wahrscheinlich hatte er sie sogar missbraucht. Larissa hoffte regelrecht, dass alles möglichst schnell gegangen war und das Martyrium nicht allzu lange gedauert hatte. So schwach, wie Kira in den letzten Jahren gewesen war, hatte ihr Körper die Verletzungen nicht verkraften können. Vielleicht hatte sie einfach genug vom Leben mit all seiner Grausamkeit gehabt. Sie musste endgültig zu dem Schluss gekommen sein, dass ihr verzweifelter Kampf für eine bessere Zukunft hoffnungslos war.

Was ging in diesen Menschen bloß vor sich? Wieso taten sie das nur? Das Leben einer jungen Frau einfach auszulöschen! Sie wie einen dreckigen Lappen wegzuwerfen. Und wie konnte all das passieren, ohne dass irgendjemand in der Nachbarschaft etwas davon bemerkte?

In Larissas Kopf lief immer wieder der gleiche Film ab. Sie war ihr Leben lang ganz unten gewesen. Im Keller des Lebens sozusagen. Am Rand der Gesellschaft, wo niemand sein wollte. Ihre Eltern hatten beide getrunken. So viel, dass ihre Mutter eines Morgens nicht mehr wach geworden war und ihr Vater sich ein paar Wochen später totgefahren hatte. Die Polizei hatte nicht einen Moment daran gezweifelt, dass es Absicht gewesen war.

Sie war damals gerade einmal vierzehn Jahre alt gewesen. Anschließend hatte sie noch ein paar Monate in einem Heim gelebt, bevor sie schließlich auf die Straße gezogen war. Mit achtzehn hatte sie sich eine kleine Wohnung genommen. So klein und schäbig, dass sie sich dafür geschämt hatte. Aber besser, als auf der Straße zu leben. Oder in leer stehenden Häusern. Oder unter Brücken.

Nach dem Tod ihrer Eltern waren ihre Leistungen in der Schule immer schlechter geworden. Am Ende hatte es zu einem schlechten Hauptschulabschluss gereicht. Sie hatte niemals eine Chance auf einen richtigen Job gehabt.

Um ihre Wohnung zu finanzieren, hatte sie Wege eingeschlagen, die sie letztendlich noch weiter nach unten gebracht hatten. So tief, dass sie den Job als Haushaltshilfe, den ihr diese Frau angeboten hatte, als letzten Rettungsanker angesehen hatte.

Anschaffen zu gehen, den eigenen Körper für weniger als dreißig Euro an osteuropäische Fernfahrer zu verkaufen, die andauernde Sucht nach dem nächsten Rausch durch immer härtere Drogen – das war Kiras und ihre Welt gewesen. Die absurde Hoffnung, dass sie jemand aus diesem Elend herausholte, war ein ständiger Begleiter gewesen. Die Frau im Chat hatte ernsthaftes Interesse an ihrem Schicksal gezeigt. Sie hatten sich mehrere Tage lang geschrieben. Intensiv und persönlich, wie sie es nur selten tat. Bis die Frau ihr schließlich den Job angeboten hatte.

An das Gespräch mit ihr im Café hatte sie nur noch bruchstückhafte Erinnerungen, obwohl es erst gut zwei Wochen zurücklag. Anfangs war sie einfach nur nervös gewesen. Sie hatte alles richtig machen wollen. Hatte fest daran geglaubt, dass dieser Job ihre große Chance sei. Doch je länger die Unterhaltung gedauert hatte, desto unsicherer war sie geworden. Nicht, weil sie das Böse in ihr sofort erkannt hätte, es war einfach dieses ungute Gefühl gewesen, das sie zweifeln ließ. Das Funkeln in den Augen der Frau, der freundliche, aber zugleich herrische Tonfall. Die unangenehme Nähe, die sie zu ihr aufbauen wollte. Aber vor allem die Tatsache, dass sie vorgab, ernsthaft darüber Bescheid zu wissen, was Larissa in ihrem Leben widerfahren war. Niemand wusste, was in ihr vorging. Niemand würde jemals nachvollziehen können, wie grausam ihre Kindheit und Jugend gewesen war.

All das hatte sie dennoch nicht davon abgehalten, diese Frau, die sich Anne nannte, weiterzuempfehlen. Gleich nachdem sie ihre Absage im Chat geschrieben hatte, war das schlechte Gewissen wie ein Schlag mit der Keule über sie hereingebrochen. So wie es schon immer in ihrem Leben der Fall gewesen war. Nur selten hatte sie widersprochen, und wenn es doch einmal passiert war, hatte sie sich schlecht gefühlt. So war sie erzogen worden. Das schlechte Gewissen war ihr von Geburt an eingetrichtert worden. Auch für alles, was im Leben ihrer Eltern schiefgelaufen war, hatte sie sich verantwortlich gefühlt. Und obwohl sie wusste, wie idiotisch das war, war es ihr nie gelungen, diese Gedanken abzustellen und sich von dem Druck ihrer Eltern frei zu machen.

Nur wenige Stunden nach ihrer Absage hatte sie Kira angerufen. Ihr erklärt, dass da eine große Chance auf sie warte. Sie müsse nur Ja sagen, und sie könne ein für alle Mal dem unwürdigen Leben, das sie führte, entfliehen. Sie selbst komme mit der Frau nicht klar, hatte sie erklärt, aber wenn Kira nichts gegen sie einzuwenden habe …

Nun saß sie hier in diesem kalten, feuchten Keller, der nach Tod und Moder roch, und streichelte Kira durchs Haar. Dass sie tot war, schien ihr unbegreiflich. Aber sie hatte verstanden, dass auch sie bald sterben musste.

Die Zeit war gekommen. Sie hatte noch nie eine Uhr besessen, und ihr Handy hatten sie ihr abgenommen, als man sie im Haus empfangen und gefilzt hatte. Das Ganze war jetzt vielleicht acht oder zehn Stunden her. Seitdem hockte sie hier unten im Keller. Neben ihrer toten Freundin. Mit einer Fußfessel an einem Heizungsrohr befestigt.

Sie ließ den Nagel, den sie vor einigen Stunden in den Ritzen des Bodens gefunden hatte, zwischen ihren Fingern kreisen.

Es gab keinen Weg zurück. Als sie sich entschlossen hatte, nach Travemünde zu fahren und nach dieser Frau zu suchen, hatte sie in Kauf genommen, sich auch selbst in Gefahr zu bringen. An ihren eigenen Tod hatte sie wohl nicht in letzter Konsequenz gedacht, und trotzdem war das vielleicht der Moment gewesen, in dem sie, ohne sich darüber tatsächlich im Klaren zu sein, mit ihrem Leben abgeschlossen hatte.

Der Augenblick, in dem sie die Haut an ihrem linken Handgelenk durchstach, war weit weniger unangenehm, als sie geglaubt hatte. Und das, obwohl sie sich unzählige Male Gedanken darüber gemacht hatte, wie schmerzhaft es sein würde, sich die Pulsadern aufzuritzen. Tatsächlich war es so, dass sie nicht einmal spürte, wie das Blut langsam aus ihren Venen trat.

Es war ein merkwürdiges Gefühl. Sie wusste, dass sie sterben würde. Aber ohne dass sie Schmerzen empfand. Sie würde einfach einschlafen, mit der Gewissheit, dass das Martyrium endlich ein Ende fände. Vollkommen anders, als sie es sich jahrelang vorgestellt hatte.

Nach endlos langer Zeit verschwammen die Konturen. Ein

Zittern erschütterte ihren gesamten Körper. Larissa spürte, dass sie sich irgendwo zwischen Leben und Tod befand. Doch womit auch immer sie gerechnet hatte, sie musste sich eingestehen, dass sie diesen Widerstand, den das Leben bot, nicht erwartet hatte. Dass sich ihr Körper mit all seinen Kräften gegen den Tod wendete, hätte ihr im Grunde Mut machen müssen, doch sie sehnte nur den Tod herbei.

Von irgendwo ganz weit weg hörte sie plötzlich Geräusche. Das Dunkel um sie herum verwandelte sich von einer auf die andere Sekunde in ein grelles Hell.

Sie war endlich am Ziel angekommen. Das hier war also der Himmel. Besonders viel konnte sie nicht erkennen, denn alles wurde von diesem Licht überstrahlt. Sie hatte einmal von Nahtoderfahrungen gehört. Viele Menschen, die Derartiges erlebt hatten, sprachen von diesem gleißenden Licht. Und sie hatten recht damit.

Larissa breitete ihre Arme aus. In der Erwartung, ganz weich zu fallen. In der Hoffnung, dass ihr Leben im Jenseits endlich lebenswert wäre.

Doch die Hände, die sich ihr entgegenstreckten, fühlten sich alles andere als weich an. Sie packten sie hart an den Unterarmen und rissen sie hoch. Im nächsten Moment traf sie ein Schlag im Gesicht. Mit solcher Wucht, dass sie sofort wieder nach hinten taumelte.

Die Glocke aus Watte, in der sie sich glaubte, wurde endgültig zerstört, als sie die Stimme des Mannes erkannte, in dessen Haus sie gefangen gehalten wurde.

Das hier war alles andere als der paradiesische Himmel. Das hier war die Hölle. Die Hölle auf Erden. Und der Teufel stand direkt vor ihr.

LUCKY LUKE

Als Andresen die Tür zum Buthmanns öffnete und ihm die von Zigarettenrauch geschwängerte Luft entgegenschlug, fühlte er eine tiefe Sehnsucht nach den alten Zeiten, an denen er hier einen lauten und launischen Abend mit dem bärbeißigen Privatdetektiv Kalle Hansen verbracht hatte.

Er setzte sich an den einzigen freien Tisch gegenüber der Theke und bestellte bei Conni per Handzeichen ein großes Bier. Ganz hinten in der Ecke saß ein Mann in Andresens Alter mit einer Gitarre in der Hand. Er zupfte an den Saiten und ölte seine Stimme mit Schnaps und Bier.

Diese Kneipe war etwas ganz Besonderes. Er kannte keinen anderen Ort in Lübeck, an dem ehemalige Minister, Senatoren und Literaturnobelpreisträger neben normalen Lübecker Bürgern saßen und miteinander diskutierten, Bier tranken und rauchten. Das Buthmanns war eine feste Institution und Andresen ein treuer Stammgast.

Am frühen Abend hatten sich Agnes und er voneinander verabschiedet. Sie war mit einer Freundin verabredet, irgendein neuer Film im Kino, auf den sie sich schon lange gefreut hatte. Andresen war in seinem Puppenhaus die Decke auf den Kopf gefallen. Um kurz nach zehn hatte er seine Jacke übergeworfen und war fast eine Stunde lang ziellos durch die Gassen der Altstadt gelaufen, bis er schließlich in die Glockengießerstraße eingebogen war, um hier einzukehren. Nachdem er das erste Bier in wenigen Zügen ausgetrunken hatte, spürte Andresen, wie er sich allmählich entspannte.

Die Tür zum Buthmanns öffnete sich erneut. Er kannte den älteren Mann, der hereintrat. An den Wochenenden verkaufte er in den Kneipen Lübecks bereits um kurz vor Mitternacht die Zeitung für den folgenden Tag. Andresen winkte ihm zu und kramte das passende Kleingeld hervor.

»Ganz schön viel Arbeit, Herr Kommissar«, sagte der Mann. »Aber schicken Sie der Redaktion mal ein neues Foto von sich.«

Er reichte Andresen eine Zeitung und ging weiter zum nächsten Tisch.

Andresen verzog den Mund. Er ahnte, worauf der Mann anspielte. Hastig schlug er die erste Seite des Lokalteils auf. Sein Blick fiel auf ein mehr als zehn Jahre altes Bild von ihm selbst. Darüber die Headline: »Frauenmorde in Lübeck – Verdacht auf Serienmord«.

Andresen stöhnte innerlich auf. Ohne dass sie der Presse Informationen gegeben hatten, waren die vermuteten Zusammenhänge zwischen dem Fund auf dem Priwall, dem alten Schellbruch-Fall und der Toten aus der Untertrave offenbar an die Zeitung gelangt. Entweder hatten Zeichner und Kregel ohne sein Wissen Einzelheiten weitergegeben, oder aber es gab eine undichte Stelle.

Er überflog den Artikel. Die zitierten Passagen stammten allesamt von der improvisierten Pressekonferenz, die Ida-Marie gegeben hatte. Neuigkeiten gab es im Grunde keine, stattdessen wurde viel spekuliert. Andresen spürte, dass sich sein Puls wieder beruhigte. Womöglich gab es doch keine undichte Stelle, und der Redakteur hatte bloß seiner Phantasie freien Lauf gelassen.

Als Conni ihm das zweite Bier an den Tisch brachte, hielt er sie kurz am Arm fest. »Hast du was von Kalle gehört?«, fragte er leise.

»Natürlich«, antwortete sie.

»Und, wie geht es ihm?«

»Am besten fragst du ihn selbst.«

»Wie? Ist er etwa hier?«

»Noch nicht, aber er kommt gleich.«

»Hat er das Trinken wieder angefangen?«, fragte Andresen überrascht.

»Ganz im Gegenteil«, antwortete Conni. »Er unterstützt mich an den Wochenenden. Seitdem nenne ich ihn nur noch Lucky Luke. Niemand zieht den Zapfhahn so schnell wie er.« Sie nahm sein leeres Glas und verschwand wieder hinter dem Tresen.

Als sich die Eingangstür im nächsten Moment öffnete, war

Andresen noch so perplex über Kalle Hansens neue Karriere, dass er ihn gar nicht erkannte. Wahrscheinlich lag es auch daran, dass er noch immer Probleme hatte, in der schmalen Person den einstigen Schrank von einem Mann zu sehen. Erst als er die markante Stimme hörte, war er sich absolut sicher. Kalle Hansen ging schnurstracks um den Tresen herum und band sich allen Ernstes eine Schürze um die Taille, die mittlerweile schmaler als die von Conni war.

Hansen hatte nicht nur geschätzte fünfzig Kilo abgenommen, auch sonst hatte er sich optisch stark verändert. Die halblangen Haare, die er meistens einfach nach hinten gekämmt hatte, waren komplett abrasiert. Außerdem war seine rote Gesichtsfarbe vollständig verschwunden und einem blassen, aber nicht ungesunden Ton gewichen.

Andresen sah sich seinen ehemaligen Mitstreiter noch eine Weile an, während Conni ihm ein neues Bier auf den Tisch stellte. Viele skurrile und fröhliche gemeinsame Momente hier im Buthmanns fuhren ihm durch den Kopf. Ernst war es vor allem dann geworden, wenn er Hansen bis spät in die Nacht mit seinen privaten Problemen behelligt hatte. Hansen hatte ihm immer zugehört. Vielleicht hatte er auch nur so getan und sich lediglich darüber gefreut, die Unmengen Bier, die er in sich hineinschütten konnte, nicht allein trinken zu müssen. Aber er war da gewesen, ein verlässlicher Fels in der Brandung. Jemand, den Andresen als Freund bezeichnete.

Andresen setzte sein Bier an und nahm einen großen Schluck, dann stand er auf und ging langsam in Richtung Theke. Als sich ihre Blicke trafen, hatte Andresen für den Bruchteil einer Sekunde das Gefühl, als zuckten Hansens Gesichtsmuskeln. Ob vor Freude oder unangenehmer Überraschung, konnte er nicht abschätzen.

»Lucky Luke also«, sagte er. »Schön, dich wiederzusehen.«

»Ich habe auf diesen Tag gewartet«, antwortete Hansen nüchtern. »Wie lange ist es her, seit wir uns zuletzt gesehen haben?«

»Zu lange«, antwortete Andresen. »Wie geht es dir?«

»Besser als bei unserem letzten Treffen.«

»Das sieht man.« Andresen nickte. Mit einem Mal spürte er

Verunsicherung. Da lag eine seltsame Distanz zwischen ihnen. Der Kalle Hansen von damals hatte sich offenbar nicht nur äußerlich gewandelt. Sein brachiales, nicht immer ernst zu nehmendes Auftreten schien er gänzlich abgelegt zu haben.

»Was macht die Arbeit?«, fragte er zögerlich.

»Läuft, wie du siehst.«

»Das meine ich nicht. Bist du als Ermittler etwa raus aus dem Geschäft?«

»War ich jemals drin?«

»Was ist los, Hansen? Du weißt doch ganz genau, dass ich viele Fälle ohne dich nicht aufgeklärt hätte. Du brauchst dein Licht nicht unter den Scheffel zu stellen. Das passt auch so gar nicht zu dir.«

»Das mache ich auch nicht«, sagte Hansen unbeeindruckt. »Ich weiß, was ich kann und was ich geleistet habe. Aber um ehrlich zu sein, hatte ich nie das Gefühl, dass ich zufrieden bin mit dem, was ich tue.«

»Und das geht dir jetzt anders?«

»Allerdings«, antwortete Hansen entschieden. »Hier zu stehen, Bier zu zapfen und zu sehen, wer alles ein und aus geht, macht mich total zufrieden. Und nebenbei habe ich mich so sogar besser im Griff. Es fällt mir leicht, keinen Alkohol zu trinken.«

»Kommst du denn mit der Kohle hin?«

»Daher weht der Wind. Hast du etwa einen Job für mich?«

»Da ist ja wieder der Kalle Hansen, den ich kenne«, sagte Andresen grinsend. »Ich muss dich aber leider enttäuschen, aktuell habe ich nichts für dich.«

»Lass gut sein, Birger. Dass wir uns heute Abend treffen, ist mit Sicherheit kein Zufall. Dafür kenne ich dich mittlerweile zu gut. Also, was ist los?«

»Du weißt doch ganz genau, was uns momentan beschäftigt. Trotzdem liegst du falsch. Ich bin nicht hier, weil ich deine Hilfe brauche. Aber vielleicht läuft das einfach schon unterbewusst ab. Ich kann mich zumindest an keinen einzigen Fall in den letzten Jahren erinnern, der mich nicht ins Buthmanns geführt hat, um mit dir zu sprechen.«

»Das ist vorbei«, sagte Hansen kühl. »Ich hatte viel Zeit im Krankenhaus und in der Reha, um nachzudenken. Falls du dich erinnerst, die Ärzte hatten bereits mein Todesurteil gefällt. Ich lebe in dem Bewusstsein, dass alles, was jetzt noch kommt, Zugabe ist. Ein Bonus. Champions League, obwohl ich eigentlich abgestiegen war. Insolvent. Ich habe mir für die Zukunft fest vorgenommen, jeden Moment, der noch auf mich wartet, einfach sinnvoll zu nutzen. Die Zeit, die ich noch habe, will ich genießen.«

»Und da fällt dir nichts Besseres ein, als im Buthmanns Bier auszuschenken?«

»Verdammt, ich liebe diesen Laden. Er ist wie ein zweites Zuhause für mich.«

»Und das ist jetzt ernsthaft der neue Sinn in deinem Leben?«

»Du hast vollkommen recht, ich will meinem Leben nach dieser Sache tatsächlich einen neuen Sinn geben. Kurz gesagt, ich habe die Seite gewechselt, ohne meine Vergangenheit völlig aufzugeben. Mal sehen, was noch alles kommt. Ich fühle mich so frisch und motiviert wie seit dreißig Jahren nicht mehr.«

»Nimm es mir nicht übel, aber du klingst, als würdest du Esoterikseminare besuchen.«

»Es fällt dir wohl schwer, nachzuvollziehen, dass ich nun ein anderer Mensch bin.« Hansen blieb ungewohnt ruhig. »Aber denk doch mal daran zurück, als du letztes Jahr mit deiner Schusswunde im Krankenhaus lagst. Hast du nicht selbst auch schon daran gedacht, dass die Zeit für einen Neuanfang gekommen ist?«

»Natürlich habe ich das.«

»Und?«

»Vieles in meinem Leben hat sich in den letzten Monaten verändert«, antwortete Andresen. »Ich kann allerdings nicht von heute auf morgen alles umkrempeln, so wie du das machst. Ich habe einen Job. Und Familie. Ich habe einfach mehr Verantwortung zu übernehmen als du.«

»Nichts weiter als Ausreden«, sagte Hansen knapp. »Wenn du wirklich willst, könntest du einfach gehen und in Norwegen Lachse angeln.«

»Vielleicht will ich das ja gar nicht.«

»Weißt du denn, was du wirklich willst?«

»Ich würde nicht von mir behaupten, dass ich das genau weiß«, antwortete Andresen nachdenklich. »Aber momentan bin ich vergleichsweise klar im Kopf. Um mich herum ist alles im Wandel, und ich merke, dass ich im Grunde der Alte bleibe. Ich bin nun mal Birger Andresen. Kriminalhauptkommissar. Sturkopf – und damit vielleicht die einzige Konstante in dieser Stadt.«

Kalle Hansen grinste, während er ein weiteres Glas unter den Zapfhahn stellte.

»Was ist? Weshalb lachst du?«

»Gesunde Selbstwahrnehmung«, antwortete Hansen. »Ich würde vielleicht noch die Adjektive selbstgerecht und eigenbrötlerisch hinzufügen.«

»Ja, das mag stimmen«, sagte Andresen. »Aber mir ist auch klar geworden, dass ich noch längst nicht zum alten Eisen gehöre. Kregel wird Lübeck verlassen, und es gibt momentan niemanden in der Kripo, der ihn ersetzen kann.«

»Soll das etwa heißen, du gehst zurück in die Mordkommission?«

»Keine Ahnung, wir werden sehen. Es ist derzeit bereits so, dass ich die Ermittlungen im Fall der Toten aus der Untertrave übernommen habe.«

»Stimmt es, dass es bei dieser Sache Verbindungen zu dem Fund auf dem Priwall und der alten Sache aus dem Schellbruch geben soll?«

»Du hast also auch schon die Zeitung von morgen gelesen?«

»Wie du sicherlich noch weißt, nutze ich lieber andere Quellen.« Erneut grinste Hansen. Für einige Sekunden war er ganz der Alte. »Mir ist das alles vollkommen egal, es interessiert mich nicht mehr«, sagte er. »Aber es machen viele Gerüchte die Runde.«

»Ich weiß ehrlich gesagt nicht, ob ich sie wissen will.«

»Keine Sorge, von mir erfährt niemand mehr etwas. Nicht mal du. Nur eine letzte Sache noch: Diese tote Frau vom Priwall könnte eventuell Jewgenia geheißen haben und Prostituierte auf dem Kiez gewesen sein.«

Andresen schüttelte den Kopf und lehnte sich über den Tresen. »Kalle Hansen, du hast dich kein Stück verändert. Los, rück schon raus mit der Sprache. Was weißt du noch?«

»Dieser Name ist die letzte Information, die ich dir jemals weitergegeben habe. Betrachte es als Freundschaftsdienst. Ab jetzt bin ich raus aus diesem Business.«

»Du meinst das wirklich ernst, oder?«

»So ernst, wie ich nie zuvor etwas ernst gemeint habe.«

»Na schön.« Andresen nickte wieder. Noch immer unsicher, ob Hansen sich nicht vielleicht doch nur einen seiner schlechten Witze erlaubte. »Machst du mir trotzdem noch ein Bier?«, fragte er schließlich.

»Selbstverständlich, das ist mein Job.«

PATCHWORK

Erst auf den letzten Metern bis zu dem Haus in der Attendornstraße verstand Andresen, was an der Entscheidung, ob sie den Zuschlag für die Wohnung am Wakenitzufer bekamen oder nicht, tatsächlich alles dranhing. Es war viel mehr als die Tatsache, in einer tollen Wohnung in einer guten Lage leben zu können. Denn wenn Agnes und er in wenigen Wochen tatsächlich dort einziehen sollten, würde er nur noch einen Steinwurf von seiner Tochter Marlene und deren Halbschwester Emilie entfernt wohnen. Die beiden Mädchen lebten seit dem Nervenzusammenbruch von Wiebke hier bei ihrem früheren Freund Jörg, Emilies Vater.

Die ganzen Jahre, in denen Andresen mit Wiebke zusammen gewesen war, hatte er Jörg als verantwortungslosen und unzuverlässigen Vater kennengelernt. Zumindest war das sein Eindruck gewesen, der sich im Wesentlichen aus Wiebkes Erzählungen speiste. Sie hatte keine Gelegenheit ausgelassen, schlecht über ihren Ex zu reden. Andresen hatte ihr geglaubt. Sie unterstützt, als es um das alleinige Sorgerecht für die kleine Emilie gegangen war.

Doch in dem Augenblick, als es darauf angekommen war, den Kindern zu helfen, sie bei sich aufzunehmen, war ausgerechnet Jörg zur Stelle gewesen. Er hatte in seinem Job Stunden reduziert und sich – soweit es Andresen beurteilen konnte – gemeinsam mit seiner Frau, die er im vergangenen Jahr geheiratet hatte, rührend um die Kinder gekümmert. Jörg hatte Verantwortung gezeigt, als es notwendig gewesen war, während er selbst Zeit für sich benötigt hatte. Er hatte Abstand von Wiebke gewinnen wollen und müssen und letztlich sogar von seiner Tochter, die seinem Gefühl nach bei Jörg besser aufgehoben war.

Andresen war fest entschlossen, die Situation zu ändern, sobald sie die neue Wohnung bezogen hätten. Marlene und Emilie würden im Wechsel bei ihnen und Jörg wohnen. Und sobald sie etwas älter wären, würden sie wie selbstverständlich zwischen den beiden Wohnungen, die keine dreihundert Meter voneinander entfernt lagen, hin- und herwechseln können.

Es würden weitere Kinder dazukommen. Jörg hatte ihm bei seinem letzten Besuch erzählt, dass seine Frau Miriam im fünften Monat schwanger war. Und wieso eigentlich sollten Agnes und er ihre neue Wohnung nicht auch noch einmal mit frischem Leben füllen?

Er erschrak, als der Türsummer ertönte. Unbewusst musste er geklingelt haben, während seine Gedanken um die Kinder gekreist waren.

Mühevoll schleppte er sich die Treppe hoch in den dritten Stock. Die Biere vom Vorabend rächten sich in diesem Moment. Obwohl die ganze Sache mit Kalle Hansen ihn nachdenklich gemacht hatte, war er noch bis weit nach Mitternacht im Buthmanns sitzen geblieben. Nach dem dritten Bier hatte er schließlich vergessen, dass er die Kinder heute Morgen um zehn Uhr abholen wollte, um mit ihnen ins Puppentheater zu gehen.

Marlene kam ihm bereits entgegengelaufen, als er keuchend die letzten Stufen nahm. Sie warf sich um seinen Hals und drückte sich so sehr an ihn, dass seine Brust schmerzte. Die Schussverletzung von damals hatte Spuren hinterlassen.

»Schön, dich zu sehen.« Andresen streichelte seiner Tochter übers Haar. Eine Weile zu lang sah er sie einfach nur an.

»Warum glotzt du mich so an?« Marlene lächelte frech und unsicher zugleich.

»Ich freue mich einfach, dich zu sehen«, antwortete Andresen. »Du wirst immer größer und hübscher. Weißt du eigentlich, dass du deiner Oma ähnelst? Nein, kannst du ja gar nicht. Aber es ist wirklich so.«

»Onkel Jörg sagt, ich würde ihn total an Mama erinnern.«

»Sagt er das?«

»Ja, meine Augen und der Mund. Und auch meine Art.«

»Deine Art?«, fragte Andresen und klang plötzlich aufgebracht. »Was soll das heißen?«

»Weiß auch nicht, was er meint«, sagte Marlene achselzuckend. »Wann kommt sie uns denn eigentlich mal besuchen? Geht es ihr noch immer nicht besser?«

»Doch, natürlich«, sagte Andresen und versuchte, ruhig zu bleiben. Er wusste, dass noch eine ganze Weile vergehen würde, ehe Wiebke nach allem, was vorgefallen war, ihre Kinder wiedersehen durfte. Und er selbst würde dafür sorgen, dass sie noch möglichst lange von ihnen getrennt bliebe. Nicht weil er den Kindern ihre Mutter vorenthalten wollte, sondern weil er Angst um sie hatte.

»Wo ist denn eigentlich Emilie?«, fragte er.

»Mit Miriam Brötchen holen.«

»Wieso Brötchen holen? Ich dachte, wir drei gehen in der Stadt frühstücken und anschließend ins Puppentheater.«

»Frag Jörg«, antwortete Marlene gelangweilt. »Ich glaube, er wollte etwas mit dir besprechen. Du sollst auf jeden Fall mit uns frühstücken.«

»Aha«, sagte Andresen überrascht. »Und wenn ich den Tag lieber mit Emilie und dir verbringen möchte?«

»Dann würdest du auf ein leckeres Frühstück verzichten müssen. Und das will ich nicht hoffen.« Jörg erschien in der Wohnungstür und winkte Andresen herein.

Wie hatte er sich in diesem Mann, der mehr als zehn Jahre jünger als er selbst war, derart täuschen können?

»Wenn du möchtest, kannst du die Kinder nächstes Wochenende an beiden Tagen haben«, sagte Jörg. »Sozusagen als kleiner Ausgleich, dass es heute etwas anders läuft als üblich.«

»Ich weiß noch nicht so recht, was ich davon halten soll«, entgegnete Andresen. »Was genau willst du denn mit mir besprechen?«

»Später«, antwortete Jörg. »Miriam geht mit den Kindern nachher auf den Spielplatz. Dann können wir in Ruhe über alles reden.«

Andresen nickte. Doch während er Jörg und Marlene in die Wohnung folgte, spürte er ein Unbehagen in sich aufsteigen. Einen Druck auf der Brust, den er zuletzt in Wiebkes Gegenwart erlebt hatte.

Als die Tür ins Schloss fiel und die Kinderstimmen verklungen waren, wünschte Andresen sich Agnes an seiner Seite. Er ahnte längst, was Jörg mit ihm besprechen wollte. Er würde dem Tagtraum von heute Morgen, dieser vermessenen Vorstellung von perfekten Patchwork-Familien, die in unmittelbarer Nachbarschaft wohnten, ein jähes Ende bereiten, indem er ihm offenbarte, dass er mit seiner Frau und Emilie wegziehen würde. Die Vorstellung, dass die Schwestern, die sich so nahestanden, getrennt würden, nahm ihn derart mit, dass er einen Kloß im Hals spürte, als Jörg das Wohnzimmer wieder betrat.

»Seltsam, diese Ruhe«, sagte Jörg, nachdem er sich an den Tisch gesetzt und Kaffee nachgeschenkt hatte. »Und das, obwohl ich lange allein gewohnt habe. Miriam und ich haben uns erst vor zweieinhalb Jahren kennengelernt.«

Andresen nippte an seiner Tasse, ohne etwas zu sagen. Die ganze Situation war ihm unangenehm. Jörg gab sich nett und aufgeschlossen, doch etwas war anders. Andresen blieb misstrauisch.

»Vielleicht kann man diese ruhigen Momente nur genießen, wenn man weiß, dass sie endlich sind«, fuhr Jörg fort. »Verstehst du, was ich meine?«

»Ich kann mich nicht daran erinnern, dass du früher schon so philosophisch gewesen bist«, entgegnete Andresen kühl. Er hatte keine Lust mehr, sich von Jörg an der Nase herumführen zu lassen.

»Das letzte Jahr hat mich eine ganze Menge gelehrt«, sagte Jörg ungerührt. »Miriam ist eine wunderbare Frau, und wir erwarten ein Baby.«

»Das erwähntest du bereits beim letzten Mal.«

»Ich kann es gar nicht oft genug erzählen.« Jörg grinste und schenkte sich Kaffee nach. »Aber eigentlich will ich mit dir über die Zeit nach Wiebkes Zusammenbruch sprechen. Für mich war es damals keine Frage, sofort einzuspringen und beide Kinder zu mir zu nehmen. Ich wollte in dieser Situation einfach helfen. Natürlich weil Emmy meine Tochter ist, aber ich habe auch Marlene ins Herz geschlossen.«

»Schön zu hören«, sagte Andresen genervt. »Was genau willst du mir denn nun eigentlich sagen?«

»Ich komme jetzt dazu.« Jörg griff nach seiner Tasse und nahm schlürfend einen großen Schluck. »Als es anfing, habe ich kein Stück damit gerechnet, dass daraus etwas Langfristiges werden würde. Auch weil ich mir sicher war, dass Wiebke sich erholen würde oder zumindest du die Hand heben würdest, um die Kinder zu dir zu holen. Also hab ich erst einmal abgewartet. Erst einige Wochen, dann den ganzen Sommer über, und schließlich wohnten Emmy und Marlene auch noch bei mir, als die Schule wieder anfing. Mittlerweile ist fast ein Jahr vergangen. Außer deinen gelegentlichen Besuchen gab es nichts, was auf ein größeres Interesse an deiner Tochter hingedeutet hätte. Mir ist schon klar, wie sehr dich dein Job einnimmt, aber ich hätte niemals gedacht, dass du die Verantwortung für Marlene einfach so an Miriam und mich abgibst.«

»Du hast dich nie beschwert«, sagte Andresen lauter als beabsichtigt. »Warum hast du denn nichts gesagt?«

»So wie ich die Sache sehe, hättest du durchaus von selbst darauf kommen können, dich um deine Tochter zu kümmern«, entgegnete Jörg mit zusammengekniffenen Lippen. »Aber letztlich hat die ganze Sache zum Glück ja auch etwas absolut Positives.«

»Wie meinst du das?«

»Ich spreche von den Kindern«, antwortete Jörg. »Sie stehen sich so nahe, als wären sie Zwillinge.«

»Und weshalb willst du sie dann trennen?« Andresen konnte sich nicht mehr zurückhalten.

»Wie bitte?« Jörg brauchte offenbar einen Moment, bis er verstand, dass Andresen es ernst meinte. »Ich glaube, du hast da etwas vollkommen falsch verstanden«, sagte er schließlich. »Genau das will ich doch vermeiden. Ich möchte, dass die beiden wie richtige Geschwister aufwachsen. Gemeinsam.«

»Dann sind wir uns ja einig, das will ich auch«, sagte Andresen erleichtert. »Gemeinsam, hier und in meiner neuen Wohnung. Gleich um die Ecke am Wakenitzufer, keine zwei Minuten entfernt. Das heißt, wir warten noch auf die Zusage. Wenn alles klargeht, können wir im Juni einziehen.«

»Schon im Juni?« Jörg zog die Augenbrauen hoch. »Das sind

noch mehr als drei Monate. Dann wohnen Miriam und ich bereits nicht mehr hier.«

»Was?«

»Wir haben im letzten Jahr viel nachgedacht«, erklärte Jörg. »Miriam kommt ursprünglich aus Hamburg. Sie ist nur meinetwegen nach Lübeck gezogen, aber so richtig angekommen ist sie hier nie. Nachdem ich dann in meinem Job kürzergetreten bin und keiner meiner Chefs mir ein Zeichen gegeben hat, dass man dringend wieder Vollzeit mit mir plant, habe ich vor einigen Wochen einfach mal ein paar Bewerbungen verschickt. Vor ein paar Jahren hat man Energieberater noch an jeder Ecke gesucht, heute ist es nicht mehr so leicht, einen Job zu finden. Umso erstaunter war ich, dass ich gleich zu drei Bewerbungsgesprächen eingeladen wurde. Und bereits beim ersten hat alles gepasst. Das Geld, das Team, mein Bauchgefühl. Ich habe nicht lange nachdenken müssen und zugesagt. Unter diesen Voraussetzungen nehme ich gerne in Kauf, nach Hamburg zu ziehen.«

»Ich muss zugeben, dass ich etwas verwirrt bin«, sagte Andresen. »Agnes und ich werden es kaum schaffen, jeden Tag für Marlene und Emilie da zu sein. Und bevor ich Wiebke die Kinder wieder anvertraue, werden vielleicht noch Jahre vergehen.«

»Bist du nicht der beste Ermittler in Lübeck?«, fragte Jörg, noch immer mit diesem überlegenen Lächeln auf den Lippen, das Andresen innerlich die Fäuste ballen ließ. »Habe ich mich denn immer noch nicht klar genug ausgedrückt? Eine Trennung Emilies von Marlene werde ich nicht zulassen. Um es kurz zu machen: Miriam und ich haben uns dazu entschlossen, gemeinsam mit den Mädchen nach Hamburg zu ziehen. Miriam wird sich um die Kinder kümmern. Sie ist die beste Mutter, die ich mir vorstellen kann.«

»Ich bin nicht ganz sicher, was du mir sagen willst.« Andresen spürte wieder diesen unangenehmen Druck auf der Brust.

»Und ich bin mir sicher, dass du sehr wohl verstehst.«

»Marlene ist meine Tochter.«

»Das wird sie natürlich auch immer bleiben, aber du solltest ehrlich zu dir sein«, sagte Jörg. »Wie eng seid ihr miteinander?

Wärst du im Endeffekt nicht sogar froh darüber, weil Marlene bei uns und ihrer Schwester bestens aufgehoben ist?«

»Wie willst du das anstellen?«, fragte Andresen kopfschüttelnd. »Ein Sorgerecht für Marlene ist doch vollkommen utopisch.«

»Wenn du dich querstellst, habe ich keine Chance, das ist richtig. Aber wenn du einsiehst, dass dieser Weg der einzig richtige für die Kinder ist, wird es kein Problem sein. Du kannst Marlene so oft du willst besuchen, aber sie sollte nur eine Familie haben und nicht ständig hin- und hergereicht werden.«

Andresen versuchte zu begreifen. Jörg schien es wirklich ernst zu meinen und ihm sein Kind wegnehmen zu wollen.

Hamburg lag in überschaubarer Distanz, aber dennoch so weit entfernt, dass er im Grunde nichts mehr von Marlene mitbekommen würde. Käme es wirklich dazu, dass sie zu Jörg und Miriam nach Hamburg ziehen würde, wäre es nur eine Frage der Zeit, bis der Kontakt zwischen ihnen ganz einschlafen würde.

»Vergiss es«, sagte Andresen entschlossen. »Das werde ich niemals zulassen.«

Sein Handy, das auf dem Tisch lag, klingelte. Es war Ida-Marie. Obwohl seine Gedanken noch immer um das Unfassbare kreisten, das Jörg ihm gerade mitgeteilt hatte, ging er ran.

»Bist du zu Hause?«, fragte sie direkt.

»Im Moment nicht.«

»Kannst du so schnell wie möglich ins Präsidium kommen?«

»Jetzt?«, fragte er irritiert. »Es ist Samstagmittag, ich habe heute Kindertag.«

»Tut mir leid, ich hätte dich nicht angerufen, wenn es nicht wirklich dringend wäre. Ich bin mir ziemlich sicher, dass wir Kontakt zu der Frau, die wir suchen, hergestellt haben. Sie antwortet mir genau jetzt in diesem Moment im Chat.«

»Ich bin quasi schon auf dem Weg«, sagte Andresen hastig. »In zehn Minuten bin ich bei dir.«

CHATGEFLÜSTER

»Sie ist offline«, sagte Ida-Marie, während sie erfolglos versuchte, Andresens vorwurfsvollem Blick auszuweichen.

»Warum hast du euer Gespräch denn nicht am Laufen gehalten?«

»Sie hat es nach ein paar Minuten einfach abgebrochen. Keine Ahnung, weshalb.«

»Das ist doch scheiße«, fluchte Andresen. »Hast du das Gesprächsprotokoll gesichert?«

»Natürlich.« Sie drückte ihm einen Zettel in die Hand, auf dem ein kurzer Dialog abgedruckt war.

Bereits beim ersten Wort hielt Andresen zögernd inne. »Simba«, fragte er nachdenklich. »Was ist mit Deus?«

»Ich kann es zwar nicht beweisen, aber ich bin mir sicher, dass es sich bei beiden um ein und dieselbe Person handelt. Dieser IT-Mensch, von dem du mir erzählt hast, hat doch erwähnt, dass er einen User namens Deus in dem System nicht finden konnte. Aber lies einfach unseren Chatverlauf, dann wird dir klar, dass Simba die Person ist, die wir suchen.«

Andresen nickte und richtete seinen Blick wieder auf den Ausdruck.

Simba: *Liebe Clementia, ich sehe gerade dein Profil. Das klingt sehr traurig, was du erlebt hast.*

Andresen blickte hoch und sah Ida-Marie argwöhnisch an. Ihr rasches Kopfschütteln war ein deutliches Zeichen, dass sie nicht darüber reden wollte, wie sie sich im Chatroom-Profil beschrieben hatte.

Clementia: *Hallo, Simba, danke für dein Mitgefühl. Ich fühle mich sehr einsam, deshalb bin ich hier. Hier kann ich ungezwungen Gespräche führen. Niemand hat Vorurteile.*

Simba: *Das stimmt, hier ist ein guter Ort für einsame Seelen wie dich. Hast du denn gar keine Freunde im richtigen Leben?*
Clementia: *Ich hatte eine beste Freundin, aber sie ist vor einigen Jahren an Leukämie gestorben. Seitdem lebe ich sehr zurückgezogen.*
Simba: *Das tut mir leid für dich. Hast du denn eine Arbeit, die dich ablenkt?*
Clementia: *Leider nicht. Ich habe es immer wieder probiert, aber ich schaffe es einfach nicht. Die schlechten Phasen kommen viel zu häufig. Mittlerweile traue ich mir gar nicht mehr zu, einen Job anzunehmen.*
Simba: *Wie alt bist du? Ich habe in deinem Profil nichts dazu gefunden.*
Clementia: *In ein paar Wochen werde ich zweiunddreißig.*
Simba: *Ein gutes Alter. Ich glaube, du solltest dir dringend eine Arbeit suchen. Das wird dir helfen, wieder Anschluss zu finden. Ich hätte da vielleicht etwas für sich.*
Clementia: *Ehrlich?*
Simba: *Liegt dir Hausarbeit?*
Clementia: *Klar.*
Simba: *Ich suche jemanden, der mir täglich im Haushalt hilft. Kochen, putzen, bügeln. Im Grunde alles, was anfällt.*
Clementia: *Das klingt gut.*
Simba: *Du hast vorhin geschrieben, dass du nicht in der Lage wärst, einen Job auszuüben. Aber für mich könntest du arbeiten?*
Clementia: *Ich glaube, es wäre eine extrem große Überwindung, aber ich könnte mir vorstellen, es zu versuchen. Du weißt ja, wie es um mich steht, und du hast vollkommen recht, ich muss raus aus meiner Einsamkeit und endlich etwas tun.*
Simba: *In Ordnung.*
Clementia: *Ich hätte wirklich Lust, es zu probieren.*

Simba: *Okay.*
Clementia: *Wollen wir uns dann vielleicht treffen und kennenlernen?*
Simba: *Ich lasse es mir durch den Kopf gehen. Denk du bitte auch noch mal darüber nach. Ich bin jetzt raus, wir schreiben später weiter.*

An dieser Stelle endete die Kommunikation zwischen Clementia alias Ida-Marie und Simba, der Unbekannten, die sie suchten, abrupt. Andresen legte den Zettel auf den kleinen Schreibtisch, hinter dem Ida-Marie saß.

Sie befanden sich in einem speziellen Sicherheitsraum der IT-Abteilung. Von hier aus konnten sie sich in das Forum einloggen, ohne dass die IP-Adresse nachverfolgt werden konnte.

»Was machen wir jetzt?«, fragte Andresen nach einer Weile. »Wollen wir darauf warten, bis sie sich wieder meldet?«

»Die Jungs von der IT versuchen in der Zwischenzeit bereits, die IP-Adresse von Simba herauszufinden. Wenn sie klug ist, schreibt sie nicht von ihrem Computer zu Hause oder nutzt ebenfalls Verschlüsselungstechniken.«

»Du siehst ziemlich müde aus«, sagte Andresen plötzlich. »Wie lange sitzt du eigentlich schon hier?«

»Mit einigen kurzen Unterbrechungen seit gestern Nachmittag. Mir lässt die Sache einfach keine Ruhe. Wir müssen herausfinden, wer diese Frau ist, mit der sich Larissa Thom getroffen hat. Oder denkst du mittlerweile, dass wir die falsche Spur verfolgen?«

»Nein, ganz im Gegenteil«, antwortete Andresen. »Ich bin mir sicher, dass sie diejenige ist, die als Deus oder Simba chattet und etwas mit dem Mord an Jennifer Howe zu tun hat. Und auch mit dem Verschwinden von Kira Nowak. Vielleicht sogar mit den Toten aus dem Schellbruch und vom Priwall. Trotzdem solltest du für ein paar Stunden nach Hause gehen und dich ausruhen. Auch wenn ich etwas Magengrummeln bei dem Gedanken daran habe, wer dort auf dich wartet. Ich halte hier solange die Stellung.«

»Wenn es dich beruhigt, ich habe Simon seit einer Weile

nicht gesehen. Wir haben vereinbart, dass wir uns während der kritischen Phase einer Ermittlung nicht treffen.«

»Wenn du das so sagst, beruhigt mich das ehrlich gesagt nicht unbedingt. Immer wenn er abgetaucht ist, hat er anschließend für jede Menge Ärger gesorgt.«

»Ärger?« Ida-Marie schnaubte verächtlich. »Hast du nicht dafür gesorgt, dass sich Simon zuletzt immer öfter in Lebensgefahr begeben hat? Du solltest endlich damit aufhören, Simon schlechtzureden. Was er früher mal getan hat, spielt heute keine Rolle mehr. Ich kann nur sagen, dass er jetzt auf der richtigen Seite steht und ein besserer Ermittler ist, als wir beide es jemals sein werden.«

»Du bist tatsächlich in ihn verliebt«, sagte Andresen.

»Es geht dich wie gesagt nichts an. Simon und ich, das hat nichts mit unserer Arbeit zu tun.«

Ida-Marie wollte sich gerade abwenden und aufstehen, als ihr Blick auf den Monitor fiel. »Warte mal.« Sie klang plötzlich nervös und wedelte hektisch mit den Händen. »Simba ist wieder online.«

»Kannst du sehen, was sie gerade macht?«

»Sie schreibt etwas.«

Andresen zog sich den Stuhl heran und setzte sich wieder neben Ida-Marie. Im nächsten Augenblick erschien ein Text von Simba auf dem Monitor.

Simba: *Hallo, Clementia, hast du über mein Angebot nachgedacht? Es gilt noch, aber ich habe mittlerweile auch noch einige andere Anfragen.*

»Okay, es geht los«, sagte Ida-Marie leise. »Ich versuche, es einfach so wie Jennifer Howe zu machen. Dann beißt sie hoffentlich an.«

Andresen nickte wortlos. Für einen kurzen Augenblick hatte er die unbestimmte Angst, dass ihn die unbekannte Frau hören könnte.

Ida-Marie atmete tief durch. Dann begann sie zu tippen.

Clementia: *Ich könnte mir die Sache mit dem Job tatsächlich sehr gut vorstellen. Die Arbeit im Haushalt ist im Grunde das Einzige, was ich in den letzten Jahren nicht vernachlässigt habe. Außerdem finde ich dich sehr nett. Das macht es mir leichter, einen solchen Schritt zu wagen.*
Simba: *Du hast es dir also wirklich gut überlegt?*
Clementia: *Ja!*
Simba: *Ich frage deshalb so hartnäckig nach, weil ich es schon ein paarmal erlebt habe, dass mir im letzten Moment noch abgesagt wurde. So etwas ist sehr ärgerlich. Ich will nicht enttäuscht werden.*

Wenn Andresen noch Restzweifel gehabt hatte, dass es sich bei Simba um die Frau handelte, die sie suchten, waren sie in diesem Moment endgültig beseitigt. Die Drohung, die in ihren Worten mitschwang, war zwar subtil, gleichzeitig aber furchteinflößend. Die vage Vorstellung, mit wem sie es zu tun hatten, beunruhigte ihn plötzlich mehr, als es die Morde ohnehin schon taten. Denn mit einem Mal waren sie dieser Person, die allem Anschein nach nicht allein handelte, ganz nahe.

Aus dem Augenwinkel betrachtete er Ida-Marie. Sie war noch immer ganz ruhig, beinahe stoisch glitten ihre Finger über die Tastatur.

Clementia: *Das verstehe ich, aber du brauchst dir bei mir keine Sorgen zu machen. Ich werde es schaffen.*
Simba: *Gut, also verlasse ich mich auf dich. Leider ist es nämlich so, dass es äußerst schwierig ist, eine gute Haushaltshilfe zu finden. Bevor du bei mir anfängst, möchte ich dich persönlich kennenlernen.*
Clementia: *Natürlich, gerne.*
Simba: *Kannst du nach Travemünde kommen?*
Clementia: *Klar, kein Problem.*
Simba: *Kennst du dich dort aus?*
Clementia: *Allerdings, ich bin dort aufgewachsen.*

Ida-Marie blickte weiter unbeeindruckt auf den Bildschirm, doch Andresen glaubte, ein leichtes Grinsen auf ihren Lippen zu erkennen. Er wusste, dass sie in Hamburg geboren und aufgewachsen war. Nach Lübeck war sie erst vor einigen Jahren gekommen, als sie den Job in der Mordkommission angenommen hatte.

Simba: *Das italienische Café in der Vorderreihe. Sagt dir das etwas?*
Clementia: *Sicher.*
Simba: *Wir treffen uns dort heute Nachmittag um sechzehn Uhr.*
Clementia: *In Ordnung.*
Simba: *Ich verlasse mich darauf.*
Clementia: *Wie erkenne ich dich?*
Simba: *Keine Sorge, wenn du da bist, werden wir uns finden.*
Clementia: *Okay.*
Simba: *Gut, dann sehen wir uns nachher. Eine Sache noch: Bitte sprich mit niemandem über unseren Kontakt und darüber, dass wir uns treffen.*
Clementia: *Warum nicht?*
Simba: *Es gibt gute Gründe dafür, dass wir das Ganze vorerst für uns behalten. Glaub mir, es ist besser.*
Clementia: *Was sind das für Gründe?*

Andresen wollte bereits eingreifen, weil er befürchtete, dass Simba misstrauisch werden würde, doch Ida-Marie beruhigte ihn mit einer Geste als Zeichen dafür, dass sie alles unter Kontrolle hatte. Durch ihre Fragen wollte sie so viel wie möglich aus Simba herauskitzeln.

Simba: *Du bist ziemlich neugierig. Nicht immer eine schlechte Eigenschaft. In dieser Sache aber nicht angebracht. Du wirst noch früh genug erfahren, weshalb wir das Ganze nicht an die große Glocke hängen. Auf jeden Fall nichts, weswegen du dir Sorgen machen musst.*

Clementia: *Es wäre schön, wenn du es mir trotzdem bei unserem Treffen erzählen würdest.*
Simba: *Bist du ein verschwiegener Mensch?*
Clementia: *Ich denke schon.*
Simba: *Das solltest du auch sein. Andernfalls kann ich auch ungemütlich werden, falls du verstehst, was ich meine?*
Clementia: *Sicher, verstehe ich.*
Simba: *Sehr schön, dann sehen wir uns später. Ich freue mich auf dich.*
Clementia: *Ich mich auch.*

Der grüne Punkt neben Simbas letztem Eintrag erlosch Sekunden später. Sie war bereits wieder offline.

»Das war fast der gleiche Wortlaut wie zwischen Deus und Zimtstern92.« Andresen sprach das Offensichtliche aus. »Diese Frau hat ein bestimmtes Schema bei der Ansprache ihrer Opfer.«

»Den Eindruck habe ich auch«, sagte Ida-Marie. »Sie scheint mir eine Art Lockvogel zu sein, auf den in den vergangenen Jahren wahrscheinlich schon einige Frauen hereingefallen sind. Sie haben es mit dem Leben bezahlt.«

»Es ist gleich halb zwei«, bemerkte Andresen. »In zweieinhalb Stunden wirst du sie treffen. Fühlst du dich bereit dafür?«

»Ich habe keine Ahnung, wie ich mich fühlen müsste«, antwortete Ida-Marie. »Wirklich wohl ist mir bei der Sache allerdings nicht.«

»Du kannst sie so nicht treffen.«

»Was soll das heißen?«

»Wir müssen dir ein anderes Äußeres verpassen. Es wird kein Weg daran vorbeiführen, dass wir dich so aussehen lassen wie die anderen Frauen. Haare, Gesichtsfarbe, Zähne, Kleidung – wir müssen dich ein wenig verändern. Simba darf keinen Verdacht schöpfen.«

»Willst du etwa, dass ich mich als drogenabhängige Prostituierte verkleide?« Ida-Marie war verunsichert.

»Ganz so vielleicht nicht«, antwortete Andresen. »Aber wir gehen davon aus, dass bislang ausschließlich Frauen angesprochen wurden, die in sozial schwierigen Verhältnissen oder zumindest einsam und abgeschottet lebten. Wahrscheinlich sind Frauen aus diesem Umfeld anfälliger für derartige Angebote im Internet. Einerseits wird eine Vertraulichkeit durch Verständnis und Mitgefühl vermittelt, gleichzeitig aber für den Fall, dass man den anderen enttäuscht, unterschwellig eine Drohkulisse aufgebaut und Angst verbreitet. Diese Masche hat schon immer funktioniert.«

»Tja, wir Frauen sind schon ziemlich naiv und dümmlich.«

»Das meinte ich damit bestimmt nicht«, sagte Andresen energisch. »Leider ist es aber traurige Realität. Ich habe nämlich gestern Abend erfahren, um wen es sich womöglich bei der Toten vom Priwall handeln könnte.«

»Wie bitte?«

»Ich habe Kalle getroffen, er hat es mir erzählt.«

»Kalle?«, fragte Ida-Marie überrascht. »Wie geht es ihm denn?«

»Besser«, antwortete Andresen. »Er hat anscheinend die Kurve gekriegt, allerdings ist er nicht mehr der Kalle Hansen, den ich mal gekannt habe. Ich bin gespannt, wie es mit ihm weitergeht. Gut möglich, dass ich nie wieder auf seine Hilfe zählen kann. Aber darum geht es jetzt gar nicht. Hansen hat mir nämlich sozusagen als letzten Gefallen den Namen der Priwall-Toten genannt. Er sagte, es könne sich um eine gewisse Jewgenia handeln. Prostituierte vom Hamburger Kiez.«

»Und woher will er das wissen?«

»Keine Ahnung, über seine Quellen und Informanten hat er noch nie gesprochen«, antwortete Andresen. »Aber weshalb sollte er mir bei der letzten Information aus seiner Ermittlerkarriere eine Lüge auftischen?«

»Ich kenne ihn ja auch ein bisschen.« Ida-Marie hob ihre Augenbrauen. »Wenn wir ihm aber glauben, würde das unsere Theorie, dass wir es mit Opfern aus sozial schwierigen Verhältnissen zu tun haben, tatsächlich bestätigen.«

»Wobei wir bislang keinerlei Hinweise darauf haben, dass Jennifer Howe, Larissa Thom und Kira Nowak in einem ähnlichen Milieu gearbeitet haben«, sagte Andresen nachdenklich.

»Das stimmt nicht so ganz«, sagte Ida-Marie. »Ich habe Fotos von den Kieler Technikern gesehen, die sich Jennifer Howes Wohnung vorgeknöpft haben. Da waren Bilder aus ihrem Kleiderschrank dabei. Sie besaß meiner Meinung nach ungewöhnlich viel Reizwäsche, wie ich sie mir für den alltäglichen Gebrauch nur schwer vorstellen kann.«

Andresen legte die Stirn in Falten und nickte nachdenklich.

»Um ehrlich zu sein, waren das Sachen, die ich noch nie gesehen habe«, fuhr sie fort.

»Wir haben mit Larissa Thom gesprochen und waren auch in ihrer Wohnung«, sagte Andresen. »Bei ihr kann ich mir beim besten Willen nicht vorstellen, dass sie als Prostituierte gearbeitet hat. Wobei man nichts ausschließen sollte. Die Auswahl der Opfer scheint mir jedenfalls nicht zwangsläufig etwas mit dem Rotlichtmilieu zu tun zu haben.«

»Ich weiß nicht, ob ich das wirklich machen will«, sagte Ida-Marie plötzlich.

»Was?«

»Dieses Treffen. Ich habe kein gutes Gefühl bei der Sache.«

»Du willst jetzt kneifen, wo du so schnell Erfolg hattest?« Andresen war überrascht. »Was spricht dagegen, sich mit ihr in diesem Café zu treffen?«

»Ich weiß nicht«, sagte Ida-Marie zögerlich. »Willst du das Ganze denn auf eigene Kappe durchziehen? Bräuchten wir nicht ein Einsatzkommando, das mich im Fall der Fälle schützen kann?«

»Zweieinhalb Stunden Zeit«, wiederholte Andresen. »Und es ist Wochenende. In so kurzer Zeit kriegen wir kaum ein SEK oder MEK angefordert.«

»Dann gib doch wenigstens Kregel Bescheid«, drängte Ida-Marie. »Seine Leute können uns helfen. Oder wollen wir ernsthaft zu zweit nach Travemünde fahren?«

»Natürlich nicht.« Andresen nickte ihr zu. »Ich rufe Ben gleich an. Aber erst einmal müssen wir dir das richtige Äußere verpassen. Außerdem will ich, dass du verkabelt wirst. Ich muss jedes Wort hören, damit wir im Notfall eingreifen können. Wobei ich mir sicher bin, dass du dich während dieses Gesprächs auf gar keinen Fall in Gefahr befinden wirst.«

»Mir bleibt wohl keine andere Wahl«, seufzte Ida-Marie. »Letztlich habe ich es ja auch so gewollt.«

»Okay, danke.« Andresen war einen kurzen Moment lang versucht, den Arm um sie zu legen und sie an sich zu drücken. Doch er traute sich selbst nicht über den Weg, wenn er an ihre Affäre von damals dachte, die Momente, in denen die Lust sie übermannt hatte. Sogar hier im Präsidium, im Fahrstuhl.

Alles war gut, wie es war. Er war glücklich mit Agnes. Und Ida-Marie offenbar mit Simon Winter. Ein unvorstellbarer Gedanke, aber er musste ihn akzeptieren. Und tief im Innern wusste er, dass sie recht hatte. Winter war nicht der schlechte Typ, zu dem er ihn so oft machte.

»Gehen wir«, sagte er schließlich. »Wir haben nicht mehr viel Zeit.«

DAS PFEIFEN

Es war zwei Minuten nach vier.

Ida-Marie blickte sich noch ein letztes Mal um. Sie wusste nicht, wo genau sich Andresen und die anderen versteckt hielten, aber insgeheim hoffte sie, dass sich ihre Blicke träfen. Dass ihr jemand ein letztes zustimmendes Nicken zuwarf. Eine rasche Handbewegung. Ein Daumen nach oben, der zeigte, dass die Kollegen alles unter Kontrolle hatten.

Da war jedoch niemand, den sie erkannte. Überhaupt war in der Vorderreihe Travemündes kaum etwas los. Obwohl es Samstagnachmittag war. Das trübe, neblige Wetter schien Einheimische und Touristen fernzuhalten.

Sie atmete tief durch, versuchte das Zittern in ihren Beinen in den Griff zu bekommen. Dann ging sie weiter in Richtung des kleinen gemütlichen Cafés, in dem sie vor einigen Jahren einmal mit Alex gewesen war. Als sie noch in Hamburg lebte und sie einen sonntäglichen Ausflug nach Travemünde unternommen hatten.

Ihre Gedanken schweiften ab.

Damals hatte sich ihr Leben glücklich und normal angefühlt. Aber der Tod von Alex, der ebenfalls Polizist gewesen und während eines Einsatzes ums Leben gekommen war, hatte alles verändert. Die beruflichen und privaten Entscheidungen, die sie im Anschluss daran getroffen hatte, waren unüberlegt und alles andere als erfolgreich gewesen. Schließlich hatte sie alles hingeschmissen. Ihren Job als Kommissariatsleiterin in Lübeck hatte damals Andresen übernommen. Sie hatte der Stadt für einige Monate den Rücken gekehrt und sich professionell behandeln lassen, um das Geschehene endlich und ein für alle Mal zu verarbeiten.

Sie war zurück nach Lübeck gekommen und hatte sich der Situation schließlich gestellt. Hatte wieder bei der Kripo angefangen, dieses Mal jedoch in einer anderen Rolle. Und vor allem ohne den krankhaften Ehrgeiz, mit dem sie es damals innerhalb kürzester Zeit zur Kommissariatsleiterin geschafft hatte. Erst seit ein paar Monaten hatte sie endlich wieder das Gefühl, die Alte zu sein. Unbeschwert und lebensfroh, ohne Stimmungsschwankungen und vor allem jemand, auf den man sich verlassen konnte.

Sie wusste, dass es vor allem an Simon lag, dass sie die Vergangenheit hinter sich gelassen hatte. Mit ihm hatte sie einen Verbündeten gefunden. Jemanden, der vielleicht noch Schlimmeres als sie selbst erlebt hatte. An seiner Seite fühlte sie sich verstanden. Und glücklich. Und auf seltsame Art und Weise angekommen.

Sie waren noch nicht so weit, über ihre Beziehung zu reden. Obwohl es längst keinen Zweifel mehr daran gab, dass sie eine führten. Er wohnte bei ihr, seitdem er vor wenigen Wochen den Täter im Fall der Anschläge auf Flüchtlingsunterkünfte überführt hatte. Obwohl sie sich gegenseitig versprochen hatten, möglichst nicht über ihre Arbeit zu sprechen, wusste sie, dass sich das eines Tages nicht mehr vermeiden ließe.

In diesem Augenblick war sie wütend auf sich selbst, weil sie sich so lange an dieses Versprechen gehalten hatte, um es schließlich doch zu brechen. Denn vor ein paar Stunden hatte sie ihm verraten, worauf sie sich einlassen würde. Sie hatte es loswerden müssen, auch wenn sie es sofort bereut hatte. Und momentan wünschte sie sich nichts sehnlicher, als dass Simon auf sie aufpasste. Er wusste jetzt, dass sie der Lockvogel war, um die Täter in diesem Fall zu überführen. Dass sie sich damit einer unkalkulierbaren Gefahr stellte.

Sie hatte noch überlegt, ihn mit einer kurzen SMS darüber zu informieren, wo genau sie sich befand. Und dass er sich keine Sorgen machen solle, weil die Kollegen gut auf sie aufpassten. Doch sie hatte darauf verzichtet, ihr Handy lautlos gestellt und tief in ihrer Jackentasche verstaut. Eine solche Nachricht hätte Simon erst recht beunruhigt. Insgeheim hatte sie befürchtet, dass er sich womöglich sogar hierher aufmachen würde, um sich in die ganze Sache einzumischen. Schließlich wusste sie, dass er in solchen Situationen nicht immer berechenbar war und sich mit Sicherheit nicht an den Plan der ermittelnden Kriminalbeamten halten würde.

Als Ida-Marie die Tür des Cafés öffnete, schloss sie für einen Moment die Augen. Eine seltsame Angst überkam sie plötzlich. Sie war an solche Situationen nicht mehr gewöhnt.

Das Café war beinahe bis auf den letzten Platz gefüllt. Die unbekannte Frau, mit der sie heute Morgen gechattet hatte, erkannte Ida-Marie bereits nach wenigen Augenblicken. Nicht nur daran, dass sie allein an einem Tisch etwas abseits hinter einer Säule saß, sondern auch an ihrem Blick und der beobachtenden Haltung. Und da war noch etwas, das ihr ins Auge fiel.

Langsam, beinahe wie ferngesteuert, näherte sich Ida-Marie dem Tisch der Frau. Als sie nur noch knapp einen Meter entfernt war, zog sie ein letztes Mal in Erwägung, einfach davonzurennen. Nicht diejenige zu sein, die herausfinden müsste, wer für diese grausamen Verbrechen verantwortlich war. Doch dafür war es jetzt zu spät. Die Frau hatte sich ihr bereits zugewandt und musterte sie mit abschätzigem Blick.

Bereits von Weitem hatte Ida-Marie sich über das ungepflegte Äußere der Frau gewundert, doch jetzt, wo sie ihr ins Gesicht blickte, schrak sie für den Bruchteil einer Sekunde regelrecht zusammen. Die Frau wirkte auf den ersten Blick wie mindestens sechzig, doch tief unter der tabakgelben, ledernen Haut glaubte Ida-Marie zu erkennen, dass sie kaum älter als sie selbst war.

Die halblangen Haare sahen ungewaschen aus und klebten strähnig am Kopf. Unter einer dicken Steppweste trug die Frau ein verwaschenes T-Shirt, das Ida-Marie höchstens als Putztuch benutzt hätte. Der optische Gesamteindruck, den die Frau bot, passte auf erschreckende Weise zu den bisherigen Opfern. Und in diesem Moment auch zu ihr selbst, denn die Kollegen im Präsidium hatten sich alle Mühe gegeben, ihr Äußeres dem der anderen Frauen anzupassen.

»Du bist vier Minuten zu spät, Schätzchen«, schleuderte die Frau ihr streng entgegen. »Kein guter Start.«

»Entschuldige bitte, der Zug aus Lübeck hatte Verspätung.«

»So etwas sollte man immer einplanen«, sagte die Frau. »Ich mag es nicht, wenn man mich sitzen lässt. Das nehme ich persönlich.«

»Es tut mir wirklich leid.« Ida-Marie zog den Kopf ein. »Ich bin nicht so oft unterwegs.«

»Na gut, ich will bei unserem ersten Treffen nicht so sein«, sagte die Frau. »Setz dich, Kleines. Ich lade dich auf einen Prosecco ein, damit wir etwas lockerer miteinander werden.«

Ida-Marie lächelte, während sie sich unsicher zu der Frau an den Tisch setzte.

»Fangen wir noch einmal von vorne an. Schön, dass du hier bist. Verrate mir doch als Erstes deinen richtigen Namen.«

»Ich heiße Maren«, antwortete Ida-Marie. »Aber ich mag den Namen nicht besonders. Du kannst mich gerne Kim nennen.«

»Kim?«

»Ja, ich wollte schon als Kind gerne so heißen.«

»Na schön. Kim.« Die Frau sah sie forschend an, ihre Stimme klang noch immer streng, gleichzeitig aber auch auf eine gewisse Art einnehmend. »Du kannst mich Anne nennen. Wenn wir uns besser kennengelernt haben, sage ich dir meinen richtigen Namen.«

»Weshalb?«

»Weil ich es so möchte, ganz einfach«, sagte die Frau unmissverständlich. Von einer auf die andere Sekunde veränderte sich ihre Tonlage. Plötzlich klang sie nicht nur streng, sondern herrisch und kompromisslos. »Ich bin viel zu oft von Früchtchen wie dir enttäuscht worden. Apropos, du siehst älter aus, als ich erwartet habe. Die Frauen, die zuletzt für mich gearbeitet haben, waren Anfang zwanzig. Bist du wirklich erst zweiunddreißig?«

»Ja, das stimmt«, antwortete Ida-Marie und spürte sofort, dass diese Frau so dumm nicht war. Nie im Leben würde sie ihr diese Lüge abnehmen.

»Erstaunlich«, sagte die Frau, die sich Anne nannte, überrascht. »Hast du irgendwelche Fragen an mich? Wie kommt dir das hier vor?«

»Wie mir das vorkommt?«, wiederholte Ida-Marie. »Wie meinst du das?«

»Fragst du dich gar nicht, weshalb wir uns ausgerechnet in diesem Forum kennengelernt haben und ich dir dort einen Job anbiete?«

»Ich glaube, ich verstehe nicht ganz«, antwortete Ida-Marie. Wieder spürte sie dieses Unwohlsein in sich aufsteigen. Die Frau strahlte trotz oder gerade wegen ihres Äußeren und ihrer kompromisslosen Art etwas Unheimliches aus.

Mit wenigen Sätzen hatte sie klargemacht, wer hier das Sagen hatte. In einem Moment war sie freundlich und zuvorkommend, im nächsten übte sie Druck aus oder tat verschwörerisch. Die perfekte Mischung, um Menschen, die sich in einer psychisch labilen Situation befanden, auf ihre Seite zu ziehen und von sich abhängig zu machen.

»Du machst es mir nicht leicht«, sagte Anne. »Irgendwie werde ich das Gefühl nicht los, dass mit dir etwas nicht stimmt. Du siehst anders aus als die anderen Mädchen. Ich habe leider ein Problem damit, dir zu glauben.«

Ida-Maries Herz schlug immer schneller. Das Pochen hinter ihrer Brust fühlte sich an, als klopfe ein Alien im Körper von innen gegen ihre Epidermis. »Ich glaube, das ist der Punkt, an dem wir abbrechen sollten«, sagte sie schließlich. »Ich habe keine Ahnung, wovon du redest. Aber ich merke, dass mir diese Unterhaltung nicht guttut. Ich fürchte, wir werden uns nicht einig werden.«

Anne nickte. Mehr als eine halbe Minute verging, ohne dass eine der beiden etwas sagte. Schließlich stand sie auf und blickte Ida-Marie mit einem schiefen Lächeln an.

»Das sehe ich ähnlich«, sagte sie. »Ich suche jemanden, auf den ich mich verlassen kann. Jemanden, der seine Arbeit ernst nimmt und nicht daran zweifelt, ob er das Richtige tut. Besser, wir machen hier an dieser Stelle Schluss, als dass wir nach einigen Wochen feststellen, dass es nicht funktioniert. Lass dir professionell helfen, ich bin mir sicher, dass du es brauchst.«

Die Frau stand auf, nickte Ida-Marie zu und entfernte sich langsam vom Tisch.

In Ida-Maries Kopf fuhren die Gedanken Achterbahn. Das Gespräch nach so kurzer Zeit platzen zu lassen war der Worst Case. Sie hatten noch nicht einmal richtig Platz genommen, geschweige denn etwas zu trinken bestellt, und schon war ihre Unterhaltung beendet. Nur weil sie es gewagt hatte, nachzufragen. In diesem Moment hatte sich Annes Tonlage geändert. Sie hatte das Gespräch in eine Richtung gelenkt, die Ida-Marie kaum ertragen konnte. Ihr Bild über diese Frau wurde immer klarer.

»Warte«, rief Ida-Marie leise. Sie sprang auf und ging hinter der Frau her. »Es tut mir leid. Es ist aber nun mal so, dass ich generell skeptisch werde, wenn sich jemand für mich interessiert. Ich kann nicht damit umgehen, wenn man mich nach meiner Meinung fragt. Aber ich möchte den Job. Wirklich.«

Wieder verging eine gefühlt endlose Zeit, in der keine der beiden etwas sagte. Bis die Frau mit einem Mal nickte und tatsächlich an ihren Tisch zurückkehrte.

»Ich versuche, es noch einmal ganz klar und eindeutig zu formulieren«, sagte sie. »Wenn wir nicht offen miteinander reden können, ist es undenkbar, dass du für mich arbeitest. Es liegt also an dir selbst. Du musst dich frei von allem machen, was du bislang in deinem Leben erfahren hast. Ganz ehrlich: Ich zweifle daran, dass du es ernst meinst. Aber ich gebe dir die Chance, zu beweisen, dass ich mich irre.«

»Und was muss ich dafür tun?«

»Es gibt mehrere Regeln, die du befolgen musst, wenn du für mich arbeiten willst«, antwortete Anne. »Wenn du dich daran hältst, hast du die große Chance, langfristig in ein gutes Leben zurückzufinden. So wie die anderen Mädchen, die schon für mich gearbeitet haben. Bist du wirklich bereit dazu, Kim?«

»Ja, das bin ich.« Ida-Marie nickte bestätigend. Vielleicht auch, weil sie sich selbst von ihren Worten überzeugen musste.

»In Ordnung, dann setzen wir uns jetzt wieder hin, und du hörst mir genau zu.« Anne fuhr sich mit der rechten Hand durch ihre strähnigen Haare und sah sich fahrig um. Dann gab sie der Bedienung ein Zeichen.

Als die junge Frau an ihren Tisch trat, bestellte Anne zwei Gläser Prosecco. Ihr Gesicht sollte dabei wohl freundlich wirken, Ida-Marie empfand ihr Lächeln jedoch als diabolisch.

»Du trinkst keinen Alkohol, habe ich recht?«, fragte Anne nach einigen Sekunden des Schweigens.

»Woher weißt du das?«

»Ich erkenne so etwas sofort. Außerdem seid ihr Mädchen alle gleich, wenn du verstehst, was ich meine?«

»Nicht so richtig.«

»Schon wieder«, sagte Anne streng. »Du willst mich nicht verstehen, fragst ständig nach. So funktioniert das mit uns beiden einfach nicht. Ich gebe dir nur diese eine Chance. Du solltest sie nutzen.«

»Natürlich, tut mir leid.«

»Hinterfrage nicht, was ich dir sage, das ist die Regel Nummer eins«, sagte Anne und fixierte Ida-Marie. Ihr Blick war stechend. Das Grün ihrer Augen wirkte unnatürlich, als trage sie farbige Kontaktlinsen.

Die junge Bedienung entschärfte die Situation, als sie zurück an ihren Tisch kam und den Prosecco brachte.

»Sehr schön«, sagte Anne. »Ich würde mich freuen, wenn du zumindest mit mir anstößt.«

»Sicher.«

»Dann auf eine gute Zusammenarbeit und möglichst viele gemeinsame Stunden«, sagte Anne, während sie ihr Glas hob. »Und auf uns beide.«

Ida-Marie rang sich ein Lächeln ab. Dann führte auch sie das Glas an ihren Mund, nippte kurz und musste sich zügeln, es nicht in einem Zug auszutrinken.

»Sei aufmerksam und hör ganz genau zu, was ich dir jetzt erzähle.«

Obwohl Ida-Marie wusste, dass ihr diese Frau nicht gefährlich werden konnte und sie eigentlich hier war, um an Informationen vor allem über ihren Wohnort zu kommen, fühlte sie sich eingeschüchtert.

»Noch einmal: Die erste und oberste Regel«, begann Anne. »Du wirst mir folgen und mir dienen, ohne Wenn und Aber.«

Dienen?, durchfuhr es Ida-Marie. Mit Mühe gelang es ihr, ruhig zu bleiben. Diese Frau sah sich tatsächlich als Herrin, und sie sollte offenbar ihre nächste Sklavin werden. Die Unterhaltung im Chat vor einigen Stunden war dagegen noch harmlos verlaufen, ihre Wortwahl deutlich zurückhaltender gewesen.

»Hast du verstanden, was ich gesagt habe?«

»Ich werde dir dienen, ohne Wenn und Aber.«

»Damit erfüllst du zumindest die Grundbedingung«, sagte sie. »Nicht weniger wichtig ist es jedoch, dass du dein jetziges Leben komplett aufgeben wirst. Damit meine ich, dass ich dich rund um die Uhr brauche. Und nicht nur ich, sondern auch mein Mann. Du wirst bei uns einziehen. Als würdest du zu unserer Familie gehören. Wie ein Kind, das wir nie gehabt haben. Mit allem, was dazugehört. Verstanden?«

»Ich …« Ida-Marie stockte. Der Kloß in ihrem Hals wurde immer größer.

»Ja?«

»Verstanden«, sagte sie schließlich mit zittriger Stimme und versuchte verzweifelt, dem Blick dieser Frau standzuhalten.

»Verschwiegenheit ist die Basis unserer Zusammenarbeit«, fuhr Anne fort. »Falls wir jemals herausfinden werden, dass du nicht ehrlich zu uns bist, unerlaubte Kontakte nach draußen hast oder schlecht über deinen Job und meinen Mann und mich redest, dann kann es äußerst ungemütlich für uns alle werden. Dann wirst du nämlich nicht bleiben können. Ich muss dir nicht erklären, was das bedeutet, oder?«

»Nein, ich glaube nicht«, antwortete Ida-Marie leise. »Ich werde mit Sicherheit mit niemandem darüber reden. Es gibt auch gar keine Menschen in meinem Umfeld, die das interessieren könnte.«

»Das habe ich schon oft gehört«, sagte Anne kühl. »Ich will, dass du verstehst, dass es nicht funktionieren wird, wenn die Regeln nicht eingehalten werden. Die Folgen würden hart sein.«

»Vielleicht wird mir nicht alles auf Anhieb gelingen«, sagte Ida-Marie, »aber die Botschaft ist angekommen.«

»Hervorragend, dann haben wir es auch schon fast geschafft. Alles, was du jetzt noch wissen musst, können wir dir in den nächsten Tagen erklären. Dann sprechen wir auch über das Thema Vergütung. Hier sind wir sehr großzügig, wenn wir der Meinung sind, dass es jemand verdient hat.«

»Klingt gut«, sagte Ida-Marie angespannt. Sie spürte, dass die Zeit gekommen war, entscheidende Fragen zu stellen. Aber genau das hatte Anne ihr untersagt. Je länger das Gespräch dauerte, desto hilfloser fühlte sie sich.

»Ich freue mich wirklich darauf, Ihnen zu dienen«, sagte sie. Erst im Nachhinein wurde Ida-Marie bewusst, dass sie Anne plötzlich siezte. Die Einschüchterung hatte offenbar auch bei ihr bereits Früchte getragen. »Das ist eine große Chance für mich«, fuhr sie fort. »Ich will sie annehmen und bin Ihnen sehr dankbar dafür.«

Anne nickte zufrieden. »Ich glaube, wir sind auf einem guten Weg. Eine Hürde musst du aber noch nehmen. Mein Mann will dich auch kennenlernen. Und zwar heute noch.«

»Heute noch?«

»Und schon wieder«, seufzte Anne. »Weißt du, ich bringe durchaus eine gewisse Geduld mit, aber wenn du nicht dazulernen willst, dann schicke ich dich eben in dein trauriges Leben zurück. Falls du wirklich willst, dass es dir in Zukunft besser geht, kann ich dir nur raten, auf mich zu hören. Und du solltest dich beeilen, es besser zu machen.«

»Ich werde mein Bestes versuchen«, sagte Ida-Marie eingeschüchtert. »Aber vielleicht wird es eine Zeit lang dauern, bis ich aufhöre, misstrauisch zu sein. Ich hoffe, das können Sie mir verzeihen.«

»Lass uns doch bitte zum Du zurückkehren«, sagte Anne. »Sag mir, bist du bereit?«

»Wozu?«

»Ich werde dir heute noch deinen Arbeitsplatz zeigen und meinen Mann vorstellen«, antwortete Anne. »Du kannst auch direkt heute bei uns schlafen. Je schneller du dich an alles gewöhnst, umso besser für uns alle.«

»Wirklich heute?« Ida-Marie klang immer unsicherer. »Darauf bin ich nicht vorbereitet.«

»Du musst nicht vorbereitet sein. Es ist gar nicht weit von hier.«

»Wo wohnt ihr denn?«

»Merkst du eigentlich, dass du schon wieder zu viele Fragen stellst?«

»Ja, entschuldige«, sagte Ida-Marie. »Aber bis gerade eben

dachte ich noch, dass ich nur dir dienen werde. Ich hatte keine Ahnung, dass du einen Mann hast. Bitte verstehe mich nicht falsch, aber ich kenne deinen Mann nicht. Mich irritiert das Ganze. Ich habe nämlich mit Männern so meine Probleme.«

»Schätzchen, ich kann mir vorstellen, dass dein Leben nicht leicht gewesen ist. Und dass daran Männer schuld sind, überrascht mich überhaupt nicht. Aber wenn du dich auf uns einlassen willst, wirst du die fürchterlichen Dinge, die du erlebt hast, ganz schnell vergessen müssen.«

Anne griff in ihre Jackentasche und zog ihr Portemonnaie hervor. Sie knöpfte es auf, nestelte an etwas herum und legte schließlich ein Foto auf den Tisch.

»Mein Mann, das ist er«, sagte sie mit einem Lächeln, von dem Ida-Marie für einen kurzen Moment glaubte, es sei echt. »Sieht doch eigentlich ganz nett aus, oder?«

»Kann man so sagen«, antwortete Ida-Marie. Sie musterte den untersetzten Mann auf dem Foto. Sie hatte den Eindruck, als zeige er sich auf dem Bild in einer lasziven Pose. Er sah deutlich jünger aus als Anne, Ida-Marie schätzte ihn auf Mitte vierzig. Womöglich waren sie jedoch gleichaltrig.

»Sieh ihn dir an, mach dich mit ihm vertraut. Du wirst ihn gleich kennenlernen.« Anne erhob sich. Dann entfernte sie sich von dem Tisch. »Bin gleich wieder da.«

Ida-Maries Gedanken rasten. Die Tatsache, dass sie nun auch ein Bild des zweiten Täters vor Augen hatte, trieb ihren Puls in die Höhe.

»Sie hat mir gerade ein Foto von ihrem Mann gezeigt«, sagte sie leise in der Hoffnung, dass Andresen sie hörte.

Anne war in Richtung Toiletten verschwunden. Ida-Marie zückte ihr Handy und stellte mit einer raschen Bewegung den Kameramodus ein. Ihr Herz schlug jetzt so stark, dass sie für einen kurzen Augenblick befürchtete, zu hyperventilieren. Trotzdem gelang es ihr, mit dem Handy einige Aufnahmen von dem Foto des Mannes zu machen.

Gerade als Ida-Marie ihr Telefon wieder in der Jackentasche verschwinden ließ, trat Anne zurück an den Tisch. »Das ging ja schnell«, sagte Ida-Marie etwas zu überrascht.

»Ich habe mich nur frisch gemacht.«

Ida-Marie schaute Anne an. Sie sah noch immer grau und ungesund aus. Von Frische war in ihrem Gesicht rein gar nichts zu erkennen.

»Bist du bereit?«, fragte Anne.

»Ich habe keine Zweifel.«

»Dann tue ab jetzt einfach, was ich dir sage. Dann werden wir uns bestens verstehen.«

»In Ordnung.«

»Gehen wir.«

»Ich muss vorher auch noch einmal zur Toilette«, sagte Ida-Marie.

Anne warf ihr einen vorwurfsvollen Blick zu. Es dauerte einige Sekunden, bis sich ihr Gesicht wieder entspannte und sie ihr schließlich zunickte. »Ich zahle in der Zwischenzeit«, sagte sie und wandte sich von ihr ab.

»Danke«, sagte Ida-Marie leise, obwohl sie wusste, dass Anne sie nicht mehr hörte. Schließlich stand auch sie auf. Sie ging quer durch das Café und öffnete die Tür zu den Damentoiletten. Im nächsten Moment zog sie ihr Handy hervor. Hastig entsperrte sie den Bildschirm und öffnete die Nachrichten-App. Sie scrollte herunter bis zu der letzten Kommunikation mit Andresen vor einigen Tagen. Dann lud sie die Bilder hoch, die sie eben von Annes Mann gemacht hatte, und versah sie mit dem kurzen Kommentar: »Ihr Mann. Der Mörder?«

Ida-Marie atmete durch, als sie das Handy erneut in der Tasche verstaute. Sie stellte sich ans Waschbecken und ließ das Wasser laufen. Erst nachdem sie sich eine halbe Minute lang im Spiegel angesehen hatte, hielt sie ihre Hände unter den Hahn. Sie hatte versucht, sich selbst in ihrem Spiegelbild wiederzufinden, doch das Einzige hinter ihrer Maskerade, das sie an sie selbst erinnerte, waren ihre ängstlichen Augen.

Langsam senkte sie den Kopf, bevor sie sich eine Ladung Wasser über den Nacken klatschte. Es war so kalt, dass ihr ein kurzer Schauer über den Oberkörper fuhr. Aber er fühlte sich erfrischend an. Und er beruhigte den Puls.

Sie hatte mehr erreicht, als sie sich vorgenommen hatte. In

Kürze würden sie sich in Richtung des Hauses begeben, in dem diese Frau lebte. Anne schien ihr tatsächlich zu vertrauen. Sie hatte ihr klar zu verstehen gegeben, was sie zukünftig von ihr erwartete. Und sie hatte ihr sogar das Bild ihres Mannes gezeigt. Unaufgefordert, weil sie offenbar ganz sichergehen wollte, dass Ida-Marie sich bewusst für den Job entschied.

Wieder blickte sich Ida-Marie im Spiegel an. Die unterschwellige Angst, die sie seit Stunden spürte, war noch immer an ihrem Blick abzulesen. Die Möglichkeit, sich in eine Situation zu begeben, in der sie hilflos sein würde, setzte ihr mehr zu als jeder andere Fall, in dem sie bislang ermittelt hatte. Sie musste nicht mitgehen, konnte das Ganze hier einfach abbrechen und die Kollegen auf Anne ansetzen.

Sie zog ein paar Grimassen, während sie sich betrachtete. Als wollte sie noch Zeit schinden. Es drängte sie nicht, rauszugehen zu dieser Frau, deren dominante und repressive Art unerträglich war.

»In Ordnung«, flüsterte sie zu sich selbst. Sie würde es durchziehen, sich selbst beweisen, dass sie noch immer eine fähige Kriminalbeamtin war, die vor einem solchen Einsatz nicht zurückschreckte.

Ein letzter Blick auf ihr Handy. Sie hoffte, dass Andresen auf ihre Nachricht und die Fotos bereits geantwortet hatte. Doch er schien sie noch nicht einmal gelesen zu haben.

»Birger, ich habe dir Fotos geschickt«, sagte sie leise. »Ich muss jetzt los. Wartet bitte nicht zu lange, bis ihr eingreift.«

Im Spiegel sah sie plötzlich, dass sich die Tür zu den Toilettenräumen langsam öffnete. Im nächsten Augenblick erkannte sie Annes aschfahles Gesicht. Ida-Marie fuhr herum. Sie sah das Misstrauen in Annes Augen. »Was ist denn?« Sie lächelte vorsichtig.

»Wir müssen los«, antwortete Anne. »Mein Mann wartet bereits auf uns.«

»Okay, ich komme.«

Langsam folgte Ida-Marie der Frau. Ihre Kleidung sah nicht nur heruntergekommen, sondern auch seltsam altmodisch aus. Über der Steppweste trug sie eine in die Jahre gekommene

Pelzjacke. Außerdem eine dunkelbraune Cordhose und dicke Winterstiefel. Die Kleidung erinnerte Ida-Marie an Fotos ihrer Mutter aus den siebziger Jahren.

Merkwürdig war auch ihr Gang, der einerseits energisch wirkte, andererseits aber so aussah, als leide sie unter Schmerzen in den Beinen. Und schließlich die leisen Geräusche, die die Frau von sich gab. Sie waren Ida-Marie sofort aufgefallen, obwohl sie kaum hörbar waren. Ein leises Pfeifen der Lunge, wenn sie ein- und ausatmete.

Ida-Marie zuckte plötzlich zusammen. Sie bemerkte erst jetzt, dass sie gar nicht in Richtung des Eingangs gingen, durch den sie das Café von der Vorderreihe aus betreten hatte.

»Wohin gehen wir?« Ihre Stimme klang angespannt. Sie spürte, dass etwas nicht stimmte.

»Was hatte ich dir vorhin gesagt, Schätzchen? Du sollst einfach keine Fragen mehr stellen.« Annes Antwort ging in einem starken Hustenanfall unter.

Ida-Marie verkniff sich die Frage, ob mit ihr alles in Ordnung sei. Sie vermutete, dass die Frau starke Raucherin war.

Möglichst unauffällig bewegten sich die beiden durch das Café in den hinteren Teil des Gebäudes und steuerten auf eine Glastür zu, über der »Notausgang« stand. Ida-Maries kurze Hoffnung, dass die Tür verschlossen war, zerschlug sich sofort. Anne drückte den Griff herunter, zog die Tür auf und trat in eine Art Hinterhof. Für einen kurzen Augenblick drehte sie sich dabei um und warf Ida-Marie diesen argwöhnischen Blick zu.

Ahnt sie vielleicht etwas?, fuhr es Ida-Marie durch den Kopf. Wählte Anne diesen Weg nach draußen, weil sie längst begriffen hatte, dass sie nicht diejenige war, die sie vorgab zu sein?

Ida-Marie schloss die Augen. Sie wusste, dass sie in diesem Moment kaum mehr eine andere Wahl hatte, als der Frau zu folgen. Doch egal, wie riskant es möglicherweise war, sie musste dafür sorgen, dass Andresen und die anderen ein Zeichen von ihr bekamen, in welche Richtung sie verschwanden.

Als sie die Augen wieder öffnete, überkam Ida-Marie vollkommen unvermittelt, dafür mit voller Wucht, eine Panikattacke. Vor Angst verkrampfte sie sich, ihr Herz raste. Ein Schleier aus Nebel legte sich über ihre Augen, während um sie herum alles zusammenbrach. Es war, als verschwinde mit einem Mal der Boden unter ihren Füßen. Als falle sie in ein Loch, das auf direktem Weg in die Hölle führe.

Während sie aus den Augenwinkeln diese Verrückte erkannte, die entschlossenen Schrittes und wütend auf sie zukam, brach Ida-Marie in Tränen aus und sank langsam auf die Knie.

Das seltsame Pfeifen drang noch immer an ihre Ohren. Jetzt allerdings hatte Ida-Marie das Gefühl, als ob das Geräusch aus ihrem eigenen Körper komme.

»Es hört sich tatsächlich an, als ob diese Frau vollkommen irre im Kopf ist«, sagte Kregel leise in Richtung Andresen.

»Obwohl sich in mir immer noch alles sträubt, verstehe ich allmählich, womit wir es zu tun haben«, entgegnete Andresen. »Diese Frau will, dass Ida-Marie sie ›Herrin‹ nennt. Das erinnert mich an andere Fälle, in denen Frauen wie Sklavinnen gehalten wurden. Auch von Paaren, so wie es hier ja offenbar der Fall ist.«

»Von jemandem als Haushaltshilfe beschäftigt zu werden und dieser Person rund um die Uhr zu dienen, ist ja meinetwegen noch akzeptabel«, sagte Kregel. »Ich kann mir eventuell sogar noch vorstellen, dass es zu einem spielerischen Abhängigkeitsverhältnis zwischen der Herrin und ihrer Dienerin kommt. Aber wir reden in dieser Sache über wiederholten Totschlag. Dieses Paar scheint ihre Dienerinnen systematisch zu Tode gequält zu haben. Verdammt, wie krank sind diese Leute eigentlich?«

Andresen wollte gerade etwas erwidern, als er Ida-Maries Stimme wieder über den kleinen Knopf im Ohr vernahm.

»Birger, ich habe dir Fotos geschickt«, flüsterte sie. »Ich muss jetzt los. Wartet bitte nicht zu lange, bis ihr eingreift.«

Hastig zog Andresen sein Handy hervor. Sofort sah er, dass es ihr tatsächlich gelungen war, das Bild des Mannes abzufotografieren und ihm zu schicken.

Es vergingen einige Augenblicke, in denen er auf dem Display herumtippte, bis er eines der Fotos schließlich öffnete und es groß zog. Über seine Ohrstöpsel hörte er die Stimme der Frau, die sich Anne nannte. »Wir müssen los. Mein Mann wartet bereits auf uns.«

Im Nachhinein konnte Andresen nicht mehr sagen, ob ihm sofort bewusst gewesen war, was er gesehen hatte. Jedenfalls stand er mehrere Sekunden lang einfach nur regungslos da und starrte auf sein Telefon. Bis er schließlich realisierte, um wen es sich bei dem Mann auf dem unscharfen Foto handelte.

»Scheiße«, flüsterte er.
»Was ist los?«, fragte Kregel.
»Ich bin dem Täter bereits begegnet.«
»Wie bitte?«
»Das hier hat mir Ida-Marie gerade mit dem Kommentar ›Ihr Mann. Der Mörder?‹ geschickt.« Andresen hielt Kregel das Handy hin.
»Wer ist das?«
»In dem Haus, in dem Larissa Thom wohnt, kam mir gestern dieser Mann entgegen, als er aus dem Fahrstuhl trat.«
»Wie sicher bist du dir?«
»Kein Zweifel«, antwortete Andresen.
»Glaubst du, er wohnt in demselben Haus? Oder war er noch in ihrer Wohnung, als wir angerückt sind?«
»Ich denke, Letzteres ist wahrscheinlich.«
»Das heißt, Seelhoffs Leute haben ihn um ein Haar verpasst«, fluchte Kregel. »Ich bin sogar noch vor dir gekommen, aber da habe ich niemanden im Treppenhaus gesehen.«
»Ich schätze, er wollte Spuren verwischen«, sagte Andresen. »Vielleicht am Computer oder aber irgendwo anders in der Wohnung. Er könnte erfolgreich gewesen sein, schließlich haben wir nichts gefunden. Vielleicht wurde er aber auch gestört, als er noch nicht fertig war.«
»Sah er aus wie auf dem Foto?«
»Er war ziemlich unscheinbar«, antwortete Andresen nachdenklich. »Leicht untersetzt und irgendwie …« Er suchte nach den richtigen Worten. »Er sah etwas verwahrlost aus, was ich im Umfeld des Hauses aber nicht ungewöhnlich fand.«
»Vielleicht sollten wir Ida-Marie da rausholen und stattdessen mit dem Foto und deiner Beschreibung eine Fahndung nach dem Mann veranlassen.«
»Nein, dadurch verlieren wir zu viel Zeit«, sagte Andresen. »Sie brechen gerade auf. Wir müssen diese Chance nutzen, auch wenn wir Ida-Marie so einiges damit zumuten.«
»Hörst du das?«, fragte Kregel plötzlich.
Andresen presste die Stöpsel noch enger in sein Ohr. Ida-Marie hatte gerade gefragt, wohin sie gingen. Und die Frau

gab ihr rüde zu verstehen, dass sie keine weiteren Fragen stellen sollte.

»Was passiert da?«

»Verdammt, sie hauen ab, aber nicht durch den Vordereingang«, rief Andresen so laut, dass seine Stimme über die Vorderreihe hallte. »Wir müssen da sofort rein.«

Er riss sich seine Verkabelung aus dem Ohr und rannte los in Richtung des Cafés. Aus dem Augenwinkel erkannte er, dass Kregel ihm folgte. Nach knapp fünfzig Metern erreichten sie die Eingangstür. Andresen stieß sie heftig auf, sodass einige Gäste des Cafés laut aufschrien und ihn voller Entsetzen anstarrten.

»Wo sind die beiden Frauen hin?«, rief Andresen in Richtung einer Bedienung.

»Wie bitte?«, fragte die junge Frau verunsichert.

»Gibt es hier irgendwo noch eine weitere Tür?«, drängte Andresen. »Einen Notausgang vielleicht?«

»Hier hinten«, rief Kregel plötzlich. »Los, komm.«

Andresen rannte seinem Kollegen hinterher und stürzte nach draußen in den Hinterhof. Doch von Ida-Marie und dieser Frau namens Anne war weit und breit nichts zu sehen.

»Hier sind sie nicht«, sagte Andresen angestrengt. »Aber eigentlich müssen sie über diesen Weg das Café verlassen haben.«

»Da vorne ist noch eine Tür. Auch ein Notausgang. Er führt in ein Haus, dessen Haupteingang wahrscheinlich zur Kurgartenstraße gelegen ist.«

»Sieht aus, als befände sich ein Geschäft in dem Haus.«

»Ein Fischladen«, sagte Kregel. »Ich kenne ihn.«

»Okay, dann los. Wir können hier nicht länger herumstehen.« Andresen atmete noch immer schwer, als sie die Notausgangstür öffneten und die hinteren Räume des Hauses betraten, in denen der Fisch offenbar verarbeitet und geräuchert wurde. Der Geruch, der ihnen entgegenschlug, war derart intensiv, dass Andresen sich den Arm vors Gesicht halten musste.

Sie durchquerten einen weiteren Raum, nickten zwei irritiert dreinschauenden jungen Männern zu, die gerade dabei waren, Aale auszunehmen, und steuerten auf einen lang gestreckten Flur zu, an dessen Ende der Verkaufsladen zu erkennen war.

Andresen lief die letzten Meter, rutschte jedoch auf den feuchten Fliesen weg und konnte sich nur mit größter Mühe auf den Beinen halten. Wenige Momente später standen die beiden vor der Fischtheke und blickten in erschrockene Gesichter.

»Kripo Lübeck«, keuchte Andresen. »Haben Sie die beiden Frauen gesehen, die gerade dieses Gebäude vom Hinterhof aus betreten haben?«

»Sie sind raus auf die Straße«, antwortete eine der Verkäuferinnen mit zittriger Stimme. »Das ist noch nicht mal eine Minute her. Wir wollten gerade die Polizei rufen.«

»Das ist nicht mehr nötig«, sagte Andresen. »Was ist passiert? In welche Richtung sind sie gelaufen?«

»Rechtsrum«, antwortete die Frau. »Aber nicht gelaufen, es kam ein Auto angefahren und hielt hier direkt vor dem Laden mit einer Vollbremsung. Die ältere Frau hat die jüngere dann in den Wagen geschubst, und dann sind sie mit quietschenden Reifen davongefahren.«

»Scheiße«, rief Andresen laut. »Was war das für ein Auto?«

»Ein ziemlich alter Ford, glaube ich.«

»Farbe?«

»Rot.«

»In Ordnung«, sagte Kregel. »Sie rühren sich nicht vom Fleck, bis Kollegen von uns hier sind und Ihre Personalien aufnehmen.«

Andresen riss die Ladentür zur Kurgartenstraße auf und stürmte auf den Bürgersteig. Von dem Ford war nichts mehr zu sehen. Er fluchte erst nur ganz leise, dann ließ er einen lauten Schrei los und trat gegen einen Laternenpfahl. Seine Wut auf sich selbst war grenzenlos.

»Beruhige dich, Birger«, sagte Kregel, der ihm raus auf die Straße gefolgt war. »Wir sind uns doch relativ sicher, dass diese Leute auf dem Priwall oder zumindest auf der anderen Seite der Trave wohnen. Die Wahrscheinlichkeit, dass sie die Fähre benutzen, ist ziemlich hoch. Lass uns also so schnell wie möglich zu dem Anleger.«

Kregel hatte recht. Wenn sie schnell genug waren, würden sie diese Wahnsinnigen dort abpassen und Ida-Marie befreien.

»Ich schlage vor, wir laufen«, sagte Kregel. »Wir sind schneller am Anleger als bei unserem Wagen.«

Andresen wollte gerade Protest einlegen, als er das Vibrieren seines Handys in der Hosentasche spürte. Hastig zog er es hervor.

Vor Wut und innerer Abneigung hätte er das Telefon am liebsten auf die Straße geschmissen. Wenn es jemanden gab, mit dem er in diesem Moment auf keinen Fall sprechen wollte, dann war das Simon Winter. Aber vielleicht war es in dieser Situation gar nicht unbedingt die schlechteste Lösung, mit Winter zu reden.

Er nahm ab und meldete sich. Außer einem heftigen Rauschen in der Leitung hörte er jedoch nichts.

»Was ist los, Winter? Ich kann Sie nicht hören.«

»Moment.«

Plötzlich drang gar kein Geräusch mehr durch die Leitung. Es schien, als habe Winter sein Handy beiseitegelegt.

»So, jetzt«, sagte er plötzlich. »Gar nicht so einfach, zu telefonieren und gleichzeitig einen Wagen zu verfolgen.«

»Wie bitte?«

»Der rote Ford, in den sie Ida-Marie gesteckt haben«, erklärte Winter mit ruhiger Stimme. »Er fährt zwei Autos vor mir in Richtung Lübeck. Wir biegen gerade auf die B 75 ab.«

»Verdammt, Winter, woher wissen Sie von dieser Sache?«, brach es aus Andresen heraus.

»Bis heute Mittag hat Ida-Marie dichtgehalten«, antwortete Winter ungerührt. »Bei Ihrer bescheuerten Idee, sie als Lockvogel zu benutzen, ist ihr dann verständlicherweise aber doch etwas unwohl geworden. Sie hat es mir erzählt. Aber sie weiß nicht, dass ich ihr gefolgt bin. Und nun ist ja offenbar tatsächlich etwas schiefgelaufen. Wie konnten Sie zulassen, dass es so weit kommt?«

»Wir waren verkabelt und haben jedes Wort mitgehört, das Ida-Marie mit dieser Frau gesprochen hat. Wir konnten nicht davon ausgehen, dass die Sache einen solchen Verlauf nimmt.«

»Sie sind noch naiver, als ich gedacht habe«, rief Winter ins Telefon. »Die wissen doch längst, dass das Treffen fingiert war.«

Plötzlich klang er laut und aufgebracht. »Ich verstehe nicht, warum das Gebäude nicht von allen Seiten gesichert wurde.«

»Das hätten wir in der Kürze der Zeit nicht mehr geschafft«, antwortete Andresen. »Hören Sie, Winter. Erzählen Sie mir nichts über fahrlässiges Handeln. Aus Ihrem Mund klingt das wie der blanke Hohn. Sagen Sie mir lieber, in welche Richtung Sie gerade fahren.«

»Noch immer auf der B 75«, antwortete Winter. »Wir kommen gleich durch Kücknitz.«

»Können Sie das Kennzeichen des Fords erkennen?«

»Natürlich.«

»Dann spucken Sie es schon aus.«

»Freundlich wie immer«, knurrte Winter. Nur widerwillig gab er Andresen das Kennzeichen durch.

»Gemeldet also in Lübeck«, sagte Andresen leise. Er zog einen Kugelschreiber aus seiner Jackentasche und notierte sich die Buchstaben- und Zahlenkombination auf seiner Handinnenfläche.

Im nächsten Moment fuhr er herum, als das Martinshorn eines Streifenwagens ertönte. Das Fahrzeug mit Blaulicht kam direkt auf ihn zu. Kregel, der sich etwas abseits gestellt hatte, winkte ihn heran.

Gemeinsam stiegen sie in den Einsatzwagen, während Andresen noch immer sein Handy am Ohr hielt und mit Winter redete. Kregel erklärte unterdessen dem Beamten am Steuer in aller Kürze, in welche Richtung er fahren sollte. Zudem forderte er ihn auf, per Funk alle verfügbaren Streifenwagen zu mobilisieren und Richtung B 75 zu schicken.

»Sag ihm, dass jemand dieses Kennzeichen checken soll«, fuhr Andresen dazwischen und hielt Kregel seine Hand hin. »Wir müssen so schnell wie möglich herausfinden, wo der Halter des Fahrzeugs wohnt.«

Kregel nickte und redete weiter auf den Fahrer ein, der einen Moment lang von der Flut an Informationen überfordert zu sein schien, sich dann jedoch sammelte und mit ruhiger Stimme in sein Funkgerät sprach.

»Es geht jetzt durch den Tunnel«, meldete sich Winter

plötzlich wieder zu Wort. Im nächsten Augenblick brach das Gespräch ab. Winter schien im Herrentunnel unterhalb der Trave keinen Empfang zu haben.

»Verflucht, wir hätten sie dort aufhalten können«, ärgerte sich Andresen. »Oder haben wir vielleicht schon Einsatzwagen in Höhe der Mautstation?«

»Ich befürchte nicht«, sagte der junge Beamte am Steuer. »Es haben sich aber einige Einsatzfahrzeuge auf den Weg gemacht.«

Es vergingen fast zwei Minuten, in denen sie mit knapp hundertfünfzig über die Bundesstraße in Richtung Lübeck rasten, ehe Andresens Handy erneut klingelte.

»Wir sind durch die Mautstation durch und fahren gerade rechts von der B 75 ab.« Winter kam direkt zur Sache.

»Nach Israelsdorf?«

»Sieht ganz so aus«, antwortete Winter. »Wobei, einen Moment. Sie biegen jetzt links ab in Richtung Karlshof.«

»Verstehe«, sagte Andresen knapp. »Wir sind auch gleich da. Außerdem sind alle verfügbaren Einsatzwagen auf dem Weg.«

»Bloß nicht«, rief Winter aufgebracht. »Wenn die Polizei mit einem Großaufgebot kommt, tun sie Ida-Marie womöglich erst recht etwas an. Sagen Sie Ihren Leuten gefälligst, dass sie sich zurückhalten sollen.«

»Wir werden schon das Richtige tun«, sagte Andresen kurz angebunden. Seine Gedanken waren an etwas anderem hängen geblieben. Etwas, das Winter vor wenigen Sekunden erwähnt hatte. Der rote Ford mit Ida-Marie an Bord sei auf dem Weg in Richtung Karlshof, hatte er gesagt.

Andresen spürte, wie sich sein Magen langsam zusammenzog. »Karlshof«, wiederholte er leise. Die Siedlung grenzte im Süden an die Travemünder Allee und im Norden direkt an den Schellbruch.

Andresen hatte in diesem Moment keinen Zweifel daran, dass dieses wahnsinnige Paar an den Ort zurückkehrte, wo vor wahrscheinlich knapp zehn Jahren alles begonnen hatte.

Weshalb sie das taten, konnte er in diesem Moment nur vermuten.

FLAMMENHÖLLE

Andresen blinzelte und versuchte erfolglos, durch das schmutzige Fenster Einzelheiten aus dem Inneren der Waldhütte zu erkennen. Die einsetzende Dunkelheit tat ihr Übriges.

Seit knapp fünf Minuten hielten Kregel und er sich hinter einigen hochgewachsenen Sträuchern in etwa fünfzig Metern Entfernung zu der Hütte versteckt, vor der das Paar den roten Ford geparkt hatte.

»Warte hier«, sagte Andresen leise zu Kregel. »Ich will kurz mit ihm allein reden.« Er schob einige Äste beiseite und ging die letzten Meter in gebückter Haltung bis zu dem Baum, hinter dem Simon Winter kauerte.

»Danke«, sagte Andresen, als er langsam neben Winter in die Hocke ging.

»Sie müssen sich nicht bedanken. Ich habe Sie angerufen, weil ich wollte, dass Sie informiert sind. Nicht mehr und nicht weniger.«

»Trotzdem, das war nicht selbstverständlich.« Andresen nickte wohlwollend. Dann streckte er Winter die rechte Hand hin. »Ich bin Birger.«

»Simon.« Winter verzog müde seinen Mund. »Ich fühle mich geehrt.«

»Was hast du gesehen?«, fragte Andresen, ohne auf Winters Kommentar einzugehen.

»Nachdem sie über den Waldweg hierhergefahren waren und den Wagen abgestellt hatten, wurde Ida-Marie herausgezerrt und ziemlich unsanft in diese Hütte dort drüben geschleppt. Unter normalen Umständen wäre ich längst dazwischengegangen, aber bei Ida-Marie …« Winter brach ab.

»Muss tatsächlich erst eine Frau daherkommen, damit du ein normaler Mensch wirst? Und dann auch noch ausgerechnet Ida-Marie.«

»Kannst du mal sehen, dass ich dir auch da einen Schritt voraus bin«, sagte Winter unbeeindruckt. »Lass uns jetzt mit der Quatscherei aufhören und nachdenken, wie wir Ida-Marie unbeschadet da herausholen.«

»Hast du schon eine Idee?«

»Was für eine Frage«, antwortete Winter kopfschüttelnd. »Entscheidend ist, dass wir uns nicht zu erkennen geben. Die sollen sich so lange wie möglich in Sicherheit wiegen. Ich hatte den Eindruck, dass sie für einige Tage hier unterzutauchen planen. Jedenfalls hat der Mann vorhin einen Koffer ins Haus getragen.«

»Möglich«, sagte Andresen. »Das hier ist ein gutes Versteck. Vielleicht suchen sie hier kurz Unterschlupf, bevor sie ganz aus Lübeck verschwinden wollen. Die Kollegen werden in Kürze herausfinden, wo genau sich ihr Haus auf dem Priwall befindet, der Abgleich ihres Kennzeichens läuft. Leider befürchten wir, dass die beiden noch zwei weitere Frauen gefangen gehalten haben. Wahrscheinlich in dem Haus.«

»Du musst in jedem Fall verhindern, dass hier Streifenwagen oder andere Polizeieinheiten auftauchen«, drängte Winter. »Sag Kregel bitte, dass er die Füße stillhalten soll. Diese beiden dürfen nicht den geringsten Verdacht schöpfen, wenn ich da gleich reingehe.«

»Wenn du was?«

»Ich werde mit Sicherheit nicht tatenlos zusehen, wie sie mit Ida-Marie das Gleiche anstellen wie mit den anderen Frauen.« Winter war entschlossen.

»Fängst du schon wieder mit diesem Irrsinn an«, entgegnete Andresen lauter als beabsichtigt. »Ich werde nicht zulassen, dass du Ida-Maries Leben mit einem deiner Alleingänge gefährdest.«

»Dann sag mir doch mal, was du getan hast, um sie zu beschützen, als du sie allein ins Gespräch mit dieser Verrückten geschickt hast? Erzähl mir bitte nichts über Alleingänge, Birger Andresen. Ich habe dich nicht angerufen, damit du mir jetzt vorschreibst, wie wir Ida-Marie da herausholen. Das hier ist eine Sache, um die ich mich persönlich kümmern muss. Ich würde mich allerdings freuen, wenn du mir hilfst.«

»Angenommen, ich lasse es zu«, sagte Andresen nach einigen Sekunden des Schweigens, »dann will ich dabei sein. Glaub nicht, dass du dein eigenes Ding hier durchziehen kannst. Wenn, dann nur zusammen.«

»Ich befürchte, dass wir zu zweit sofort auffliegen«, sagte Winter. »Aber meinetwegen können wir es so versuchen. Meine Idee ist ganz simpel. Wir klopfen an die Tür, erzählen ihnen eine Geschichte, wer wir angeblich sind, und verwickeln sie in ein Gespräch. Dann müssen wir nur noch den richtigen Moment abpassen, in dem wir zuschlagen.«

»Siehst du das?«, fragte Andresen plötzlich nervös. »Jemand verlässt die Hütte.« Er zögerte, während er den untersetzten Mann beobachtete, der sich dem roten Ford näherte. »Ich gebe jetzt Kregel Bescheid«, sagte er. »Der Zugriff muss jetzt erfolgen.«

»Auf gar keinen Fall«, entgegnete Winter scharf. »Die hauen nicht ab. Der Mann holt nur irgendetwas aus dem Kofferraum.«

»Was soll das sein?«

»Ach du Scheiße«, murmelte Winter plötzlich. »Er hält einen Benzinkanister in der Hand.«

»Verdammt«, entfuhr es Andresen. »Immer noch davon überzeugt, das hier auf eigene Faust regeln zu können?« Ohne auf eine Antwort zu warten, erhob er sich aus der Hocke und baute sich vor Winter auf. Dann wandte er sich ab und ging in gebückter Haltung zurück in Richtung Kregel, der aufgeregt in sein Telefon sprach.

»Na endlich«, raunte Kregel Andresen zu, als er ihn sah. »Ich habe ein MEK organisiert, es ist in zehn Minuten hier.«

»Ich kann nur hoffen, dass uns überhaupt noch so viel Zeit bleibt, bevor hier alles abfackelt«, sagte Andresen mit finsterer Miene. »Hast du gesehen, was der Mann aus dem Kofferraum geholt hat?«

Während Kregel noch nickte, erkannte Andresen aus dem Augenwinkel, dass Winter hinter dem Baum hervorgetreten war und langsam, aber entschiedenen Schrittes in Richtung der kleinen Hütte ging. Er steuerte geradewegs auf den Mann zu, der soeben die Tür zur Hütte öffnete.

Der Mann fuhr herum und erstarrte. Im nächsten Moment fiel ihm der Kanister aus der Hand und knallte auf die Holzbohlen vor der Hütte.

Winter war nur noch wenige Meter von dem Mann entfernt. Auch er blieb jetzt stehen und fixierte sein Gegenüber.

»Verdammt, es war doch klar, dass wir dem Kerl nicht trauen können«, sagte Kregel aufgebracht. »Nach allem, was Winter schon gebracht hat, hätten wir nicht zulassen dürfen, dass er sich hier einmischt.«

»Falls du es vergessen hast: Nur dank ihm wissen wir überhaupt, wohin sie Ida-Marie verschleppt haben«, sagte Andresen. »Ich kenne Winter, wir hätten ihn niemals stoppen können. Wenn er sich in den Kopf gesetzt hat, Ida-Marie da herauszuholen, wird er das auch durchziehen.«

»Was soll das heißen? Willst du etwa tatenlos mit ansehen, wie wir Ida-Maries Leben riskieren?«

»Ich befürchte, wir werden nicht verhindern können, dass er es auf seine Weise versucht.«

»Siehst du das?«, platzte Kregel plötzlich heraus.

Andresen erkannte, dass Winter dem Mann, der den Benzinkanister mittlerweile wieder aufgehoben hatte, ins Innere der Hütte folgte.

»Ich schaue mir das nicht länger an«, sagte Kregel. »Das ist mein letzter Fall für die Lübecker Kripo. Und ich will nicht, dass meinetwegen eine Kollegin stirbt.«

»Lass ihn.« Andresen versuchte, Kregel zu beruhigen. »Solange das MEK nicht hier ist, können wir ohnehin nichts machen. Oder willst du in dieser Situation etwa eingreifen? Hoffen wir einfach, dass Winter die Sache im Griff hat.«

»Wie kannst du ruhig bleiben?« Kregel war wütend. »Warst du nicht immer derjenige, der über Winters Alleingänge geschimpft hat?«

»Ich allein trage die Schuld daran, dass Ida-Marie sich in dieser beschissenen Situation befindet«, antwortete Andresen. »Ich hätte niemals zulassen dürfen, dass wir keinen Sichtkontakt haben, wenn sie sich mit dieser Frau trifft. Winter hat uns geholfen, nicht zum ersten Mal. Ich glaube nicht, dass sein Alleingang richtig ist, aber mir fehlen in dieser Sache einfach die Argumente.«

»Die Argumente? Was redest du denn da? Wir müssen diesen

Einsatz leiten und für Ida-Maries Sicherheit sorgen. Bestimmt nicht Winter.«

»Und wenn wir aktuell gar nicht in der Lage sind, ihn zu leiten?«, fragte Andresen leise. Er wusste, dass Kregel recht hatte, andererseits würde er Winter aus dieser Angelegenheit nicht mehr heraushalten können.

»Was passiert da gerade?«, fragte Kregel plötzlich. »Die Tür geht wieder auf.«

»Das ist Ida-Marie. Sie lassen sie gehen.«

»Das gibt's doch nicht. Wie hat Winter das geschafft?«

»Indem er sich selbst eingetauscht hat«, antwortete Andresen nachdenklich. »Sie scheint ihm wirklich wichtig zu sein. Ich glaube, das ist das erste Mal, dass Winter etwas nicht für sich selbst und sein Ego getan hat.«

Kregel stand auf und trat hinter den Sträuchern hervor. Dann pfiff er, so laut er konnte, auf seinen Fingern und ruderte mit den Armen. Ida-Marie sah sich verunsichert um, während sie langsam in ihre Richtung kam.

Als sie nur noch wenige Meter entfernt war, erkannte Andresen die Tränen, die an ihren Wangen hinunterrannen. Er ging ihr entgegen und nahm sie in den Arm. Für einen kurzen Moment hatte er befürchtet, sie würde ihn vor lauter Wut wegstoßen. Doch das Gegenteil war der Fall, sie vergrub ihr Gesicht in seiner Jacke und ließ ihren Tränen freien Lauf.

»Bist du in Ordnung?«, fragte er, nachdem sie sich wieder etwas beruhigt hatte.

»Schon okay.«

»Haben Sie –«

»Nein, haben sie nicht«, fiel sie Andresen ins Wort. »Sie haben mir Handschellen angelegt, das war alles. Trotzdem weiß ich jetzt, dass das keine Menschen, sondern Monster sind.«

»Wie meinst du das?«

»Sie haben mir erzählt, was sie mit den anderen Frauen gemacht haben, und mir das Gleiche angedroht.«

»Willst du darüber reden?«

»Nicht jetzt, wir müssen versuchen, Simon da rauszuholen.«

»Weißt du, was sie vorhaben?«

»Sie werden versuchen, die Hütte in Brand zu stecken, um alles zu vernichten.«

»Alles?«

»Du kannst es dir nicht vorstellen«, antwortete Ida-Marie. Wieder schossen ihr Tränen in die Augen. »Es war einfach nur grausam und widerlich.«

»Glaubst du, sie wollen anschließend abhauen?«

Ida-Marie nickte und wischte sich die Tränen weg.

»Vorne an der Straße stehen Dutzende Einsatzwagen, außerdem ist ein MEK auf dem Weg hierher. Sie werden es niemals schaffen, aus diesem Waldstück zu entkommen.«

»Ich habe das Gefühl, die beiden fühlen sich unbesiegbar«, sagte Ida-Marie. »Ihnen ist zwar klar, wie nahe wir ihnen gekommen sind, aber es scheint sie nicht wirklich zu interessieren. Sie fühlen sich wie in einer anderen Welt, in der sie sich alles nehmen können, was sie wollen. In der sie unantastbar sind.«

»Ich habe genug gehört«, sagte Kregel aus dem Hintergrund. »Wir stürmen die Hütte, sobald das MEK da ist.«

»Auf gar keinen Fall«, entgegnete Ida-Marie entschieden. »Wenn die merken, was los ist, werden sie Simon sofort töten.«

»Sind sie bewaffnet?«

»Keine Schusswaffen, glaube ich. Aber in der Hütte gibt es genügend Werkzeuge, mit denen sie Menschen quälen und zu Tode foltern können.«

»Was sollen wir denn deiner Meinung nach tun?«, drängte Kregel. »Haben die beiden etwas über Larissa und Kira gesagt?«

Ida-Marie sagte nichts, zuckte nur mit den Schultern.

»Okay, wir können hier nicht völlig tatenlos warten«, sagte Andresen schließlich. »Du bleibst hier. Ben und ich nähern uns der Hütte. Wir müssen wissen, was da drinnen vor sich geht. Dann erst entscheiden wir, ob das MEK die Hütte stürmt oder nicht.«

Kregel zückte sein Handy erneut und gab nach wenigen Sekunden jemandem Anweisungen, das MEK in Stellung zu bringen.

»Fühlst du dich in der Lage, die Einsatzleitung zu übernehmen, solange ich mit Birger die Hütte ins Visier nehme?«, fragte Kregel in Richtung Ida-Marie, nachdem er aufgelegt hatte.

Sie blickte ihn überrascht an, nickte dann jedoch.

»Sprich dich mit dem Leiter des MEK ab, sie müssten gleich da sein.« Kregel hielt ihr sein Handy hin. »Solange wir kein Zeichen geben, sollen sie sich zurückhalten.«

»Was ist mit Zeichner?«, fragte Andresen. »Weiß er Bescheid, was hier passiert?«

»Nicht, dass ich wüsste«, sagte Kregel knapp. »Und es wäre auch besser, wenn er nicht dazwischenfunkt.«

»In Ordnung, gehen wir also«, sagte Andresen.

Die beiden blickten sich einige Sekunden lang tief in die Augen. Dann gingen sie wieder in die Hocke und bewegten sich auf allen vieren über die kleine Lichtung, bis sie die Hütte nach knapp fünfzig Metern erreicht hatten. Andresen spürte einen stechenden Schmerz in seinen Oberschenkeln, als er sich wieder aufrichtete.

»Alles okay?«, flüsterte Kregel.

»Man wird leider nicht jünger«, schnaufte Andresen.

»Glaubst du, sie haben uns gesehen?«

»Ich bin mir sicher, sie wissen ohnehin, dass wir hier sind. Und um ehrlich zu sein, ist es genau das, was mich nervös macht.«

Kregel bewegte sich langsam entlang der Hütte, bis er einen Blick durch das Fenster werfen konnte.

»Kannst du etwas erkennen?«, fragte Andresen.

»Ich sehe tatsächlich Winter. Er sitzt auf einem Stuhl in der Mitte des Raums.«

»Trägt er Handschellen, oder ist er gefesselt?«

»Soweit ich das erkennen kann, nicht«, antwortete Kregel. »Er sitzt ziemlich reglos da und blickt in Richtung Tür.«

»Riechst du das eigentlich auch?«, fragte Andresen plötzlich. »Das ist doch Benzingeruch, oder nicht?«

»Verdammt, die machen Ernst.« Kregel wurde panisch. »Die fackeln die Hütte tatsächlich ab.«

Andresen trat neben Kregel, sodass auch er einen Blick ins Innere der Hütte werfen konnte.

»Winter hat mich gesehen«, zischte Kregel im nächsten Moment. »Wir hatten gerade Augenkontakt.«

»Wir müssen ihn da rausholen«, sagte Andresen leise. »So schnell wie möglich.«

Kregel wog den Kopf hin und her. »Es gibt keinen anderen Weg in die Hütte als durch diese Tür. Wir müssen auf die Scharfschützen des MEK warten. Aber selbst dann wird es schwer, da sich unsere Zielpersonen offenbar so gut versteckt halten, dass wir sie nicht sehen können.«

»Ich glaube, Winter versucht uns ein Zeichen zu geben.« Andresen winkte Kregel heran.

»Wie bitte?«

»Sieh selbst, er blinzelt mit den Augen. Und sein rechter Daumen zuckt.«

»Was will er uns denn damit sagen?«

»Wir sollen verschwinden«, antwortete Andresen nachdenklich.

»Woran erkennst du das?«

»Der Blick.« Andresen nickte in Richtung Winter und trat anschließend einige Schritte von der Fensterscheibe weg. »Ich kenne ihn gut genug.«

»Und was hat er vor?«, fragte Kregel ungeduldig.

»Er will es komplett auf seine Weise regeln. Ich ahne, was er beabsichtigt. Ich schätze, er hat ein Feuerzeug in seiner Hosentasche. Deshalb hat er so mit dem Daumen gezuckt. Er will die Hütte selbst in Brand stecken. Deshalb gibt uns Winter ein Zeichen, dass wir verschwinden sollen. Er warnt uns, weil hier gleich alles in die Luft fliegt. Vielleicht irre ich mich, aber ich befürchte, dass das genau sein Plan ist. Ich hoffe, er weiß, was er tut, und bringt sich selbst rechtzeitig in Sicherheit.«

»Wir können das nicht zulassen.« Kregel brüllte jetzt beinahe.

»Ich befürchte, wir haben keine andere Wahl. Und jetzt lass uns abhauen.« Andresen warf einen letzten Blick über seine Schulter durch die dreckige Fensterscheibe. Er erkannte, dass Winter unauffällig an seiner Hosentasche nestelte.

»Weg hier!«, schrie Andresen.

Es vergingen einige Sekunden totaler Stille, dann setzte ein leises Rauschen ein, das sofort in ein Zischen überging. Gefolgt von einer Stichflamme, die innerhalb weniger Augenblicke die gesamte Hütte erfasste.

Andresen und Kregel warfen sich zehn Meter von der Hütte entfernt auf den harten Waldboden. In Erwartung einer Explosion, die jedoch ausblieb.

Plötzlich hörte Andresen Ida-Maries verzweifelte Schreie. Aus dem Augenwinkel erkannte er, dass sie ihnen entgegengerannt kam. »Verdammt, was ist mit Simon?«, rief sie. »Ist er etwa noch da drin?«

»Er selbst hat das Feuer gezündet«, keuchte Andresen, während er mühsam wieder aufstand. Im nächsten Moment fuhr er herum, als er ein knarzendes Geräusch hörte.

Die Tür der Hütte öffnete sich. Flammen schlugen ihnen entgegen. Andresen und Kregel hielten sich die Hände vor die Augen, geblendet von der gleißenden Helligkeit des Feuers. Etwas entfernt, aber gut hörbar erklang die verzweifelte Stimme von Ida-Marie.

Andresen versuchte, etwas zu erkennen. Die schattenartigen Umrisse einer männlichen Person erschienen vor der Flammenhölle. Unter lauten Schmerzensschreien schleppte sie sich aus der Hütte. In der Dunkelheit, die mittlerweile hereingebrochen war, wirkte die Szenerie umso gespenstischer.

Lichterloh stand der Mann in Flammen. Dann brach er vor ihren Augen zusammen. Andresen starrte auf die Gestalt, bis er sich endgültig sicher war, dass es sich nicht um Winter handelte. Dann wandte er seinen Blick ab. Diesem Mann war nicht mehr zu helfen, wahrscheinlich wollte er es auch gar nicht.

Erst jetzt bemerkte er, dass Kregel bereits aufgeregt in sein Handy sprach und seinen Kollegen klarzumachen versuchte, was passiert war.

»Los, komm«, rief Andresen Ida-Marie zu. »Vielleicht können wir Simon noch helfen.« Vorsichtig näherten sie sich der brennenden Hütte, die mittlerweile vollständig in Flammen stand. Immer wieder schrien die beiden Winters Namen.

Je dichter sie an die Hütte herankamen, desto größer wurde die Hitze, die ihnen entgegenschlug. Und desto nervöser wurde

Andresen. Das Pochen in seiner Brust war mit einem Mal wieder da. Das Gefühl, dass der heutige Tag womöglich nicht gut ausgehen würde, war zum ersten Mal über ihn hereingebrochen, als er die Kinder bei Jörg besucht hatte. Als ihm bewusst geworden war, dass er Emilie und Marlene vielleicht für immer verlieren würde.

Andresen atmete tief durch, dann ging er, ohne auf den brennenden Körper des Mannes zu blicken, an der Tür der Hütte vorbei und trat in die Nähe des Fensters, durch das er vor wenigen Minuten Simon beobachtet hatte.

Noch hatte das Feuer die Scheiben nicht zum Bersten gebracht, aber lange würde es wahrscheinlich nicht mehr dauern. Er versuchte etwas zu erkennen, doch außer den Flammen und Rauch war kaum etwas zu sehen. Der Stuhl, auf dem Winter vorhin gesessen hatte, war bereits verkohlt. Doch von Winter selbst weit und breit keine Spur. Genauso wenig wie von der Frau, die sich Anne nannte.

»Ich kann Simon nicht sehen«, sagte er. »Bist du dir sicher, dass keine weitere Tür nach draußen führt?«

»Da war keine andere Tür«, antwortete Ida-Marie mit tränenerstickter Stimme. »Simon muss noch da drinnen sein. Wir müssen es schaffen, ihn rauszuholen.«

»Es würde schon genügen, wenn ihr mir einfach dabei helft, hier herunterzukommen.«

Unvermittelt richteten Andresen und Ida-Marie ihre Blicke auf das flach verlaufende Satteldach der Hütte.

Simon Winter stand in etwas mehr als drei Metern Höhe am äußersten Rand des Dachs und machte Anstalten, jeden Moment hinunterzuspringen. Seine Kleidung sowie Gesicht und Haare waren schwarz vor Ruß und Staub.

»Was guckt ihr denn so?«, fragte Winter ungeduldig. »Jetzt macht schon.« Er setzte sich auf den Dachvorsprung und ließ seine Beine hinabhängen. »Hier oben wird es immer heißer. Und ich habe mir in diesem verfluchten Kamin schon den Hintern angesengt.«

Andresen erkannte aus den Augenwinkeln, dass an Ida-Maries Wangen noch immer Tränen hinunterrannen. Doch zweifellos waren es in diesem Moment Tränen der Freude, dass Winter noch am Leben war.

Er zögerte nicht und trat noch einen Schritt näher an die Hütte heran, um nach Winters Beinen zu greifen. Es vergingen einige Sekunden, in denen sich die beiden regungslos in die Augen blickten. Dann sprang Winter und landete unsanft auf Andresen.

Im selben Moment zersplitterte unter dem Druck der Feuersbrunst im Innern der Hütte die Fensterscheibe, vor der Ida-Marie noch immer stand.

DAS HORRORHAUS

Die Ärzte hatten mehr als eine halbe Stunde lang auf Andresen eingeredet, dass er in diesen schwierigen Stunden nichts für Ida-Marie tun könne, ehe er schließlich nachgegeben und sie und Winter im Uniklinikum zurückgelassen hatte.

Wie schwer ihre Verletzungen im Gesicht und am Oberkörper tatsächlich waren, ließ sich offenbar erst in einigen Tagen diagnostizieren. Wahrscheinlich würden Wochen vergehen, bis die Ärzte über den Heilungsgrad eine verbindliche Aussage machen konnten.

Als Andresen bereits wieder auf dem Weg nach Travemünde war, rief Winter ihn an und verkündete doch noch die positive Nachricht der behandelnden Ärzte, auf die er so sehr gehofft hatte. Ida-Marie schien Glück im Unglück gehabt zu haben. Die Verbrennungen und Verletzungen durch die umherfliegenden Splitter waren offenbar nur oberflächlich, sodass mit einer vollständigen Genesung zu rechnen war.

Es war bereits nach elf, als Andresen mit seinem Volvo auf die kleine Autofähre rollte, die auf den Priwall übersetzte. Längst war über der Lübecker Bucht die Nacht hereingebrochen. Auch der Nebel war zurückgekehrt. Er hing so dicht über der Küste, dass Andresen von dem herannahenden Schiff, das soeben am Skandinavienkai abgelegt hatte, nur ein paar schummrige Lichter erkennen konnte.

Während er neben seinem Auto stand und die noch immer eiskalte Märzluft einatmete, liefen die Bilder der vergangenen Stunden wie in einem Zeitraffer vor seinem inneren Auge ab. Das Treffen zwischen Ida-Marie und der unbekannten Frau lag gefühlt schon sehr lange zurück. Es kam ihm surreal vor, dass noch nicht einmal sechs Stunden vergangen waren, seitdem Winter ihn angerufen und ihm gesagt hatte, dass er die Verfolgung des roten Fords aufgenommen habe.

Die Frau, die sich Anne genannt hatte, war tot. Genau wie ihr Mann. Beide waren den Verletzungen, die sie beim Brand in der Waldhütte erlitten hatten, erlegen. Höchstwahrscheinlich hatten sie sich spontan zur Flucht entschlossen, nachdem der Verlauf des Treffens mit Ida-Marie sie argwöhnisch gemacht hatte. Simon Winter hatte dies schließlich verhindert, als er mit seinem Feuerzeug das Benzin entzündet hatte, das der Mann zuvor in der Hütte vergossen hatte. Winter war es gelungen, sich in letzter Sekunde durch den kleinen Kamin aufs Dach zu retten.

Während sie selbst draußen vor der Hütte auf die rettende Idee gewartet hatten, war es Winter in der Kürze der Zeit gelungen, eine Lösung für seine missliche Lage zu finden. So, wie es ihm immer gelang. Auf seine eigenwillige Art und Weise.

Die Zeiten, in denen er Winter als Risiko, als Gegenspieler oder gar als Feind betrachtet hatte, waren endgültig vorbei. Heute war Andresen ein für alle Mal klar geworden, dass Simon Winter mutiger war als er selbst und als jeder andere Kriminalpolizist, den er kannte.

Doch da war noch etwas anderes, das ihn nicht mehr losließ. Er musste an den Moment zurückdenken, als er auf dem Krankenhausflur gemeinsam mit Winter auf die Ärzte gewartet hatte.

Nachdem sie im Tausch gegen Winter die Hütte verlassen hatte, war Ida-Marie nicht in der Lage gewesen, zu beschreiben, was genau sie in der Waldhütte gesehen hatte. Sie hatte allerdings nicht verbergen können, dass ihr Eindruck einschneidend gewesen war. Andresen hatte daher bei Winter nachgefragt.

Was Winter ihm in dem Augenblick, als sie beide um Ida-Maries Leben fürchteten, erzählt hatte, war kaum zu ertragen gewesen. In der Hütte hatten laut Winter Dutzende Fotos von den Opfern des Paars an den Wänden gehangen. Fotos, die die jungen Frauen zu unterschiedlichen Zeiten zeigten. Auch nachdem sie bereits nicht mehr am Leben waren.

Was den Anblick der Bilder offenbar besonders schockierend gemacht hatte, war das Ausmaß ihrer Verbrechen. War Andresen bislang von bis zu fünf Opfern ausgegangen, hatte Winter von geschätzt acht verschiedenen Frauen gesprochen, die auf den Fotos zu sehen gewesen waren. Mit Verletzungen, die selbst Winter so sehr verstört hatten, dass er sie nicht näher beschreiben wollte.

Obwohl Andresen noch immer nicht die Namen des Paars erfahren hatte, das offenbar für all diese abscheulichen Todesfälle verantwortlich war, kannten sie mittlerweile die Adresse des Hauses, in dem sie gelebt und ihre Opfer zu Tode misshandelt hatten.

Nachdem Winter ihnen das Kennzeichen des roten Fords durchgegeben hatte, hatte es nicht lange gedauert, bis die Kollegen die Adresse des Fahrzeughalters in der Mecklenburger Landstraße auf dem Priwall lokalisiert hatten. Noch bevor sie den Einsatz am Schellbruch abgeschlossen hatten, waren Streifenwagen zu der Adresse auf dem Priwall gefahren.

Nach dem zu urteilen, was sie im Schellbruch erlebt hatten, war klar gewesen, dass sie das Haus nicht einfach stürmen konnten. Die Wahrscheinlichkeit, dass Sprengstoff explodierte oder andere Fallen aktiviert wurden, sobald sie das Haus betraten, lag zumindest im Bereich des Möglichen. Dazu kam, dass es nicht unwahrscheinlich war, dass Kira Nowak und Larissa Thom noch immer in dem Haus gefangen gehalten wurden.

Nachdem er die Fähre verlassen hatte, suchte sich Andresen wenige hundert Meter weiter einen Parkplatz in der Nähe des Gebäudes, das in den Nachrichten und Onlinezeitungen seit dem frühen Abend nur noch als das »Horrorhaus« bezeichnet wurde. Die gesamte Straße vor dem Haus war mit Einsatzfahrzeugen der Polizei und einigen Krankenwagen zugeparkt. Als er sich dem Haus näherte, vergaß Andresen für einige Momente, wie spät am Abend es bereits war. Die Scheinwerfer, die die Kollegen aufgestellt hatten, leuchteten so stark, dass alles um ihn herum taghell erschien.

Andresen scannte die Menschen vor dem Haus. Er erkannte Kregel und einige seiner Leute. Genau wie Seelhoff und die Techniker. Außerdem mehrere Sprengstoffexperten vom LKA, mit denen sie gelegentlich zusammenarbeiteten. Und unzählige Zeitungsjournalisten, die von der Sache Wind bekommen haben mussten. Für einen kurzen Augenblick empfand er Freude darüber, den fremdenfeindlich motivierten Leuten keinen weiteren Rückenwind geben zu müssen. Dass die Täter offenbar unauffällig lebende Deutsche gewesen waren, würde der Polizei zumindest keinen weiteren Ärger durch Leute wie Silke Klawitter einhandeln.

Nachdem er eine Weile abgewartet und seine Gedanken geordnet hatte, ging Andresen schließlich auf Kregel zu, der lautstark und gestikulierend Anweisungen gab.

Kregels letzter Fall in Lübeck. Es war seinem Kollegen tatsächlich in den vergangenen Tagen gelungen, sich an den eigenen Haaren aus dem Sumpf von Enttäuschung und Frustration herauszuziehen und die Ermittlungen professionell zu Ende zu bringen. So wie er Kregel heute erlebt hatte, hätte er ihn sich schon früher gewünscht. Klar und entschieden, ohne das Zaudern der letzten Monate.

»Wann können wir rein?«

»Jeder Top-Terrorist auf dieser Welt hätte seine wahre Freude an diesem Haus«, antwortete Kregel trocken. »Wir haben bereits zwei Sprengfallen entschärft. Jetzt gerade versuchen die Kollegen, die Selbstschussanlage zu deaktivieren. Keine Ahnung, was uns noch erwartet, wenn wir erst mal drin sind. Wir können jedenfalls von Glück reden, dass die Streifen, die zuerst hier gewesen sind, so umsichtig waren, erst einmal die Lage zu checken, anstatt sofort das Haus zu stürmen.«

»Gibt es irgendwelche Hinweise auf Personen im Haus?«, fragte Andresen. Er hatte die Hoffnung, Kira Nowak und Larissa Thom lebend zu finden, noch nicht aufgegeben.

»Bislang nicht«, antwortete Kregel verhalten. »Es dringt kein Ton nach draußen.«

»Fertig, wir können die Tür jetzt öffnen«, rief plötzlich einer der Sprengstoffexperten des LKA.

»Danke«, gab Kregel zurück. Mit einem raschen Kopfnicken wandte er sich von Andresen ab und begann, den Männern des MEK, die etwas abseits in Stellung gegangen waren, Anweisungen zu geben.

»Alle anderen zurücktreten.«

Sekunden später rammten die Einsatzkräfte die Haustür auf. Andresen wartete, bis die Beamten den Bereich hinter der Tür gesichert hatten. Dann folgte er Kregel ins Innere des Hauses. Aus dem Augenwinkel erkannte er neben dem Klingelknopf den Nachnamen der Bewohner. Doch etwas in ihm weigerte sich beharrlich, sich den Namen zu merken.

Andresen hatte keine Vorstellung dessen gehabt, was ihn erwarten würde. Vielleicht hatte er auch verdrängt, was er im Grunde befürchtet hatte. Je tiefer sie allerdings in das Haus vordrangen, desto düsterer wurde das Bild, das er sich von diesem Paar und seinen Taten machte. Was er sah, war so unvorstellbar grauenhaft, dass es ihm schwerfiel, den Blick nicht einfach abzuwenden und das Haus sofort wieder zu verlassen.

In jedem Raum im Erdgeschoss herrschte nicht nur ein heilloses Chaos, dass er kaum einen Fuß vor den anderen setzen konnte, schlimmer war der Dreck, der sich überall auf dem Boden verteilte. Und die zum Teil bereits verschimmelten Lebensmittelreste, genau wie das Ungeziefer. Überall Fliegen, Schaben, Asseln und Silberfische. Und zwei tote Mäuse, die er in einer Ecke des Flurs entdeckt hatte.

Im Laufe seiner Zeit bei der Kripo hatte Andresen schon so manch heruntergekommene Wohnung gesehen, doch ein solcher Zustand der Verwahrlosung war auch für ihn neu. Er versuchte erst gar nicht, sich vorzustellen, dass hier über viele Jahre Menschen gelebt hatten.

Obwohl ihm der erste Eindruck eigentlich bereits reichte, offenbarte sich das eigentlich Schlimme, Grausame und Unmenschliche erst auf den zweiten Blick. In einer Ecke der kleinen Küche, in der ein bestialischer Gestank nach Müll und Verwesung herrschte, lag eine Metallkette, die an einem Heizungsrohr befestigt war. Am losen Ende der Kette erkannte er zwei blutverschmierte Fußfesseln. Auch auf den Fliesen waren Blutspuren zu sehen.

Andresen schluckte schwer. Er ahnte, was hier vorgefallen war, und doch hatte er Probleme, sich auch nur ansatzweise vorzustellen, welche Qualen die Opfer hatten erleiden müssen.

Sein Blick kreiste weiter durch den Raum. Am Küchentisch standen zwei alte Stühle und eine seltsame Konstruktion, die aus einem Rollstuhl gefertigt zu sein schien. Die Person, für die dieser Sitz präpariert worden war, hatte beide Hände durch eine Schlaufe stecken müssen, sodass sie gefesselt am Tisch saß.

Andresen verließ die Küche, ging zurück auf den Flur und von dort direkt in das Wohnzimmer. Auch hier herrschte ein Ausmaß an Unordnung, das Andresen fassungslos machte. Unordnung war im Grunde das falsche Wort, Zerstörung traf es besser. Es gab nämlich kaum einen Gegenstand im Raum, der nicht in Mitleidenschaft gezogen war, weil er umgestoßen oder zerschlagen worden war.

Ein abgetrenntes Stuhlbein, das auf dem niedrigen Eichentisch lag, eine Ledercouch, in der ein großes Brandloch klaffte, ein alter Röhrenfernseher, dessen Scheibe zersplittert war, Lampen, die aus ihren Verankerungen herausgerissen waren, halb herunterhängende Tapeten und überall auf dem grauen Linoleumboden Müll und Unrat.

Andresen verzog angewidert sein Gesicht. Vielleicht würde er in den nächsten Tagen noch einmal zurückkehren, um zu verstehen, was hier vorgefallen war, doch für heute Abend reichte es ihm endgültig.

Als er an der Treppe vorbeikam, die in das obere Stockwerk führte, hörte er Kregel, der nach ihm rief.

»Komm mal hoch, Birger. Das musst du sehen.«

Er folgte Kregels Stimme höchst widerwillig.

Auf dem oberen Flurabschnitt angekommen, fiel ihm sofort auf, dass es hier aufgeräumter und weit weniger dreckig als unten war. Langsam ging er hinter Kregel her und betrat schließlich einen Raum, bei dem es sich um das Schlafzimmer des Paars handeln musste. Der Reflex, die Augen sofort zu verschließen, war groß. Dennoch ließ er seinen Blick einige Sekunden lang durch das Zimmer schweifen.

Es war die reinste Folterkammer. Überall lagen Werkzeuge herum, über deren Einsatzmöglichkeiten Andresen gar nicht weiter nachdenken wollte. Ohne viel Phantasie war ihm sofort klar, dass die sexuellen Vorlieben dieser Menschen nicht nur speziell, sondern auch brutal gewesen sein mussten. War das also der Grund gewesen, weshalb das Paar Kontakt zu jungen Frauen über das Internet gesucht hatte? In dem Glauben, einen Job als

Haushaltshilfe anzunehmen, hatten sie sich herlocken lassen. Das Paar tat so, als gebe man ihnen nach einem verkorksten Leben eine neue Chance. Und hielt sie schließlich wie Gefangene, an Ketten gelegt, erniedrigt, sexuell missbraucht und so brutal misshandelt, dass sie nach ein paar Wochen oder Monaten entkräftet ihren Qualen erlegen waren.

Wenn dieses Paar tatsächlich auch die toten Frauen aus dem Schellbruch und vom Priwall auf dem Gewissen hatte, war es ihnen gelungen, über ein Jahrzehnt ihre unvorstellbar kranken Phantasien und perversen Praktiken auszuüben, ohne dass jemand auch nur etwas geahnt hatte. Hier mitten auf dem Priwall, eingerahmt von anderen Einfamilienhäusern. Opfer, die niemand vermisst hatte, weil sie zurückgezogen am Rand der Gesellschaft gelebt hatten. Gezielt ausgesucht und mit einem vertrauenerweckenden und gleichzeitig dominanten Auftreten geködert.

Andresen wandte sich ab und verließ das Schlafzimmer. Er versuchte gleich, die Bilder zu verdrängen, sodass sie sich erst gar nicht in seinen Erinnerungen abspeicherten.

Er wusste, dass es niemals ganz funktionieren würde. Das, was er erlebte und sah, beeinflusste ihn, ob er es wollte oder nicht. Er war das sich ständig weiterentwickelnde Produkt seiner Lebenserfahrungen. Aber immerhin hatte er im Laufe der Jahre Methoden gefunden, gewisse Dinge, die ihn zu sehr belasteten, auszuschalten oder zumindest nicht zu nahe an sich herankommen zu lassen. Andresen konnte nur hoffen, dass ihn die Bilder dieses Horrors nicht allzu lange verfolgen würden.

Er zuckte zusammen, als er plötzlich aufgeregte Stimmen von unten hörte. Gefolgt von schnellen Schritten.

»Was ist da los?«, rief Kregel laut.

»Irgendetwas im Keller«, schrie ein Kollege zurück. Dann wurden auch die anderen Stimmen von unten so laut, dass Andresen nichts mehr verstehen konnte.

Die beiden liefen die Treppe hinunter und drängten sich an mehreren Beamten und Einsatzkräften des MEK vorbei, bis sie schließlich vor der verschlossenen Kellertür, die unweit der Haustür vom Flur abzweigte, stehen blieben.

»Was ist passiert?«, fragte Kregel den leitenden MEK-Mann.

»Einer meiner Leute hat ein Geräusch von unten gehört. Er ist sich sicher, dass es sich um eine Frauenstimme gehandelt hat.«

»Und weshalb geht ihr dann nicht runter?«

»Es muss erst sichergestellt werden, dass die Tür nicht manipuliert wurde.«

»Wie lange wird das dauern?«

»So lange, bis wir das Okay geben.« Aus dem Hintergrund trat erneut der LKA-Beamte hervor, der zuvor schon den Sprengstoff und die Selbstschussanlage an der Haustür entschärft hatte.

Andresen und Kregel gingen zur Seite. »Ich möchte meinen letzten Fall in Lübeck gerne mit einem halbwegs positiven Ende abschließen«, sagte Kregel nachdenklich. »Also kann ich nur hoffen, dass sich der Kollege nicht verhört hat und wir tatsächlich Kira Nowak und Larissa Thom lebend dort unten finden.«

»Ehrlich gesagt, bin ich mir nicht sicher, ob ich das da unten wirklich sehen will«, sagte Andresen.

»Seit wann bist du so zimperlich?«, fragte Kregel argwöhnisch. »So habe ich dich in all den Jahren nicht erlebt.«

»Ich weiß es nicht«, sagte Andresen zögerlich. »Diese Sache geht mir nahe. Ich kann mich nicht daran erinnern, dass ich es in den letzten dreißig Jahren schon einmal mit so einer offenbar unkontrollierten Gewalt und Brutalität zu tun hatte. Und die Tatsache, dass die Opfer allesamt junge Frauen sind, die in ihrem Leben ohnehin schon nicht vom Glück verfolgt waren, macht das Ganze noch unerträglicher. Egal, was wir da unten vorfinden, es wird so grauenhaft sein, dass wir die Bilder womöglich nie wieder aus unseren Köpfen bekommen werden.«

»Ich verstehe, was du meinst«, sagte Kregel. »Das hier ist in der Tat das Schrecklichste, was man sich vorstellen kann. Aber ich versuche, keine Unterschiede zu anderen Ermittlungen zu machen. Etwas, das ich übrigens von dir gelernt habe. Jeder Fall wird professionell behandelt, möglichst ohne ihn persönlich zu nahe an sich heranzulassen. Das war deine Devise, obwohl ich glaube, dass du schon immer mehr mit nach Hause genommen hast, als du zugeben wolltest.«

»Wer tut das nicht?«, entgegnete Andresen. »Entscheidend ist, dass du dir nichts anmerken lässt.«

»Vielleicht ist das aber auch genau der Fehler.«

»Die Tür ist safe«, rief plötzlich der Sprengstoffexperte des LKA und unterbrach ihre Unterhaltung. »Wir können sie jetzt öffnen.«

Andresen seufzte innerlich. In diesem Moment wurde ihm bewusst, dass er nicht umhinkonnte, auch selbst in den Keller hinunterzusteigen.

»Los, komm schon«, drängte Kregel. »Das ist unser Fall. Du warst es, der mit Larissa Thom gesprochen hat. Das bist du ihr jetzt schuldig.«

Andresen wollte gerade zum Protest ansetzen, da Larissa Thoms Aussage zum damaligen Zeitpunkt nicht mit den anderen Todesfällen in Verbindung zu bringen gewesen war, doch er hatte keine Chance. Kregel packte ihn am Arm und schob ihn vor sich her.

Langsam folgte Andresen zwei MEK-Männern die Treppe hinunter in den feuchtkalten Keller des Hauses. Je tiefer er kam, desto unwohler wurde ihm. Der modrige Geruch wurde immer intensiver. Vielleicht bildete er es sich nur ein, aber er hatte das Gefühl, den Tod jetzt sogar riechen zu können.

Als die Männer vor ihm damit begannen, den Keller mit starken Taschenlampen auszuleuchten, wandte Andresen seinen Blick ab. Er wollte einfach nicht sehen, was hier vorgefallen war und in welchem Zustand sich die Frauen befanden, die offenbar hier gefangen gehalten worden waren. Ob sie tot waren oder das Martyrium überlebt hatten, er ahnte, dass ihre Zukunft für immer zerstört war. Das, was diese Bestien von Menschen ihnen wahrscheinlich angetan hatten, würde ein normales Weiterleben unmöglich machen.

»Da vorne«, rief einer der Leute des MEK. »Ich glaube, sie sind noch am Leben.«

Andresen spürte wieder das Pochen hinter seiner Brust. Noch heftiger als bei den Malen zuvor. Ein Gefühl, das er nicht kannte, überkam ihn plötzlich. So musste sich wohl Panik anfühlen. Völlige Ausweglosigkeit. Der Moment, in dem er verstand, dass er nicht mehr Herr seines Körpers war. Nicht mehr in der Lage, die Situation zu kontrollieren.

Das Pochen. Die Kurzatmigkeit. Sein seltsamer Alptraum vor einigen Tagen. Was, wenn es auch ihn bald erwischen würde? Nach all dem Stress der letzten Jahre meldete sich plötzlich sein Körper zu Wort. Netterweise nur mit einem vorsichtigen Anklopfen, vielleicht aber schon bald mit einer Keule, die ihn mit voller Wucht treffen würde.

»Kommt hier herüber, wir müssen ihnen helfen«, hörte er die Stimmen der Kollegen aus dem Hintergrund.

Er atmete so tief durch, dass er den Druck aus seiner Brust förmlich herauspresste. Dann richtete er seinen Blick auf die beiden Frauen, die am Boden des völlig verdreckten Kellers lagen.

Was er sah, sprengte endgültig seine Vorstellungskraft. Sie waren zu spät gekommen, um das Leben beider Frauen zu retten. Kira Nowak war zweifelsohne tot.

Ihr geschundener Körper war übersät von Platzwunden und Hämatomen. Die Haut in ihrem Gesicht hatte bereits eine seltsam blassblaue Farbe angenommen. Doch das Schlimmste waren die Verletzungen an ihren nackten Füßen. Obwohl er so etwas noch nie zuvor gesehen hatte, wusste Andresen sofort, worum es sich handelte. Sie waren von Ratten zerbissen.

Er stöhnte innerlich auf, während einer der Einsatzkräfte, die aufgeregt um ihn herumliefen, eine Jacke über den Körper von Kira Nowak legte.

Sein Blick schwenkte weiter. Wenn es trotz des Horrors, der sich ihnen bot, so etwas wie Freude geben konnte, dann darüber, dass Larissa Thom offensichtlich noch am Leben war.

Doch auch ihr Zustand schien kritisch. Sie war nicht mehr bei vollem Bewusstsein, ihr leises Wimmern war wahrscheinlich das Geräusch gewesen, das der Kollege vom MEK im Flur des Hauses gehört hatte.

Aus einer Wunde an ihrem linken Handgelenk war bereits eine Menge Blut ausgetreten, wie der dunkle Fleck auf dem Kellerboden unschwer zeigte.

»Schnell, kümmert euch um sie«, rief Kregel hektisch. »Und holt den Notarzt runter.«

Andresen trat noch einige Schritte näher an Larissa Thom heran. Dann bückte er sich zu ihr hinunter.

Gerade einmal zwei Tage waren vergangen, seitdem sie bei ihnen im Präsidium aufgetaucht war und von ihrem Gespräch mit der unbekannten Frau berichtet hatte. Und davon, dass sie ihrer Freundin Kira einige Tage zuvor empfohlen hatte, sich bei der Frau wegen des Jobs als Haushaltshilfe zu melden, seitdem aber nichts mehr von ihr gehört hatte.

Jetzt lagen beide hier nebeneinander in diesem Keller auf dem verschmutzten und feuchten Boden. Die eine tot, die andere schwer verletzt. In einem Zustand, der für Andresen kaum zu ertragen war.

Für einen kurzen Moment glaubte er, dass sich die Fingerkuppen der Frauen berührten, als hätten sie sich an den Händen gehalten, bevor Kira gestorben war.

Andresen streichelte Larissa über die Stirn und das Haar. Er wollte ihr etwas zuflüstern, sich entschuldigen, dass er nicht sofort erkannt hatte, wie alles miteinander zusammenhing. Dass ihre Freundin Kira sonst vielleicht noch am Leben sein könnte. Doch er wusste, dass das nicht stimmte. Zu dem Zeitpunkt hatte absolut nichts darauf hingedeutet, dass ihre Geschichte etwas mit dem Tod von Jennifer Howe oder den Leichenfunden auf dem Priwall und im Schellbruch zu tun hatte.

Was Larissa Thom betraf, konnte er sich nichts vorwerfen. Sie hatten ihr Bestes gegeben. Allerdings fahrlässigerweise Ida-Maries Leben aufs Spiel gesetzt, als er sie zu dem Gespräch mit der unbekannten Frau überredet hatte, wodurch sie schließlich in die Fänge des Paars geraten war.

Larissa Thoms rechtes Augenlid zuckte mit einem Mal stark. Im nächsten Moment riss sie die Augen auf und blickte Andresen erschrocken an.

»Alles in Ordnung«, sagte Andresen mit beruhigender Stimme. »Wir holen Sie hier raus.«

Sie lächelte.

Aber es passte nicht zu ihr. Das Lächeln sah aus wie eine Maske, fremd auf einem eigentlich traurigen Gesicht eines unglücklichen Menschen. Es dauerte einige Sekunden, ehe

Andresen wirklich verstand, was dieses Lächeln auf ihren Lippen zu bedeuten hatte.

Sie selbst war es gewesen, die sich die Verletzung an ihrem Handgelenk zugefügt hatte. Sie hatte mit ihrem Leben abgeschlossen, wollte es hier in diesem Loch beenden. Nicht mehr zurückkehren in die alte Zeit, die schuld daran war, dass sie überhaupt in diese Situation geraten war.

Das, was sie hier erlebt hatte, war schließlich zu viel gewesen. Sie wollte nicht mehr. Ihr Leben war gelebt. Ein schlechtes Leben, das im Jenseits nur besser werden konnte. An Kiras Seite sterben, für deren Tod sie sich verantwortlich fühlte.

Andresen lächelte zurück, während sich der Notarzt und die Sanitäter bereits um ihre Verletzung kümmerten. Nur sie beide wussten in diesem Augenblick, dass sie längst tot war, obwohl ihr Herz noch schlug.

DAS ALBUM

Andresens Augen waren starr auf das Album gerichtet. Es lag seit gestern Nachmittag noch immer unberührt auf dem kleinen Küchentisch in seiner Wohnung.

Seit gefühlten Stunden kreiste er um den Tisch herum, seine Umlaufbahn wurde immer enger. Nur noch wenige Augenblicke, dann würde er der Tischkante nicht mehr ausweichen können.

Der Moment war gekommen. Er wollte es nicht, aber er musste. Da war dieser innere Zwang, so schnell wie möglich mit dieser Sache abzuschließen. In der Hoffnung, die Bilder in seinem Kopf, die er nicht von sich hatte fernhalten können, endlich loszuwerden, wenn er sich mit den grausamen Details der Taten nur intensiv genug auseinandersetzte.

Andresen nahm auf dem alten Holzstuhl Platz und versuchte, Puls und Atmung zu kontrollieren. Dann legte er langsam seine rechte Hand auf den Umschlag des abgewetzten schwarzen Albums, das die Kollegen der Kriminaltechnik im Wohnzimmer des Hauses auf dem Priwall unter einem Couchkissen gefunden hatten.

Er musste an sein gestriges Telefonat mit Kregel denken. Er hatte durchsickern lassen, was ihn bei der Durchsicht des Albums erwarten würde, und ihm davon abgeraten, es zu öffnen, wenn er sich nicht sicher war, ob er die Wucht der Bilder und Gewaltbeschreibungen verkraften würde.

Natürlich wusste Andresen längst, was alles dem Paar vorgeworfen wurde. Welche Todesfälle mit ihnen in Zusammenhang gebracht wurden. Und er hatte auch gehört, dass die Kriminaltechniker nicht nur den Schellbruch und den Priwallstrand, sondern wohl auch den Grund der Untertrave nach weiteren Leichenfunden absuchen würden.

Kregel hatte erwähnt, dass die Gewalt, die zum Tod von Kira Nowak geführt hatte, noch schlimmer als bei Jennifer Howe gewesen sein musste. Die äußeren Verletzungen allein wären womöglich schon tödlich gewesen, doch die inneren mussten immens gewesen sein.

Es war jedoch ein großer Unterschied, nur davon gehört zu haben oder aber die geschundenen Frauen auf Fotos sehen zu müssen. Kregel hatte zudem davon gesprochen, dass es in dem Album viele handschriftliche Notizen gab. Einblicke in die kranke Gedankenwelt dieser Menschen.

Andresen schloss die Augen und atmete tief durch. Dann öffnete er das Album. Eine halbe Stunde später blätterte er die letzte Seite um und klappte es wieder zu.

Neun Opfer in elf Jahren. Darunter die toten Frauen aus dem Schellbruch und vom Priwall sowie Jennifer Howe und Kira Nowak. Obwohl er bereits gewusst hatte, wie viele Frauen dem Paar zum Opfer gefallen waren, war Andresen beim Durchblättern ob der reinen Zahl der Verbrechen schon fassungslos gewesen.

Das Album war chronologisch angelegt. Von jedem Opfer existierten mehrere Fotos, die ihre Peiniger offenbar über einen längeren Zeitraum hinweg aufgenommen hatten. Die Bilder zeigten die optische Veränderung der Frauen vom Beginn ihrer vermeintlichen Tätigkeit als Haushaltshilfe bis zu Momenten kurz vor ihrem Tod. Die Frauen hatten sich in regelmäßigen Abständen vor einer weißen Wand ablichten lassen müssen.

Die Bilder ähnelten sich. Immer und immer wieder. Die misshandelten und brutal zugerichteten Frauen kamen ihm vor wie die Opfer in einem Horrorfilm, in dem zu viel Schminke benutzt worden war.

Neben jedem Bild waren handschriftlich der Name des Opfers und, so vermutete Andresen, das Datum, an dem das Martyrium der Frauen begonnen hatte, sowie der jeweilige Todestag vermerkt. Auf das Lesen der weiteren Notizen zu den Opfern und den Qualen, die sie hatten durchleiden müssen, hatte er vorerst verzichtet.

Die Schellbruch-Tote war die zweite Frau, die in dem Album auftauchte. Die Bilder zeigten eine blasse junge Frau, die aus leeren Augen in die Kamera blickte. Ihr Name war Ewa Smolinska gewesen.

Kregel hatte ihm gestern mitgeteilt, dass sie bereits herausgefunden hatten, wer die Frau gewesen war. Anfang der 2000er Jahre hatte es die junge Frau aus Polen nach Norddeutschland verschlagen, um Geld für ihre kranken Eltern zu verdienen. In den Folgejahren war sie jedoch irgendwann vom richtigen Weg abgekommen. Sie hatte Drogen genommen, ihren Körper verkauft und Schulden angesammelt. Und eines Tages war sie schließlich in die Fänge ihrer Peiniger geraten.

In der Hoffnung, dass endlich alles besser werden würde, hatte sie viel zu spät gemerkt, dass ihr Todesurteil längst gefällt war. Genau wie das der Frauen, die auf sie gefolgt waren. Zum Beispiel Jewgenia, die Tote vom Priwall. Kalle Hansen hatte also recht behalten, als er davon gesprochen hatte, dass sie womöglich Prostituierte auf dem Kiez gewesen war. Woher auch immer er das gewusst hatte.

Die meisten Opfer stammten aus Osteuropa und hatten sich unter vergleichbar schlechten Voraussetzungen durchschlagen müssen. Sie waren nicht in Deutschland gemeldet gewesen, weshalb sie niemand vermisst zu haben schien. Zumindest hatte es damals keinerlei Anzeige gegeben, die auf eine der Frauen gepasst hätte.

Erst vor knapp zwei Jahren hatte sich das Muster der Opferauswahl geändert. Plötzlich waren auf den Bildern junge Frauen zu sehen, die in Deutschland aufgewachsen waren. Frauen, die ebenfalls am Rande der Gesellschaft gelebt hatten. Zurückgezogen und einsam, zumeist wohl in ärmlichen Verhältnissen.

Der Name des ersten Opfers deutscher Herkunft war Carina Mende gewesen. Laut den Aufzeichnungen war sie vor etwas mehr als einem halben Jahr verstorben. Weshalb sie niemand vermisst hatte, war noch unklar.

Auf den nächsten Seiten folgte schließlich noch Jennifer Howe. Mit den grausamen Bildern ihres Martyriums endete das Album. Für Kira Nowak und Larissa Thom war dem Paar offenbar keine Zeit mehr geblieben.

Auffällig war, dass die Opfer in den vergangenen Monaten in immer schnelleren Zeitabständen gesucht worden waren. Während zwischen den ersten Frauen zum Teil mehr als ein Jahr gelegen hatte, in dem offenbar niemand in dem Haus gefangen gehalten worden war, waren es zuletzt nur noch wenige Tage gewesen, ehe das nächste Opfer im Chat angesprochen worden war. Auch schien die Brutalität zugenommen zu haben, und die Zeiträume, in denen man die Opfer zu Tode misshandelt hatte, waren zuletzt immer kürzer geworden.

Andresen horchte in sich hinein. Sein Puls fühlte sich verhältnismäßig normal an. Vielleicht, weil es ihm diesmal gelungen war, die Bilder nicht zu nah an sich heranzulassen. Bilder konnten zwar stark sein, aber niemals so mächtig wie die Realität. Angesichts der fürchterlichen Bilder aus Kriegsgebieten, die täglich um die Welt geschickt wurden, keine wirklich neue Erkenntnis, aber vielleicht eine Erklärung für die Abstumpfung, die sich seinem Empfinden nach in der Gesellschaft breitmachte.

Andererseits war er sich auch darüber im Klaren, dass er längst nicht fertig war. Denn der schwierigste Teil lag noch vor ihm. Der Teil, der ihn noch einmal an seine Grenzen und darüber hinausbringen würde.

Um wirklich zu verstehen, was passiert war, musste er lesen, was diese Menschen zu ihren Taten notiert hatten. Die grausamen Details, die sich im Horrorhaus auf dem Priwall abgespielt hatten. Und vielleicht auch die Beweggründe des Paars, über die Kregel jedoch gesagt hatte, dass er sie aus dem Album nicht hatte herauslesen können.

Andresen schlug das Album erneut auf. Sein Blick blieb diesmal etwas länger auf dem Foto auf der ersten Seite hängen.

Da war nur dieses eine Bild. Eine ernst dreinschauende Frau. Ohne sichtbare Verletzungen. Sie schien besonders jung zu sein. Andresen schätzte sie auf höchstens achtzehn. Ihr Name war Rosa, das erkannte er an der silbernen Namenskette, die sie um ihren Hals trug.

Doch das war auch schon alles. Neben ihrem Foto gab es keinerlei Notizen. Keinen Namen und kein Datum. Sie war das einzige Opfer ohne Nachnamen.

Irgendetwas an ihr war anders. Rosa passte rein optisch zu den übrigen Opfern. Ihr Blick war genauso leer wie der der anderen. Ihre Gesichtsfarbe aschfahl. Doch die Tatsache, dass nur dieses eine Foto ohne jede weitere Information zu sehen war, machte sie offensichtlich zu etwas Besonderem.

Andresen starrte auf das Foto. Da war etwas mit diesem Mädchen. Etwas in ihren Augen. Etwas, das er schon einmal gesehen hatte.

Er massierte seine Schläfen, sprang von dem Holzstuhl auf und begann erneut, um den Tisch herumzukreisen.

Minutenlang.

Bis er es plötzlich wusste.

Die Erkenntnis traf ihn derart unvorbereitet, dass er aus dem Gleichgewicht kam und durch seine Wohnung taumelte, die bis auf den Tisch und den Stuhl vollständig leer geräumt war.

Als er sich wieder gefangen hatte, zog er hastig sein Handy aus der Hosentasche und wählte mit zittrigen Händen die Nummer von Kregel.

»Das Foto auf der ersten Seite des Albums«, kam er sofort zur Sache, nachdem sich Kregel gemeldet hatte. »Wer ist das?«

»Das wissen wir noch nicht«, antwortete Kregel. »Das einzige Opfer, das bislang noch nicht identifiziert werden konnte.«

»Erinnerst du dich noch daran, was du mir gestern gesagt hast?«, fragte Andresen. »Dass ihr glaubt, die beiden hätten keine Kinder gehabt.«

»Natürlich.«

»Es stimmt nicht.«

»Was soll das heißen?«

»Na, was schon?«, sagte Andresen ungeduldig. »Sieh dir nur die Augen an. Die Ähnlichkeit ist nicht zu übersehen. Dieses Mädchen auf der ersten Seite ist ihre Tochter. Rosa war ihr erstes Opfer.«

»Denkst du ernsthaft, sie haben …?«

»Gibt es irgendetwas, das du diesen beiden Menschen nicht zutrauen würdest?«

»Nicht wirklich«, antwortete Kregel nachdenklich. »Aber zum Glück ist meine Phantasie nicht krank genug, um mir noch grausamere Dinge auszumalen.«

»So langsam verstehe ich, was die beiden angetrieben hat«, sagte Andresen. »Sie haben ihre eigene Tochter eingesperrt und gefangen gehalten. So wie es dieser Fritzl in Österreich auch getan hat. Sie haben Rosa missbraucht und gequält, bis sie wahrscheinlich irgendwann unter der permanenten Gewalteinwirkung gestorben ist. Sie haben dann die Leiche einfach verschwinden lassen, und niemand hat etwas von der ganzen Sache mitbekommen. Oder sagen wir besser, niemand wollte etwas mitbekommen. Nach dem Tod ihrer Tochter haben die beiden einfach für Ersatz gesorgt. Immer und immer wieder. Sie waren wie besessen davon, junge Frauen gefangen zu halten und sie wie ihr Eigentum zu behandeln. Frauen, mit denen sie machen konnten, was sie wollten.«

»Und vergiss nicht, dass die Mädchen für ihre sexuellen Praktiken herhalten mussten«, warf Kregel ein. »Opfer seines brutalen Triebs geworden sind. Die Verletzungen im Intimbereich von Kira Nowak –«

»Erspare mir die Einzelheiten«, fuhr Andresen dazwischen. »Ich habe alles gesehen, was ich wissen wollte. Mit den grauenhaften Details muss ich mich nicht noch weiter belasten. Ich werde dir das Album später vorbeibringen.«

»Du glaubst also wirklich, dass es so gewesen ist?«, fragte Kregel noch einmal nach. »Dass sie ihre eigene Tochter eingesperrt und zu Tode misshandelt haben?«

»So unfassbar diese Wahrheit auch scheint, ich habe nicht den geringsten Zweifel daran.«

Andresen verabschiedete sich von Kregel und legte auf. Eilig schnappte er sich das Album und ließ ein letztes Mal seinen Blick durch die kleine Altstadtwohnung schweifen, in der er knapp zwei Jahre lang gelebt hatte.

Dann zog er die Tür hinter sich zu. In großer Vorfreude auf den neuen Lebensabschnitt, der vor ihm lag.

LETZTES KAPITEL

»Konntest du diesem Haus eigentlich wirklich nie etwas Schönes abgewinnen? Oder lag es etwa doch die ganze Zeit nur an mir?«

Andresen schenkte Wiebke ein bitteres Lächeln und war einen Moment lang versucht, einfach wieder aufzustehen und das Haus zu verlassen. Doch dann besann er sich und biss die Zähne zusammen.

»Es gibt nur eine Person, an der es lag, und das bin ich selbst«, antwortete er. »Es hätte niemals so weit kommen dürfen, dass wir überhaupt hier heraus nach Brodten ziehen. Ich wusste von Anfang an, dass das nicht funktionieren kann. Du musst mir aber glauben, dass es nichts mit dir zu tun hatte. Auch wenn ich verstehe, dass das seltsam für dich klingen mag.«

»Allerdings.«

»Zwischen uns beiden ist so ziemlich alles schiefgelaufen, was nur schieflaufen konnte«, fuhr Andresen fort. »Die Sache mit Ida-Marie war vielleicht das Dümmste, was ich je getan habe. Es tut mir einfach unendlich leid. Und trotzdem ist das keine Entschuldigung dafür, was du mir und den Kindern danach angetan hast. Vielleicht kann ich dir irgendwann verzeihen, aber vergessen werde ich es niemals.«

»Keine Sorge, Birger, ich werde es mir selbst bis zu meinem Tode nicht verzeihen können«, sagte Wiebke mit ruhiger Stimme. »Allerdings werde ich mich auch niemals bei dir dafür entschuldigen, dass ich den Brand gelegt habe. Als ich es getan habe, dachte ich, dass ich das Richtige tue. Und vielleicht würde ich es heute in einer vergleichbaren Situation wieder genauso tun. Du bist fremdgegangen und hast mich über Jahre hinweg angelogen. Eigentlich hätte ich dich einfach die Klippe hinunterstoßen sollen.«

»So wie du es mit Marlene versucht hast?«, entgegnete Andresen hart.

»Du weißt genau, dass ich sie nicht hinunterstoßen wollte«,

antwortete sie. »Aber natürlich leide ich unter dem, was passiert ist. Und ich werde weiter leiden, weil ich Dinge getan habe, die absolut unverzeihlich sind. Das vergangene Jahr war verdammt schwierig. Schwieriger als alles, was mir je zuvor in meinem Leben widerfahren ist. Dieser Moment, als ich mit Marlene am Rand der Klippe stand, war für mich Abschied und Wendepunkt zugleich. Falls du verstehst, was ich meine?«

»Ich weiß nicht, für mich war es jedenfalls der blanke Horror, als ich davon gehört habe«, sagte Andresen.

»Das glaube ich. Ich hatte in diesem Moment tatsächlich jede Kontrolle über mich verloren. Etwas, das ich nie wieder erleben möchte.«

Das Klingeln an der Haustür unterbrach ihr Gespräch. Wiebke stand vom Tisch auf und verließ die Küche. Wenige Sekunden später kam sie mit einem Mann in einem schlecht sitzenden schwarzen Anzug zurück.

Andresen begrüßte den Mann so freundlich, wie es ihm möglich war, obwohl er bereits bei ihrer ersten Begegnung vor einigen Tagen für sich entschieden hatte, dass er den Makler nicht leiden konnte.

»Ich will das Ganze hier gar nicht unnötig in die Länge ziehen«, sagte der Mann. »Wir haben ein Angebot vorliegen, das Ihren Vorstellungen nicht nur entspricht, sondern sogar leicht darüber liegt. Ich rate Ihnen im Sinne aller dazu, es anzunehmen.«

»Im Sinne aller?«, fragte Andresen skeptisch. »Ich schätze, Sie meinen wohl vor allem, in Ihrem Sinne.«

»Ich weiß, dass Sie mich nicht leiden können, aber in Ihrem eigenen Interesse wäre es besser, wenn Sie diese persönliche Ebene einfach ausblenden würden.«

»Es fällt mir schwer, aber ich werde es versuchen. Also, um wen handelt es sich bei dem potenziellen Käufer?«

»Ein Ehepaar aus Hamburg«, antwortete der Makler. »Sie suchen etwas an der Küste für die Wochenenden.«

»Warum überrascht mich das eigentlich nicht?« Andresen verzog seinen Mund zu einer Grimasse. Dass die Immobilienpreise in Lübeck durch die Nachfrage aus Hamburg immer mehr in die Höhe schossen, kam ihm in diesem Moment zwar zugute, trotzdem war ihm diese Entwicklung ein Dorn im Auge.

»Bringen wir es hinter uns, Birger?«, fragte Wiebke plötzlich.

»Wie du weißt, hänge ich nicht an dem Haus«, antwortete Andresen. »Aber ich frage mich, ob der Preis nicht sogar höher liegen könnte.«

»Wenn ich mich recht erinnere, sollte alles so schnell wie möglich über die Bühne gehen«, sagte der Makler. »Der erzielte Preis ist für die Kürze der Zeit sehr gut. Sie sollten das Angebot wirklich annehmen.«

»Ist ja schon gut«, sagte Andresen schließlich. »Machen Sie einfach. Je schneller wir das hier hinter uns kriegen, desto besser.«

Auch Wiebke nickte.

»In Ordnung«, sagte der Makler. »Dann hätten wir das. Ich meine das ernst, Sie können wirklich zufrieden sein. Meiner Ansicht nach ist das Haus schon bald nichts mehr wert. In spätestens zwanzig Jahren hat sich die Steilküste bis an das Haus herangefressen.« Der Mann mit dem billigen Anzug machte sich einige Notizen, ehe er sich ihnen noch einmal zuwandte.

»Lassen Sie mich Ihnen bitte noch etwas mit auf den Weg geben«, sagte er und klang plötzlich seltsam persönlich. »Versuchen Sie, Ihre Trennung vernünftig und ohne Rosenkrieg zu regeln, dann wird alles viel leichter für Sie beide werden. Vor allem, was Ihre Kinder betrifft. Ich weiß, wovon ich rede.«

Er nickte und hob die Hand zum Abschied. Dann verließ er das leer geräumte Haus am Brodtener Steilufer.

»Das war's dann also«, sagte Andresen, nachdem er noch einmal einen letzten Rundgang durch das Haus hinter sich gebracht hatte. »Du hast vollkommen recht, das Haus ist wirklich wunderschön. Leider hat es einfach nicht sein sollen.«

»›Leider‹ klingt so, als hättest du alles versucht, dich hier zu arrangieren. Aber das willst du doch nicht ernsthaft behaupten, oder?« Wiebke sah ihm tief in die Augen und hob prüfend ihre Augenbrauen.

Zum ersten Mal seit langer Zeit hatte Andresen das Gefühl,

dass ihre Wut auf ihn verschwunden und endlich wieder dieser Klarheit gewichen war, für die er sie vor vielen Jahren bewundert hatte.

Die Erkenntnis, dass es Wiebke offenbar wieder besser ging, machte ihn froh. Schließlich wünschte er sich einen normalen Umgang mit der Frau, mit der er sieben Jahre zusammengelebt und ein Kind in die Welt gesetzt hatte.

Vielleicht würde er sich eines Tages auch wieder mit seinem Sohn Ole zusammenraufen, doch momentan war es gut, dass er fast zwanzigtausend Kilometer entfernt in Neuseeland lebte und sich dort Gedanken über seine Zukunft machte.

»Lassen wir das besser«, sagte Wiebke. »Wir haben etwas Wichtigeres zu besprechen.«

»Was denn noch?«, fragte Andresen überrascht.

»Sollten wir nicht langsam mal über die Kinder reden?«

»Über die Kinder?« Von einer auf die andere Sekunde spürte Andresen das Unbehagen, das er zuletzt so oft in ihrer Gegenwart verspürt hatte, zurückkehren. Warum wollte sie mit ihm über die Kinder sprechen? Mit dem, was sie im vergangenen Jahr getan hatte, hatte sie das Recht auf die Kinder für lange Zeit, vielleicht sogar für immer verwirkt.

»Du weißt, dass wir bald eine Lösung finden müssen, mit der wir beide leben können«, sagte Wiebke bestimmt. »Du hast deine Vorstellungen und ich meine.«

»Du hast deine Vorstellungen?«, wiederholte Andresen ungläubig. »Ich bin mir nicht ganz sicher, ob ich wirklich verstehe, was du mir sagen willst.«

»Ich weiß, wie du darüber denkst«, sagte Wiebke. »Und völlig zu Recht möchtest du nicht, dass Emilie und Marlene in absehbarer Zeit bei mir leben. Ganz davon abgesehen, dass man es mir ohnehin nicht erlauben würde.«

»Worüber reden wir hier eigentlich?«, fragte Andresen mit einer Mischung aus Ungeduld und Unsicherheit.

»Ich habe mich letzte Woche mit Jörg getroffen«, antwortete Wiebke. »Er hat mir alles erzählt. Von seinen Plänen, mit Miriam und den Kindern nach Hamburg zu ziehen. Und von deiner Reaktion darauf.«

»Eine vollkommen verständliche Reaktion. Ich werde doch nicht zulassen, dass mein Kind bei Menschen groß wird, die ich so gut wie gar nicht kenne.«

»Absolut verständlich«, pflichtete Wiebke ihm bei. »Der Gedanke macht mich genauso fertig wie dich. Allerdings mit dem Unterschied, dass ich Jörg ein wenig besser kenne als du.«

»Du warst es doch, die jahrelang keine Gelegenheit ausgelassen hat, um schlecht über ihn zu reden.«

»Das stimmt, aber ich weiß mittlerweile, dass vieles von dem nicht fair gewesen ist. Und ich glaube tatsächlich, dass er sich geändert hat. Mit Miriam hat er eine tolle Frau und Mutter für seine Kinder gefunden.«

»Moment mal«, sagte Andresen irritiert. »Weshalb sprichst du von Kindern? Ich weiß, dass Miriam schwanger ist. Aber doch nicht mit Zwillingen, oder?«

»Lass uns Klartext reden«, antwortete Wiebke. »Du startest mit deiner Agnes noch einmal in einen neuen Lebensabschnitt. Und ich versuche momentan, wieder Stück für Stück auf die Beine zu kommen. Bist du wirklich der Meinung, dass die Kinder in dieser Situation bei dir oder mir besser als bei Jörg und Miriam aufgehoben wären?« Wiebke blickte ihm erneut tief in die Augen, um die Ernsthaftigkeit ihrer Worte zu unterstreichen.

Andresen wollte lauthals protestieren, spürte jedoch, dass alles, was er in diesem Moment gegen Wiebke argumentieren würde, nicht seiner innersten Überzeugung entsprach. Die bittere Erkenntnis in diesem Augenblick lautete: Sie hatte einfach recht.

»Emilie und Marlene müssen zusammenbleiben«, fuhr sie fort. »Mir ist es lieber, wenn ich weiß, dass sie in einer intakten Familie groß werden, als dass wir sie mit unseren Streitereien und unserer Unfähigkeit, ausreichend für sie da zu sein, zu orientierungslosen Mädchen heranziehen. So schwer die Erkenntnis auch sein mag, ich glaube, es täte den beiden nicht gut, wenn wir uns in den nächsten Jahren um sie kümmern müssten. Aber wer weiß schon, was in Zukunft ist? Vielleicht kommen die beiden zurück zu uns, wenn sie in der Pubertät stecken und wir unser beider Leben besser im Griff haben.«

»Weißt du eigentlich, was du da von mir verlangst?«

»Ich verlange von dir nicht mehr als von mir selbst. Und um ehrlich zu sein, wird es für mich noch viel härter werden. Schließlich habe ich die Kinder bislang erzogen und war an ihrer Seite, wenn es ihnen nicht gut ging, während du gearbeitet oder dich sonst wo herumgetrieben hast. Vergiss das bitte nicht.«

»Für dich steht die Sache also fest?«

»Es steht mir nicht zu, darüber zu entscheiden«, antwortete Wiebke. »Derzeit bist du derjenige, der die Verantwortung zumindest für Marlene trägt. Es liegt an dir, ob Emilie und Marlene voneinander getrennt werden oder nicht.«

Andresen lachte bitter und schüttelte den Kopf. Es war wie immer, er war derjenige, der die Entscheidung in schwierigen Situationen treffen musste. Es gab niemanden, der sie ihm abnahm. Egal ob im privaten Bereich oder im Berufsleben, immer wenn es kritisch wurde, verlangten die Menschen in seinem Umkreis, dass er die Verantwortung übernahm und eine Entscheidung fällte.

»Gib mir bitte ein paar Minuten«, sagte er nach einer Weile. »Ich muss an der frischen Luft darüber nachdenken.«

Wiebke zuckte mit den Schultern, als wollte sie sagen, dass er sich ihr gegenüber nicht erklären müsse.

Andresen wandte sich von ihr ab und verließ das Haus, das wahrscheinlich schon in wenigen Tagen verkauft sein würde. Unschlüssig ging er in der Einfahrt auf und ab. Nach einigen Minuten, in denen es ihm nicht gelungen war, sich zu einer Entscheidung durchzuringen, wurde aus dem nervösen Gehen allmählich ein Joggen, das schließlich mehr und mehr in ein Rennen überging.

Andresen lief über die Äcker in Richtung Meer, bis er nach wenigen hundert Metern die Steilküste erreicht hatte. Seine Oberschenkel schmerzten, die Lunge brannte. Das Pochen hinter seiner Brust fühlte sich an, als ob ein Presslufthammer in ihm arbeitete. Sein Kopf dröhnte, als zerspringe er jeden Augenblick.

Andresen hatte keine Zweifel mehr daran, was zu tun war.

Wiebke hatte ihm die Augen geöffnet. Ihm klargemacht, was das Beste für Marlene und Emilie war. Egal, wie weh es tat, er würde die Mädchen nicht auseinanderreißen.

Langsam ließ er seinen Blick über die nebelverhangene Ostsee schweifen. Nach einer Weile spürte er, dass sich ein beruhigender Schleier über ihn senkte. So als würde er die Zustimmung auch von ganz oben bekommen. Ein Kapitel seines Lebens, das ihn fast zehn Jahre lang begleitet hatte, war in diesem Moment endgültig beendet.

Glücklich darüber, dass er sich mit Wiebke ausgesprochen hatte, wandte er sich ab und ging zurück in Richtung ihres in Kürze ehemaligen Hauses. In Vorfreude auf ein neues Leben an der Seite von Agnes und mit dem festen Vorsatz, seine Tochter Marlene so oft wie möglich in Hamburg zu besuchen. Er brauchte einige Sekunden, ehe er verstand, dass sich der Nebel, der ihn seit Jahren umgab, endlich lichtete.

Alle Bücher von Jobst Schlennstedt:
Auch als eBook erhältlich

Krimis mit Jan Oldinghaus

Westfalenbräu
ISBN 978-3-89705-768-5

Dorfschweigen
ISBN 978-3-89705-996-2

Krimis mit Birger Andresen

Möwenjagd
ISBN 978-3-89705-825-5

Traveblut
ISBN 978-3-89705-918-4

Küstenblues
ISBN 978-3-95451-110-5

Todesbucht
ISBN 978-3-95451-299-7

#hanseterror
ISBN 978-3-95451-813-5

Krimis mit Simon Winter

Spur übers Meer
ISBN 978-3-95451-450-2

Lübeck im Visier
ISBN 978-3-95451-691-9

Hafenstraße 52
ISBN 978-3-7408-0002-4

Thriller

Küste der Lügen
ISBN 978-3-95451-534-9

111-Orte-Reihe

111 Orte an der Ostseeküste, die man gesehen haben muss
ISBN 978-3-89705-824-8

111 Orte in Ostwestfalen-Lippe, die man gesehen haben muss
ISBN 978-3-95451-109-9

111 Orte an der Ostseeküste Mecklenburg-Vorpommerns, die man gesehen haben muss
ISBN 978-3-95451-332-1

111 Orte in Lübeck, die man gesehen haben muss
ISBN 978-3-95451-564-6

111 Orte in der Lüneburger Heide, die man gesehen haben muss
ISBN 978-3-95451-844-9

111 Orte in Bielefeld, die man gesehen haben muss
ISBN 978-3-7408-0123-6